제 만년필 좀 살려주시겠습니까?

제 만년필 좀 살려주시겠습니까?

김덕래 지음

죽은 만년필 살리고 다친 마음 고치는 펜닥터 김덕래 이야기

제 만년필 좀 살려주시겠습니까?
죽은 만년필 살리고 다친 마음 고치는
펜닥터 김덕래 이야기

초판 1쇄 2022년 12월 11일
지은이 김덕래
펴낸곳 젤리클 **펴낸이** 정철수
등록 2022년 9월 7일 제2022-000056호
전화 02-3141-1917 **팩스** 02-3141-0917
이메일 imaginepub@naver.com
블로그 blog.naver.com/imaginepub
인스타그램 @imagine_publish
ISBN 979-11-5531-138-7 (03810)

• 젤리클은 이매진의 문학과 에세이 브랜드입니다.

호모 아키비스트와 만년필

인류의 긴 여정에서 보면, 우리는 모두 그저 잠시 같은 방향으로 함께 걷는 동행일 뿐입니다. 점이 모여 선이 되고, 그 선이 모여 면이 되듯, 인간은 기록을 통해 문명을 이어왔습니다. 종이와 펜이 세상의 전부이던 아날로그 시대를 지나 스마트폰과 태블릿으로 대변되는 디지털 세상으로 넘어온 지 오래됐지만, 선대는 종말을 고하지 않았습니다. 전자신문이 보편화돼 종이 신문 보기가 힘들어졌지만, 기록 욕구는 인간의 본능입니다. 디엔에이DNA에 각인된 '쓰는 행위'가 지워지지 않는 한 필기구도 생명력을 이어갈 겁니다.

연필과 볼펜과 만년필 중에서 가장 구조가 단순한 필기구는 연필입니다. 얼추 한 뼘 정도 되는 나무 막대가, 같은 길이의 흑연을 품고 있는 형상입니다. 다루기 쉬워 어린아이도 큰 불편 없이 사용할 수 있지만, 쓰면 쓸수록 점점 제 살점이 떨어져 나가 안타깝게도 쓸모가 다하고 맙니다. 볼펜은 함부로 다뤄도 연필처럼 심이 부러지지 않고 만년필처럼 딱히 관리할 필요도 없지만, 잉크를 다 쓰면 펜의 속내라 할 수 있는 심을 교체해야 하는 만큼 애착이 덜합니다.

만년필은 가장 까다롭습니다. 방치하면 예상 못 한 말썽을 부리기도 하니, 자주 손길을 건네야 합니다. 그런데 되레 이런 불편이 만년필에 더 깊이 빠져드는 이유 중 하나가 되는 모습을 보면, 만년필이 요물은 요물입니다.

펜촉은 재질에 따라 스틸촉과 금촉으로 크게 나뉩니다. 금촉이 만년필 애호가들의 내재된 욕망을 자극하는 사실은 분명하지만, 스틸촉이 기능에서 떨어진다고 볼 수는 없습니다. 자동차도 승차감 좋은 세단을 선호하는 이가 있고, 코너링 때 덜 쏠리는 스포츠카를 최고로 치는 이도 있으며, 비포장도로를 내달려도 안정감이 뛰어난 스포츠 실용차SUV를 최고로 꼽는 이도 있듯이 말입니다.

금촉 만년필이 상대적으로 비싸니 성능도 훨씬 좋다고 생각할 수 있지만, 반은 맞고 반은 틀립니다. 금촉이든 스틸촉이든 종이에 맞닿는 펜촉 끝부분에는 이리듐이라 뭉뚱그리는 백금족 합금을 용접합니다. 그러니 그저 금촉이라서 더 매끄럽고 부드럽게 써진다는 말은 문제가 있습니다. 관리 상태가 훨씬 더 중요합니다. 오래 써서 길이 잘 든 스틸촉은 필기감이 어지간한 금촉을 압도하기 때문입니다.

낚시하는 이들이 멀쩡한 낚싯대가 있는데도 다른 낚싯대를 또 들이는 이유는 고기 낚는 도구에 따라 이른바 '손맛'이 달라지기 때문입니다. 꼭 그렇지는 않지만, 보통 금촉이 스틸촉보다 연성입니다. 필기할 때 펜촉이 낭창거리며 손가락을 타고 몸 전체로 퍼지는 '몸맛'이 연할수록 필기감이 부드럽다는 느낌을 받습니다.

더러 금촉 만년필이 허영의 상징이라 보는 시선도 있습니다. 스틸 촉 일변도에서 금촉으로 옮겨간 이유는 산성을 띠는 잉크에 펜촉이 부식되기 때문입니다. 만년필은 잃어버리지만 않으면 일평생을 넘어 대를 이어가며 쓰기도 하는, 조금 특수한 필기구입니다. 연필처럼 몸통을 조금씩 깎아낼 필요도 없고 볼펜처럼 심을 교체하지도 않는 만년필 특성에 맞게, 관리하기 쉬운 형태로 진화된 결과라고 봐야 합니다. 펜촉이 부식되더라도 기능 자체가 소멸하지는 않습니다. 도금이 벗겨지고 곳곳에 녹이 슬어도 종이에 글씨를 쓰는 기능은 건재합니다.

가격에 상관없이 스틸촉 만년필을 선호하는 사람도 있습니다. 상대적으로 강성이라 어지간한 필압도 버티기 때문에 꾹꾹 눌러쓰는 습관이 든 이들은 스틸촉을 더 좋아합니다. 짧은 순간 힘을 줘도 금촉보다 덜 휘어져서 단차라 불리는 촉 변형 현상이 잘 안 일어납니다.

내가 힘들 때 온기 있는 말로 마음을 달래주는 친구가 있는가 하면, 무뚝뚝하지만 한결같은 눈빛으로 바라보는 친구도 있지요. 따뜻한 말 한마디가 절실할 때도 있고, 그냥 아무 말 없이 옆자리만 지켜줘도 위로될 때가 있듯, 만년필도 저마다 향과 풍미가 다 다릅니다.

이사하는 날 장롱이 나간 자리에는 동전 몇 개와 고무줄, 머리핀 따위가 있습니다. 오래된 서랍 깊숙한 곳을 살피면 여기저기 긁히고 벗겨진 낡은 만년필 한 자루쯤 나오기 마련입니다. 만년필이 지니는 가치는 가격이 아니라 시간에 있습니다. 내 손때가 담뿍 묻은 만년필은 그

것 자체로 귀물貴物입니다.

　기록은 오롯이 나 자신을 돌아보는 성찰의 시간이며, 타자하고 소통하고 세대와 세대를 잇는 연결 고리입니다. 기록을 통해 우리는 물리적 시간을 거스를 수 있습니다. 시간이 기억을 덮으면 비 온 뒤 땅이 마르듯 시나브로 잊히기 쉽지만, 종이에 글로 써 남긴 기록은 이 세상에서 내가 사라진 뒤에도 살아남아 나를 추억하는 데 쓰입니다. 오늘 노트에 남기는 몇 줄의 문장이 또 다른 나가 됩니다.

　그러니 우리는 모두 '호모 아키비스트Homo Archivist'입니다. 어쩌면 영원한 생명을 지니게 될지도 모를 기록을 남기는 데 만년필보다 더 잘 어울리는 '쓸 것'이 있으려고요. 자세히 들여다보세요. 새끼손톱보다 작은 만년필 펜촉 안에 우주가 담겨 있습니다.

—

　이 책에는 만년필 수리에 관한 전문 지식이 담겨 있지는 않습니다. 그렇지만 만년필이라는 도구를 좀더 편하게 즐길 수 있는 방법은 곳곳에 녹아 있지요. 만년필을 좋아하는 분들이나 잠시 마음 펼쳐놓고 쉬어가고 싶어하는 분들에게 도움이 된다면 정말 기쁠 겁니다.

차례

3부 | 오늘도 계속
펜을 고칩니다

1부

우리의 전성기는
지금이어야
합니다

01

제
만년필 좀
살려주시겠습니까?

파카 75 스털링 실버 F촉

벌써 5년 전 일입니다.

"안녕하세요. 저기……좀 오래된 만년필인데 수리가 가능할까요?"

"펜 상태가 어떤지요?"

"제가 젊을 때 쓰던 펜인데, 20년 전쯤 서랍에 넣어두고 잊고 살았네요. 제 딸아이가 다음 달 결혼하는데, 사위 될 사람이 만년필 좋아한다는 걸 엊그제 알았어요. 며칠 온 집 안을 뒤져 겨우 찾아냈지요. 그런데 희한해요. 겉보기에는 별 문제가 없어 보이는데, 잉크가 안 나와 쓸 수가 없어요. 워낙 오래된 펜이라 수리 맡길 데도 없어 포기했다가 혹시나 싶어 연락드렸습니다."

며칠 뒤 부산에서 펜 한 자루가 올라왔습니다. 파카 75 F촉. 스털링 실버sterling silver는 은 함량 92.5퍼센트로, 불순물이 아주 적은 '표준 은'을 말합니다. 만년필 뚜껑인 캡Cap 링에 새긴 '925'는 그런 뜻입니다.

순은은 워낙 물러 내구성이 떨어져서 동이나 백금을 섞어 합금으로 만듭니다. 시간이 흐르면서 자연스럽게 얼룩덜룩 변색되지만, 전용 도구로 관리하면 어느 정도 상태를 유지합니다. 이 펜은 잉크를 충전한 채 오랫동안 잠들어 있어서 외관도 내부도 험합니다.

만년필을 한동안 쓰지 않을 때는 꼭 세척해 건조한 다음 보관해야 합니다. 잉크를 넣은 상태로 방치하면 시간이 흐르면서 천천히 굳어집니다. 마치 거친 모래 알갱이처럼 딱딱해집니다. 이 찌꺼기들이 통로를 막아버리니 잉크를 충전할 수도, 글씨를 쓸 수도 없습니다.

1964년부터 1993년까지 생산된 파카 75는 파카PARKER 창립 75주년을 기념하는 모델입니다. 파카는 1888년 미국인 조지 새포드 파카

George Safford Parker가 만든 전통 있는 필기구 제조사입니다. 시인 박목월, 소설가 박완서와 조정래 등 많은 작가가 즐겨 쓰면서 한국에서도 널리 알려졌습니다.

파카 75가 필기구 애호가들 사이에서 최고 빈티지 만년필 중 하나로 손꼽힐 만한 이유는 여럿입니다. 만년필의 핵심이라 할 만한 닙nib은 14케이 금촉을 쓰고 바디는 92.5퍼센트 은을 사용했으며, 표면 전체에 독특한 시즐cisele 패턴을 넣어 개성을 표현했습니다.

펜 전체를 휘감은 체크 문양은 클래식한 느낌을 더하고 그립감도 한층 끌어올리는 기능적 요소로 작용합니다. 삼각 형태 그립 또한 파격적인 디자인 언어로 읽힙니다. 그립부 디자인이 비슷한 라미 사파리가

1980년에 출시됐으니, 1960년대에 등장한 파카 75는 시선을 끌 만한 요소들로 중무장한 전략 모델이 분명합니다.

1941년, 파카는 도전 정신과 패기를 앞세운 회심의 명작 파카 51을 발매해 고가 필기구 시장을 평정했습니다. 사기가 오른 파카는 보급형 시장도 점령할 야심 찬 계획을 세웁니다. 1948년 파카 21을 발매해 학생층을 흡수하고, 1960년 박목월이 애장한 펜으로 잘 알려진 파카 45를 출시하며 대중적 인기를 끌어모았습니다.

파카 75라는 플래그십 모델을 내놓으며 프리미엄 만년필 시장에서 주도권을 쥐려 한 파카는 남다른 전투력을 보였습니다. 마치 다른 필기구 제조사들에게 이렇게 소리치는 것만 같았지요. '따라올 테면 따라와 봐. 그러면 나는 더 멀리 달아나 줄 테니!' 파카 51이 대중적인 명작이라면 파카 75는 차별화된 명품이라 할 수 있습니다.

"보내주신 펜 잘 받았어요. 다행히 생각보다 상태가 양호해요. 내부 세척하고, 펜촉 손보면 다시 쓸 수 있겠어요. 장인어른의 젊은 시절 함께한 펜을 선물받다니, 이분 복이 많네요. 부러워요. 제가 어떻게든 컨디션 끌어올려 볼게요. 너무 걱정하지 말고 기다려주세요."

"아, 정말인가요? 진짜예요? 세상에나. 혹시나 하는 마음에 보내기는 했지만, 사실 큰 기대는 안했어요. 고치기 힘들 거라 생각했거든요. 정말 고맙습니다. 아직 시간은 좀 있어요. 잘 부탁합니다!"

분해해서 구석구석 꼼꼼하게 세척하고, 틀어진 펜촉은 반듯하게 맞췄습니다.

언제나 함께하는 나만의 반려펜

펜촉이 어느 정도 자리잡으면 잉크를 충전합니다. 지금부터 최적의 잉크 흐름과 필감을 찾아내야 합니다. 만년필 펜촉은 아주 섬세합니다. 마치 갓 돌 지난 어린애 같아, 무심히 대하면 투정 부리기 일쑤입니다. 긁힘과 끊김, 형편없는 손맛을 보여주는 펜이더라도 공들여 다듬으면 조금씩 순해집니다.

정상적인 만년필은 손에 힘을 빼고 써도 잉크 흐름이 끊기지 않아야 합니다. 펜촉이 종이를 거칠게 긁지 말아야 합니다. 맞습니다. 힘을 주지 않아도 잘 나오는 펜이라면 구태여 필압을 강하게 할 이유가 없지요. 제대로 나오지 않으니 답답한 마음이 앞서, 손에 힘을 주고 눌러 쓰는 겁니다. 그러면 펜촉은 점점 더 틀어집니다. 종이를 긁고 잉크 흐름도 불규칙해집니다. 악순환이 반복됩니다.

아프면 병원에 가듯 망가진 만년필은 고치면 됩니다. 잘 손본 펜은 촉에 단차가 없고 슬릿slit 간격도 적당합니다(슬릿이란 펜촉 한가운데 펠릿pallet과 벤트 홀vent hole 사이 잉크가 지나가는 통로를 말합니다). 가볍게 쥐고 써도 잘 나오고 부드럽습니다. 그 상태로 오래 길들이면 점점 더 내 것이 됩니다. 언제나 함께하는 나만의 '반려 펜'이 됩니다.

도구는 오직 두 손. 손톱을 세우고 눕혀 펜촉을 휘고 폅니다. 연한 펜촉보다 강한 금속 도구는 절대 사용하면 안 됩니다. 수리하다 보면 손톱 끝이 조금씩 깨져 우둘투둘해집니다. 짧으면 도구로서 제 기능을 못하고, 길면 힘 받을 때 휘어져 곤란합니다. 자주 깎아 손톱 끝을 반듯하고 적당하게 유지해야 합니다. 유일한 수리 도구니까요.

만년필 수리는 마치 펜이 들려주는 이야기를 듣는 일하고 같습니다. 불편하다 호소하는 곳을 하나하나 손보다 보면 어느새 한 자루의 필기구가 살아나 있습니다. 컨디션을 회복한 펜은 부드럽고 매끈한 필기감으로 화답합니다. 가끔 만년필에도 생명이 있는 게 아닐까 하는 엉뚱한 상상을 하기도 해요.

종이를 수십 장 쓰면서 필기감을 끌어올립니다. 만년필은 장식품이 아니니 겉보기만 좋아서는 안 됩니다. 손에 힘을 주지 않아도 술술 부드럽게 쓸 수 있어야 합니다. 그래야 자주 쓰게 되고, 그러다 보면 점점 더 좋아집니다.

만년필은 예민한 구석을 지닌 도구라 사용자도 지속적인 관심을 기울여야 합니다. 정성이 드는 만큼 애착도 더 깊어집니다. 내 손길이 필요하니 마음이 쓰이지 않을 도리가 없습니다.

기원전 4세기경 이집트인이 갈대 펜을 쓰기 전에도 인류는 나뭇가지나 돌을 뾰족하게 갈아 기록 도구로 활용했습니다. 사람은 손을 이용해 뭔가를 기록하며 문명을 발전해왔습니다. 모든 필기도구에는 인문자의 향이 배어 있습니다. 사람의 기운이 스며 있습니다.

펜 내부를 세척하고 펜촉을 손본 다음, 잉크를 충전해 충분히 테스트했습니다. 이제 절반 왔습니다. 글씨를 쓸 수 없는 만년필, 외관 신경쓸 겨를 따위는 없을 겁니다. 은 세정용 융과 세척액으로 꼼꼼히 닦아 광을 냅니다. 표면이 매끈하면 금방 끝날 텐데, 틈새 사이사이 놓치지 않으려다 보니 마냥 시간이 갑니다.

이 펜에는 길고 깊은 이야기가 스며 있습니다. 딸을 품에서 떠나보

내는 아버지 마음이 담겨 있습니다. 사위에게 만년필을 건네는 속내를 감히 짐작해봅니다. '내 청춘이 담긴 펜일세. 내가 오래된 이 펜을 잘 간직해온 것처럼, 내 몸보다 더 아낀 딸아이를 이제는 자네가 살피고 보듬어주기를 바라네.'

숙성이 잘된 스테이크는 그 자체로 근사한 맛을 내지만, 향 좋은 나무로 훈연하면 풍미가 더해집니다. 좋은 펜 한 자루는 이미 충분히 가치 있지만, 속 깊은 이야기로 적시면 더 귀해집니다.

만년필을 수리하는 데보다 외관을 복원하는 데 더 많은 시간이 걸렸습니다. 융 한 장을 다 쓸 정도로 많은 찌꺼기가 묻어났습니다. 흰 융이 검게 변할수록 먹빛 펜에 조금씩 생기가 돕니다. 충분히 의미 있

는 작업입니다. 세상에 오직 단 한 자루뿐인, 무엇하고도 바꿀 수 없는 펜을 살려내는 일이니까요.

선물용 케이스에 병 잉크를 같이 담아 보내드렸습니다. 한 달 뒤 전화가 왔습니다.

결혼식 잘 끝내고 손편지 한 장 넣어 사위 손에 쥐여주니 얼마나 놀라고 기뻐하던지 아주 뿌듯하더라는, 덕분에 사위하고 좀더 가까워진 듯해 고맙다는 반가운 말씀을 들었습니다.

연필, 볼펜, 샤프, 수성펜 등 우리 주변에는 쓸 것이 다양하지만, 만년필만큼 내 마음을 담아 건네주기 좋은 필기구가 또 있을까요? 저는 아직 찾지 못했습니다.

02

하나뿐인
어머니 유품,
'교황 볼펜'

오로라 볼펜 '교황 프란치스코'

"2014년 10월 초 구매했어요. 어머니가 병상에 누워 성경 필사 하실 때 힘이 되길 바라며 선물한 볼펜인데, 한동안 사용하지 않길래 마음에 안 드시나보다 했어요. 얼마 전 돌아가신 뒤 유품 정리 하다 서랍 한 켠에 모셔둔 펜을 발견했는데, 고장이 나 있네요. 펜을 돌려도 심이 나오지 않아요. 선물한 제가 속상해할까 봐 말씀 안 하셨나 봅니다. 제겐 하나밖에 없는 어머니 유품이에요. 수리해 온전한 상태로 간직하고 싶은데, 가능할까요? 잘 부탁드립니다."

어느 날, 케이스에 곱게 담긴 볼펜과 편지 한 장이 제 앞으로 도착했습니다. 몇 줄 되지 않았지만, 가볍지 않은 내용이라 술술 읽을 수 없었습니다. 케이스를 열고 펜을 손에 쥐었습니다. 펜을 손으로 매만지면, 그동안 깊이 잠들어 있던 이야기가 하늘하늘 물풀처럼 녹아납니다. 마음으로 듣는 시간입니다.

▼ '교황 프란치스코'는 프란치스코 교황 취임을 기념해 오로라가 만든 볼펜입니다.

교황 프란치스코를 향한 오마주

르네상스의 나라, 그리고 인쇄와 공방 문화의 부흥기를 이끈 이탈리아는 1919년 만년필 황금시대를 열었습니다. 그해에 이탈리아 북부 토리노에서 필기구 제조업체가 오로라Aurora가 탄생했습니다. 오로라는 만년필의 핵심인 펜촉을 100퍼센트 자체 생산합니다. 오로라 만년필은 특유의 부드러운 필기감 위에 사각거림을 얹은 독특한 손맛으로 두터운 마니아층을 형성하고 있습니다.

313년 콘스탄티누스 대제가 기독교로 개종해 기독교 교회를 후원하기 시작하면서 로마인들은 기독교 신자가 됐습니다. 중세와 근대를 거치며 기독교는 구교와 신교로 나뉘지만 이탈리아는 가톨릭(구교)을 국교로 유지하고 있습니다.

로마 시내에서 테베레 강을 따라 걸으면 건너편에 바티칸Città del Vaticano이 보입니다. 바티칸을 품고 있는 이탈리아는 많은 교황을 배출했습니다. 역대 교황 210명이 이탈리아 사람이고, 그중 99명이 로마 출신입니다. 새 교황의 탄생을 기념하는 펜을 만드는 일은 어쩌면 이탈리아를 대표하는 필기구 업체 오로라에 주어진 소명일지도 모릅니다.

'교황 프란치스코Pope Francis' 볼펜은 2013년 추대된 266대 교황에게 바치는 오마주입니다. 최대한 장식을 줄인 소박하고 단순한 표현으로 청빈한 삶을 몸소 실천하는 교황의 이미지를 형상화했습니다.

대부분의 교황이 이탈리아 출신이지만, 프란치스코 교황은 아르헨티나 부에노스아이레스에서 태어났습니다. 푸른 대리석에서 모티브를 따온 레진 소재 배럴barrel(만년필을 쓸 때 손에 쥐는 몸통)은 교황이 태어난 나라를 은유적으로 표현하면서 펜 한 자루에 하늘과 땅을 온전히 담았습니다. 화려하지 않아 더 눈에 들어오는 은은함도 엿보입니다. 펜 상단부에는 교황을 상징하는 문장을 넣어 의미를 더했습니다.

서두름을 빼면 빛이 나는 법

이 볼펜처럼 내부에서 잉크가 터진 때가 수리하기 가장 까다롭습니다. 만년필 잉크는 수성이기 때문에 아무리 오래 방치된 펜이라도 분해해서 세척하면 제 기능을 온전하게 살려낼 확률이 높습니다.

유성인 볼펜심은 다릅니다. 끈적끈적한 유성 잉크가 일단 터지면 세밀한 메커니즘 틈새 사이에 스며들어 서서히 굳습니다. 아무리 꼼꼼

▼ 복원한 중결링을 비교하면, 오래된 세월의 흔적을 벗겨낸 만큼 차이가 뚜렷합니다.

오로라 볼펜 '교황 프란치스코'

히 세척해도 미세하게 침투한 잉크를 완벽히 제거하기 힘듭니다. 긴 시간을 들여 요행히 살려내더라도, 수리 시간을 비용으로 환산하면 차라리 부속을 교체하는 편이 나을 수도 있을 겁니다.

이 펜은 이미 몇 년 전 단종된 모델이라 부속을 구하기 힘듭니다. 이탈리아 본사로 보내야 수리할 수 있는지, 비용은 얼마나 되는지 알 수 있고, 꽤 오랜 시간이 걸립니다. 무엇이 최선일까, 생각이 깊어집니다.

몇 줄 안 되는 편지를 또 꺼내어 읽었습니다. 선물한 딸이 속상해 할까 고장난 펜을 숨긴 어머니 마음을 알 듯했습니다. 일단 시도하고, 도저히 길이 안 보이면 그때 하늘길을 통해 제조사에 보내기로 합니다.

방향이 잡혔습니다. 일단 펜을 분해합니다. 전용 세척액과 부드러운 융을 사용해 딱딱하게 굳은 잉크는 떼어내고, 슬러지처럼 끈적하게 달라붙은 잉크는 녹입니다. 틈새 사이사이는 면봉에 약품을 묻혀 닦습니다. 양손이 약품 범벅이라 사진도 몇 장 없습니다.

펜을 손볼 때는 그 펜의 가격도, 내력도 장애가 되지 않습니다. '어떻게 하면 최상의 컨디션으로 끌어올릴 수 있을까'라는 생각만으로 이미 가득차기 때문입니다. 시간이 중요하지 않게 됩니다.

예상보다 빨리 수리되면 왠지 모를 아쉬운 마음에 계속 매만지게 되고, 지금처럼 꽤 오랜 시간이 걸린 때는 또 그새 정이 들어 쉽게 손에서 놓지 못합니다. 그러는 사이 펜 컨디션은 점점 더 좋아집니다. 서두름을 빼고 시간을 더해 정성을 들이면 빛이 납니다. 잉크를 제거하고 충분히 말린 다음, 작동 여부를 점검합니다.

기능 문제가 해결되니 외형이 눈에 들어옵니다. 새 옷을 입으면 낡은 신발이 눈에 들어오듯이 처음에는 '그저 작동만 된다면, 쓸 수만 있게 된다면 참 좋겠다' 싶었는데, 막상 해결하고 나니 욕심이 생깁니다. 클립 안쪽과 캡 중결링 등 변색된 부분을 꼼꼼히 닦으니 어느새 광이 납니다. 만족스러워 입꼬리가 자꾸 올라갑니다.

손이 작아 부끄러운 아들, 그래도 괜찮다는 엄마

이 펜에 유독 마음이 쓰인 이유는 따로 있습니다. 복이 많아 부모님이 아직 제 곁에 계십니다. 연로한 두 분만 시골에 남기고 떠나온 불효자라 여든 넘은 부모님이 늘 마음에 걸립니다. 안 좋은 상황에서도 어떻게든 작은 긍정 한 조각 찾아내는 법을 가르쳐주신 내 어머니입니다. 손이 작아 부끄럽다는 막내아들에게 자신감을 주셨습니다.

"큰 손이 힘은 잘 쓰지만, 손재주는 되레 작은 손이 더 있어. 너는 뭘 하든 잘할 거야. 엄마 말 믿어."

목소리가 작고 내성적이라 창피하다는 말에도 응원해주셨습니다.

"괜찮아. 넌 조용조용 남들 말 잘 들어주잖아. 또 착하니까 나중에 틀림없이 사람들이 알아줄 거야. 엄마는 자식 중에 네가 제일 살가워서 좋아."

항상 넘치도록 사랑을 준 어머니가 언제부터 조금씩 흐려져, 방금 한 말을 다시 하고, 쉽게 잊어버리고, 밑도 끝도 없는 엉뚱한 소리로 아버지를 놀라게 합니다.

처음에는 그저 속상하기만 하다가, 나중에는 안타까워지더니, 요즘은 감사하는 마음으로 바뀌었습니다. 이만큼 사랑으로 키워준 분이 나중에 덜 후회하라고 돌볼 수 있는 기회까지 주시는구나 싶어 더 자주 전화 드리고 찾아뵙는 중입니다.

언젠가 한번은 이런 적이 있어요.

"아들, 이 살기 힘든 세상에 태어나게 해 미안해. 그리고 열심히 살아줘서 고마워."

"아니야. 엄마는 무슨 소리를 그렇게 해. 낳아줘 내가 고맙지. 이만큼 잘 키워줘서 정말 고마워요."

그 뒤 해마다 어머니 생신에는 '내 엄마라서 고마워요' 인사하고, 제 생일에는 '낳아줘서 고마워요' 인사합니다. 그런 어머니가 겹쳐져 이 펜이 그저 단순한 필기구, 평범한 볼펜 한 자루로 보이지 않았습니다.

손편지에 화답을 적어 수리가 끝난 교환 볼펜하고 함께 보냈습니다. 며칠 지나 전화가 한 통 왔습니다. 진심이 뚝뚝 묻어나는 목소리로 감사를 전하는 그 마음을 알 듯했습니다. 펜이 잘 나와 제가 더 좋다고, 오래오래 잘 간직하시기 바란다 전했습니다.

며칠 뒤 일요일 아침, 문자가 왔습니다. 온라인 글쓰기 카페에 저에게 보내는 편지를 포스팅한 링크였습니다. 어머니의 반듯반듯한 필체로 채워진 필사 노트가 눈에 들어왔습니다.

펜과 사람, 그리고 인연

이런 적은 처음이라 몇 번을 읽고 또 읽었습니다. 제가 보낸 편지를 찍은 사진도 있어 좀 민망했습니다.

어머니 회상으로 시작해 제 이야기로 이어진 글은 어머니 영전에 펜

과 편지를 함께 놓은 사진으로 끝을 맺었습니다. 사진 속 제가 쓴 편지를 보며 절로 가슴이 따뜻해졌습니다. '아……내가 누군가에게 작은 위로가 됐구나.'

어머니가 성경을 옮겨 적을 때마다 요긴하게 쓴 볼펜. 만년필로 필사하는 사람도 많지만, 거동이 불편한 분에게는 관리가 더 수월한 볼펜이 분명 나은 선택입니다. 가톨릭 신자인 어머니에게는 아주 좋은 선물일 겁니다.

볼펜 한 자루가 시간을 타고 공간을 넘어, 두 어머니와 두 자식 사이에서 인연의 끈이 되고 있습니다. 사람이 만든 펜이 사람과 사람 사이를 잇습니다. 마음은 마음으로 받아야 도리라고 압니다. 몇 달 전 받은 편지에 보내는 늦은 화답, 오늘에야 전합니다.

03

"개가 씹어버린 만년필,
이건 아무래도
힘들겠지요?"

펠리칸 M800 토터셸 브라운 M촉

만년필이라는 '쓸 것'을 제대로 수리해야겠다고 다짐하게 된 데는 나름의 까닭이 있습니다. 단종된 지 오래라 더는 부속을 구할 수도 없어 어디서도 받아주지 않는다고, 마지막이라는 생각으로 찾아온다는 분들을 외면하고 싶지 않았습니다. 수리비가 많든 적든 상관없이 어떻게든 살려내 다시 쓰고 싶다는 마음들 때문이었습니다.

멀리 부산이나 제주도에서 펜 한 자루 손에 쥐고 올라온 분들을 마주할 때면, 만년필이란 그저 뭔가를 끄적이는 데만 쓰는 도구가 아니라고 느낍니다. 무시로 찾아드는, 족히 30~40년은 더 된 낡은 만년필들, 그 안에 담긴 세월의 깊이와 무게를 가늠할 수 없기 때문에 값을 매길 수 없는 물건. 만년필은 제게 그런 존재였습니다. 내 손에 쥐어진 '쓸 것'에 단순한 필기도구를 넘어서는 의미를 부여하면, 펜은 개인의 역사가 고스란히 봉인된 마법의 램프가 됩니다. '이야기 틀'이 됩니다.

오래된 사진을 들여다보면 그 안에 있는 내 얼굴과 옷차림, 풍경을 통해 잠깐 시간 여행을 합니다. 굳이 기억을 더듬지 않아도 저절로 그 때의 날씨나 기분, 벌어진 일들이 떠오릅니다. 만년필도 다르지 않습니다. 오래된 펜을 손에 쥐면 사진보다 더 멀리 시간 여행을 떠날 수 있습니다. 사진을 보면 그 순간의 기억만 떠오르지만, 만년필은 훨씬 더 오래전에 지나간 다양하고 입체적인 장면들을 띄워줍니다. 세월의 더께가 담뿍 얹힌 오래된 만년필은 여기에 가치가 있습니다. 그저 손에 쥐기만 해도, 몇 글자 쓰기만 해도 시간을 거스를 수 있습니다.

몽블랑Montblanc하고 함께 독일을 대표하는 필기구 업체 펠리칸Pelikan은 1832년 독일 하노버에서 화방 도구를 만드는 작은 공방으로 출발했습니다. 1878년 오스트리아 출신 화학자 군터 바그너Gunther Wagner의 문장인 '펠리칸 모자상'을 등록하면서 만년필 브랜드로 본격적인 행보를 시작했습니다. 대표 모델인 펠리칸 M200은 '고시용 만년필'이라는 애칭으로 불릴 만큼 고객층이 두텁습니다. 스틸촉과 금촉, 일반 라인과 한정판 등 적극적인 투 트랙 전략을 구사해 만년필 입문자부터 수집가까지 다양한 수요를 아우릅니다.

1901년 두터운 마니아층을 거느린 잉크 '펠리칸 4001'을 출시하고, 1929년 피스톤 필러piston filler를 채용한 만년필을 선보입니다. 1883년 루이스 에드슨 워터맨Lewis Edson Waterman이 시작한 워터맨보다 50여 년 빨리 문을 열지만, 비슷한 세월이 더 지난 뒤에야 만년필을 만듭니다.

펠리칸은 워터맨, 파카, 몽블랑, 심지어 쉐퍼, 오로라보다도 늦게 만년필 생산 대열에 합류하지만, 현대 만년필의 최강자로 불리는 '몽블랑 149'에 맞상대할 가장 강력한 대항마는 '펠리칸 M800'이라 해도 지나치지 않습니다. 펠리칸이 처음 쓴 문장은 어미 한 마리에 새끼 네 마리였습니다. 1957년부터 쓴 문장은 새끼가 두 마리로 줄었고, 지금은 한 마리뿐입니다. 펠리칸 애호가들은 문장 형태와 새끼 숫자를 기준으로 생산 시기를 가늠하며 소소한 즐거움을 누립니다.

강아지가 질겅질겅 씹어버린 펜촉

어느 날 곤란한 기색이 가득 담긴 쪽지가 왔습니다.

"안녕하세요. 이걸 어쩌지요? 키우는 강아지가 그만……잠깐 한눈판 새 만년필 펜촉을 질겅질겅 씹어버렸어요. 친구에게 소개받고 연락드렸습니다만, 아무래도 이건 힘들겠지요?"

만년필 사용자들은 대부분 펜을 지나칠 정도로 아끼면 아끼지 함부로 다루지 않습니다. 실수로 펜을 책상에서 굴리거나 손에서 놓쳐 바닥에 떨어트리기는 하지만, 추락한 펜을 발로 한 번 더 밟아 캡이나 배럴이 두 동강 나는 경우는 드뭅니다. 이 펜은 펠리칸의 상징이나 마찬가지인 소베렌 M800, 그중에서도 스페셜 에디션에 속하는 토터셀 브라운Tortoiseshell Brown M촉입니다.

펠리칸 만년필은 특징이 명확합니다. 레진 소재를 써서 손에 쥘 때 따뜻한 느낌이 듭니다. 가벼워서 장시간 필기할 때 손목에 부담이 덜하고, 피스톤 필러 방식이라 잉크를 한 번에 많이 넣을 수 있습니다. 정확히 잠기는 트위스트 방식 캡을 채용해 안정성도 뛰어납니다.

만년필 펜촉은 굵기에 따라 EF extra fine 촉부터 3B촉까지 10여 개 넘는 선택지가 있습니다. 더 나아가면 OM$^{oblique\ medium}$촉 등 기울어진 형태에 따라 구분하는 펜촉, 1.1밀리미터부터 시작하는 캘리그래피용 펜촉, 세필 위주 일본 브랜드에서 생산하는 UEF$^{ultra\ extra\ fine}$촉, 그 밖의 특수 제작 펜촉까지 수십 종에 이릅니다. 만년필 사용자들은 대부분 EF, F, M촉 중에서 하나를 선택합니다.

EF촉을 다이어리 메모처럼 작은 글씨를 필기하는 데 쓴다면, F^{fine}촉은 편지나 낙서 등 일상 용도에 주로 쓰고, M^{medium}촉은 상대적으로 굵은 글씨, 이를테면 서명용에 가깝습니다. 펜촉은 아주 개인적인 취향에 따라 결정되는 만큼 정답은 따로 없습니다.

펠리칸 상위 모델에 속하는 M800은 무게가 30그램 정도이고, 손에 쥔 때 꽉 차고 묵직한 느낌이 듭니다. 흐름 좋은 펜 중 하나인 M800에 M촉이라면, 둘 중 하나일 확률이 높다는 얘기입니다. 사무실 책상 위에 두고 쓰는 서명용이거나, 일이 잘 안 풀려 답답할 때 그저 슥슥 긋기만 해도 속이 시원해지는 스트레스 해소용이거나 말이지요.

이 펜만 살려낼 수 있다면

등기 우편이 왔습니다. 충격적이었습니다. 여태 수천 자루 펜을 손봤지만 이런 사례는 처음입니다. 그저 제법 휜 상태겠지, 어지간한 펜보다 조금 더 꺾인 정도겠지 짐작했을 뿐, 설마 이런 모습일 줄 어떻게 알았겠어요? 일단 시도는 해보자, 녹록지 않은 상황이지만 뭔가 방법이 생기지 않을까, 온갖 희망 섞인 말을 끄집어낸 제 자신을 후회했습니다.

뭐라 설명해야 하지? '수리 불가'라는 말을 어떻게 꺼내지? 대체 어

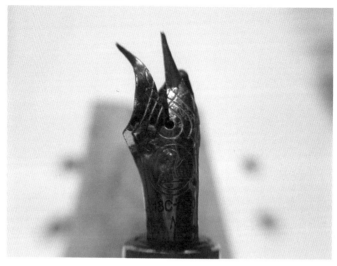

디부터 손대야 하지? 수리를 할 수는 있는 걸까? 펜촉에는 손도 못 댄 채 이틀 내내 고민만 했습니다. '오죽하면 나한테 연락했을까, 만년필을 오래 쓴 분이니 이런 펜은 고칠 수 없다는 정도는 잘 알 텐데⋯⋯.'

처지를 바꾸면 그 사람이 보입니다. 아끼는 펜을 잠깐 고개 돌린 새 강아지가 씹어버렸습니다. 마음껏 화낼 수도 없는 막막한 심정을 알 듯했습니다. 때때로 솔직함은 최선의 방책이 됩니다.

"뭐라 말씀드려야 할지 모르겠는데, 제가 생각한 것 이상이에요. 사실 어디부터 어떻게 손을 대야 할지 감이 안 와요. 살려내지 못할 확률이 99퍼센트이고, 요행히 다시 쓸 수 있다면 말 그대로 기적이에요."

"괜찮아요. 저도 살려낼 수 있다고 크게 기대하지는 않아요. 다만

그동안 오래 쓴 펜이라 정이 들어, 한번 손이라도 써보고 싶을 뿐이에요. 상식적으로 이런 펜을 어떻게 다시 쓸 수 있게 하겠어요. 어떻게 들리실지 모르겠지만, 제게는 그저 필기만 하는 도구 이상의 의미가 있는 펜이에요. 어차피 새 촉으로 교체해야 할 수밖에 없겠지만, 뭔가 시도라도 해보고 싶은 거니 부담 갖지 않으셔도 됩니다."

담담한 이야기에 제가 되레 뜨거워졌습니다. 혹시 그동안 나는 손보기 힘든 펜을 의식적으로 외면하지 않았을까, 그래서 고친 확률이 높지 않았을까, 그래놓고 낡이 살려냈다며 지만하지 않았을까.

펜을 수리할 때마다 이런 생각을 합니다. 오늘 이 펜만 고칠 수 있다면 앞으로 다른 펜은 고치지 못해도 좋다고. 그러니 이 펜은 어떻게

든 살려낼 재주를 달라고. 이번에도 그런 심정이었습니다.

마음을 가다듬고 망가진 펜을 마주했습니다. 누군가가 표현한 대로 마치 춤을 추듯 하늘거리는 펜촉을 보면서 잘 수리한 뒤의 모습을 상상합니다. 손을 뻗어 펜촉을 이렇게, 또 저렇게 매만집니다. 살짝살짝 휘고 펴면서 상상한 모습에 가깝도록 계속 다듬습니다. 며칠이 빠르게도 흘렀습니다. 시간은 얼마가 걸려도 좋았습니다. 살려낼 수만 있다면요. 펜촉도 펜촉이지만 뒤를 받치는 피드feed도 만만찮게 상했습니다. 강아지가 껌처럼 씹어댔는데, 멀쩡하면 오히려 이상하지요.

손을 썼지만, 온전하지는 않습니다. 촘촘한 빗살처럼 생긴 피드의 콤comb도 원래 모습을 떠올리기 힘듭니다. 그래도 뭉개진 부분을 최대

▼ 수리를 끝낸 펠리칸 M800 토터셀 브라운 M촉으로 시필 테스트를 했습니다.

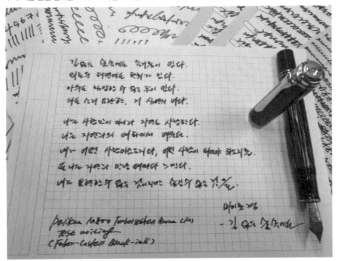

한 살렸고, 원형을 찾기 힘든 곳은 흔적이라도 냈습니다. 한동안 방치해 뻑뻑해진 피스톤도 손봤습니다. 펠리칸 M800에 걸맞은 컨디션까지 끌어올렸습니다. 유일한 수리 도구인 손톱이 여기저기 패었습니다. 잉크가 짙게 밴 손끝이 이렇게 보기 좋은 적이 있나 싶었습니다.

완벽하지 않습니다. 그래도 사용 가능합니다. 다행입니다. 지금 모습을 그대로 받아들이면 마음이 편해집니다. 외형은 험하지만, 쓸 수는 있습니다. 제 몫을 다할 수 있습니다. 가족이나 다름없을 강아지도 나이가 들 겁니다. 나이든 강아지가 뛰지는 못해도 걸을 수는 있듯이, 큰 수술 받은 펜이라 생각하고 더 아껴주세요. 그러면 지금 이 컨디션을 오래 유지할 수 있습니다.

04

서랍 속
방치된 펜,
그냥 버리기 전에

그라폰 파버카스텔 은장 볼펜과 샤프

"제 아들이 써온 건데 어떻게 수리가 가능할까 모르겠어요. 험하게 다뤄 그런지 볼펜은 거뭇거뭇해져 흉하고, 샤프는 심이 나오지 않아 아예 쓸 수 없네요. 몇 년 동안 매일 쓰던 거라 정이 들었답니다. 어떻게든 사용할 수만 있었으면 좋겠다는데, 살려낼 방법이 있을까요?"

인류가 처음 만든 '쓸 것'은 기원전 4세기경 이집트인들이 사용한 갈대 펜으로 추정합니다. 그 뒤 서구에서는 새 깃촉을 깎아 만든 깃펜을 오랫동안 썼습니다. 1883년 루이스 에드슨 워터맨이 워터맨을 창업하면서 현대 만년필 역사가 시작됐지요. 1888년에 존 로우드가 볼펜을 개발하지만 잉크 흐름이 불규칙해 상업화되지 못합니다. 세상에 없는 물건을 만들어내는 일 자체가 그렇지만, 상품으로 내놓을 정도로 완성도를 끌어올리는 과정은 실로 고단한 여정입니다. 그래도 결핍은 필요를 낳고, 필요가 극대화되면 결과물로 구현되기 마련입니다.

▼ 그라폰 은장 볼펜과 샤프는 파우치에 담겨 왔습니다. 은장 볼펜은 손때가 묻어 심하게 변색됐습니다.

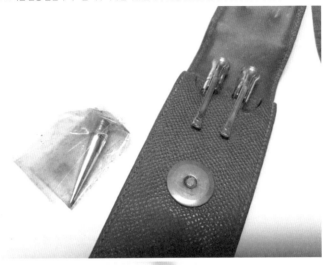

그라폰 파버카스텔 은장 볼펜과 샤프

1914년 발발한 1차 대전은 1918년까지 이어졌습니다. 급박한 전시에 만년필로 글을 쓰는 일은 쉽지 않았습니다. 촉 끝이 금방 마르고 자주 잉크를 보충해야 하는 불편한 필기구일 뿐이었습니다. 대공황을 거친 뒤인 1938년에 이르러 볼펜은 완성도가 무르익습니다. 곧이어 1939년에 2차 대전이 일어나면서 드디어 볼펜의 전성기가 시작됩니다.

볼펜은 어느 정도 필압을 주고 눌러 쓸 때 볼펜심 끝에 달린 둥근 볼이 구르면서 유성 잉크를 밖으로 내보내는 구조입니다. 한국에는 1945년 해방이 된 뒤 미군하고 함께 들어왔습니다. 1963년 한국 최초로 볼펜을 개발한 광신화학이 1960년대 말 '모나미 153'이라는 대중 필기구의 상징물을 만들어냅니다.

어느 집이든 서랍이나 필통을 열면 한 자루 보이기 마련이던 '모나미 153'은 여러 의미를 담고 있습니다. '모나미MONAMI'는 프랑스어로 '나의 친구Mon Ami'이고, '153'은 15원이라는 볼펜 가격과 모나미가 세 번째로 만든 제품이라는 뜻입니다.

샤프는 1913년 미국에서 '에버샤프'라는 이름을 단 자동 연필로 시작돼 1915년 일본인 하야카와 도쿠지가 대중화에 성공합니다. 나중에 회사 이름을 우리가 아는 '샤프SHARP'로 바꿨습니다. 한국 볼펜 시장을 개척한 광신화학이 '모나미'로 회사명을 바꾼 사례처럼 말입니다.

샤프는 작동 방식에 따라 회전식과 노크식으로 구분합니다. 회전식은 몸통 일부분을 회전시켜 발생하는 힘으로 심을 밀어내고, 노크식은 펜의 일부분을 눌러 스프링을 작동시켜 심을 내보냅니다. 그라폰 파버카스텔 은장 샤프는 펜 상단 노브knob를 돌리는 회전식입니다.

파버카스텔Faber-Castell은 1761년 독일 슈타인에서 시작한 유서 깊은 회사입니다. 대형 필기구 업체 중에서 가장 역사가 깁니다만, 그저 오래된 회사라는 사실만으로 주목받지는 않습니다. 필기구 강대국 독일의 한 축을 떠받치고 있는 파버카스텔은 나무와 금속을 잘 조화시키는 브랜드로 유명합니다. 한국에서는 색연필로 잘 알려져 있습니다.

파버카스텔은 해마다 목재 15만 톤으로 연필 20억 자루를 만듭니다. 우리 돈으로 8500억 원이 넘는 1년 매출도 의미 있지만, 스마트폰과 노트북으로 대변되는 디지털 세상에서 아직도 아날로그 아이콘인 연필을 이렇게 많이 만들고 판다는 사실은 분명히 놀랄 만합니다.

브라질에 여의도 면적 30배가 넘는 1만 헥타르에 이르는 소나무 숲을 조성해 매년 2만여 그루를 새로 심는 파버카스텔은 자연과 상생하는 친환경 기업의 본보기라 할 수 있겠습니다. 그라폰 파버카스텔Graf von Faber-Castell은 1993년에 선보인 프리미엄 라인이고, 이 볼펜과 샤프는 은 소재를 채택한 상위 모델입니다.

레진, 스틸, 황동, 플라스틱, 나무, 마크롤론, 셀룰로오드, 대리석 등 많은 재료가 펜을 만드는 데 쓰이지만, 은이라는 소재는 펜 한 자루에 담아낼 수 있는 고급스러움의 끝을 보여줍니다. 은은 사용자가 굳이 험하게 다루지 않더라도 소재 특성상 공기에 노출되면 자연스럽게 색이 변합니다. 사람도 나이들수록 피부에 탄력이 떨어지고 얼굴에 주름이 생기듯 말이지요. 은 세정용 융과 전용 약품으로 펜을 닦아내는 일은, 보습 크림을 바르고 영양을 공급해 피부에 흡착된 세월을 조금이라도 걷어내려는 노력하고 비슷합니다. 은을 여러 장신구로 만들어 친

숙하게 쓴 이유는 어쩌면 어떤 소재보다 사람하고 비슷한 점이 많기 때문 아닐까요?

우리는 시간이 지나도 변함없는 대상에 가치를 부여하고, 사람 발걸음하고 비슷한 속도로 천천히 변해가는 모습에 익숙한 느낌을 받습니다. 만약 한번 변색된 상태에서 회복할 수 없다면, 은은 이런 사랑을 받지 못할 수도 있었습니다. 은이 매력적인 이유는 더디게 변해 마치 살아 있는 듯한 자연스러움과 원형을 어느 정도 복원할 수 있는 회복성을 같이 지니기 때문 아닐까요? 오래된 펜을 손질하는 일은 분명 의미가 있습니다. 사람의 일처럼, 공을 들이면 빛이 납니다.

볼펜은 볼펜심이 터져 잉크가 흘러나오면서 고장날 때가 많습니다. 여름철 자동차 안에 보관한 일회용 가스라이터가 폭발해 불이 난 뉴스를 들어본 적 있을 겁니다. 볼펜심 형상은 여러 가지입니다. 플라스틱 원형 틀 안에 잉크를 채우기도 하지만, 잉크를 채운 공간은 금속이고 뒷부분을 플라스틱 마개로 막은 형태도 있습니다.

이 펜은 뒤의 경우입니다. 외부 온도가 빠르게 올라가면 밀폐된 내부 공기가 팽창해 마개를 밖으로 밀어버립니다. 그러면 흘러나온 끈적끈적한 잉크가 메커니즘 틈새 사이사이 박혀 원활한 작동을 방해하면서 펜이 망가집니다.

만년필 잉크는 수성이지만 볼펜 잉크는 유성이라, 한번 터지면 전용 수리 도구를 쓰더라도 깨끗이 세척하기 힘듭니다. 아끼는 볼펜이 있다면 여름철 차 안에 보관하지 않아야 합니다. 이 펜은 다행히 심각한 상태가 아니어서 외관을 살려내는 정도만으로 최대한 원형에 가깝게

▼ 세척 전과 세척 후 볼펜 상태를 비교하면 차이가 뚜렷합니다.

그라폰 파버카스텔 은장 볼펜과 샤프

▼ 슬리브를 수리하기 전과 수리한 후 상태를 비교해 보면 무엇이 문제인지 알 수 있습니다.

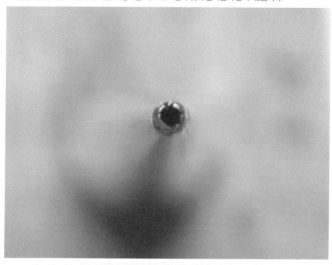

▼ 수리를 끝낸 볼펜과 샤프 세트가 반짝입니다. 위쪽에는 그라폰 파버카스텔 로고가 음각돼 있습니다.

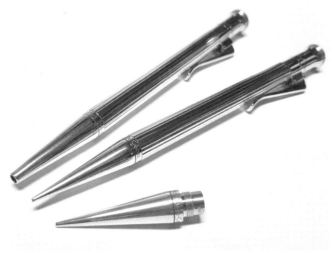

그라폰 파버카스텔 은장 볼펜과 샤프

복원할 수 있었습니다.

샤프는 상대적으로 까다로웠습니다. 샤프는 대개 외부 충격 때문에 고장이 납니다. 책상에서 떨어뜨리거나 지나치게 강한 힘을 주면 샤프심이 나오는 끝부분, 슬리브Sleeve라 부르는 촉이 살짝 휩니다.

미세하게 휜 촉은 맨눈으로 봐서는 알아채기 힘듭니다. 그러다가 문제가 생깁니다. 샤프심이 나오기는 하지만 일정한 간격을 두고 뚝뚝 부러집니다. 내 샤프가 이런 증상을 보인다면 슬리브가 약간 휘어 있을 확률이 높습니다. 물론 한눈에 알아챌 정도로 심하게 휘면 샤프심이 아예 나오지 못합니다.

심이 나오지 않은 상태에서 책상을 긁는다거나 충격을 주면 심이 나오는 슬리브 끝부분이 찌그러지기도 합니다. 이렇게 되면 심이 나올 수 없습니다. 뚜껑 닫은 물통에서 물이 나올 수 없는 이유하고 같습니다. 물을 마시려면 물통 뚜껑을 열어야 하듯 찌그러진 곳을 반듯하게 펴야 심이 걸리지 않고 나올 수 있습니다. 찌그러진 정도가 약하면 심이 나오면서 슬리브 내벽을 긁어 부스러기가 떨어집니다. 필기할 때 샤프심 가루 때문에 노트가 더러워지는 일이 반복되면 슬리브가 손상된 상태라 봐야 합니다.

내 필기구가 이런 말썽을 부리면 수명이 다 된 모양이라 생각하기 쉽습니다만, 손을 보면 살려낼 수 있습니다. 이 샤프처럼 찌그러진 부분을 최대한 원형에 가깝게 펴면 다시 쓸 수 있습니다.

물자가 넘쳐나는 세상입니다. 필기할 도구가 없어 쓰지 못하는 경우는 없습니다. 어떤 생명이든 끝이 있듯이 모든 펜은 정해진 수명이 있을 겁니다. 그럼에도 불구하고 일찍 꺼지는 생명이 서글프고, 자잘한 고장 때문에 버려지는 펜을 보는 일은 애처롭습니다.

이 샤프는 촉도 휘고 사출부도 찌그러진 상태입니다. 당연히 심이 나오지 못합니다. 기침감기에 목감기가 함께 왔습니다. 그래도 어디까지나 감기입니다. 위태로울 정도로 중한 병은 아닙니다. 며칠 약 먹고 쉬면 낫는 감기처럼, 시간이라는 약물에 정성이라는 알약을 개어 쓰면 이 샤프를 되살릴 수 있습니다.

이 볼펜과 샤프는 다시 사람 손으로 돌아가 '쓸 것'으로서 제 기능을 다해야 마땅합니다. 그래야 합니다. 버려지기에는 너무 긴 수명이 아직 남아 있으니까요. 단순히 값나가기 때문에 가치 있는 펜이 아니라, 쓰는 이의 온기가 담겨서 귀한 펜입니다.

지금 서랍을 한번 열어보세요. 방치된 펜이 있는지 한번 찾아보세요. 모든 펜을 제 몫 다할 때까지 쓰는 세상이면 좋겠습니다. 모든 사람의 겨울이 감기 정도로 지나가면 참 좋겠습니다.

05

우리의 전성기는
지금이어야
합니다

워터맨 뉴헤미스피어 디럭스 실키 F촉

의미 없이 핀 꽃은 없듯, 가치 없는 펜도 없습니다. 모든 '쓸 것'은 다 제 나름의 유용성을 내재한 유기체 같습니다. 물론 영구적인 도구가 아니니 정해진 수명은 있습니다. 그렇지만 음식물처럼 유통 기한은 없어서 잘만 관리하면 일평생을 넘어 대를 이어가며 사용할 수도 있습니다.

대를 잇는다는 말은 그저 내구성 좋은 물건 하나가 한 세대에서 다음 세대로 넘어간다는 뜻이 아닙니다. 한 사람이 자기만의 길을 오롯이 걸어오며 켜켜이 쌓아올린 소회와 애환이 손에서 손으로 전해진다는 의미입니다. 누군가의 역사가 시간적 제약과 공간적 한계를 뛰어넘어 이어진다는 뜻입니다.

펜은 마치 살아 있는 생명체 같습니다. 멈춰 있지 않고 움직입니다. 아버지가 수십 년 쓴 펜 한 자루가 내게로 와 잠시 머물다가 내 아이의 손으로 옮겨갑니다. 금전적 가치보다 더 귀한 삶의 향이 스며 있기 때문에 가격은 가치의 기준이 되지 않습니다.

최신형 차량은 기계적으로 우수한 성능을 보여주는 명확한 특성이 있지만, 만년필은 사뭇 다릅니다. 펜 표면에 남은 까뭇까뭇한 자취는 마땅히 지워 없애야 할 오염이 아닙니다. 세월에 버무려진 사연이 농익어 서서히 떠올라 융기한 흔적입니다.

아직 익지 않은 햇김치는 달고 아삭한 특유의 식감이 매력입니다. 묵은지를 넣어야만 제 맛이 나는 요리도 있습니다. '새 것'과 '옛 것'은 좋고 나쁨이 아니라 서로 다른 '향'과 '맛'을 의미합니다. 오래된 펜이 지닌 가치는 새 펜에 견줘 결코 덜하지 않습니다.

아침에 눈뜨면 우리는 전력 질주 하듯 하루하루를 살아냅니다. 남들보다 빨라야 하고, 멀리 봐야 하며, 높이 뛰어야 합니다. 뒤처지지 않아야 합니다. 베이비 붐과 386 세대로 대변되는 아날로그는 엑스 세대를 거쳐, 디지털 네이티브로 불리는 밀레니얼 세대로 이어졌습니다.

언제부터 디지털 세대의 가치 기준인 '빠름'은 인간 본연의 속도를 한참 뛰어넘었습니다. 직장에서도 도로에서도 또 집에서도, 느림의 미학을 논하는 말은 마치 뒤처진 자의 항변처럼 들립니다. 우리는 적응해야만 하고, 또한 그렇게 살고 있습니다. 그렇지만 사람의 속도를 규정하는 본질은 아날로그입니다. 잠깐씩 쉴 공간이 필요합니다.

마우스와 핸드폰을 잠시 옆으로 밀쳐놓고 종이를 꺼내세요. 아무 펜이라도 손에 쥐고 끄적이는 겁니다. 디지털에 맞선 '짧은 반란의 시간'이 시작됩니다. 점에서 시작해 선으로 이어지다가 면에서 마주치는 아날로그 휴식을 즐길 수 있습니다.

처음으로 클립을 단 만년필

"값비싼 만년필은 아니지만, 선물 받은 날부터 매일 써 제게는 정말 소중한 펜이에요. 그런데 책상에서 굴러 떨어졌어요. 펜촉이 심하게 휘어 버렸는데, 어떻게 해야 할지 모르겠어요. 일이 손에 안 잡혀요. 버리기에는 너무 아까워요. 한번 봐주실 수 있을까요?"

"속상할 그 마음 잘 알아요. 저도 가끔 제 펜 떨어트리거든요. 만년필은 앞쪽이 무거워 추락하면 대부분 펜촉이 바닥에 먼저 닿아요. 촉이 휜 정도에 따라 비교적 쉽게 해결될 수도 있고, 손대기 힘든 경우도 있어요. 일단 최선을 다해볼 테니 보내주세요. 제가 상태 점검하고 연락 드릴게요."

▼ 펜촉이 확 휘어진 상태입니다.

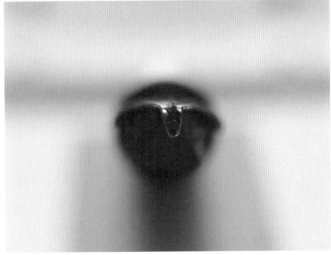

펜촉이 휘어진 만년필은 워터맨Waterman 제품이었습니다. 워터맨은 현대 만년필의 아버지 루이스 에드슨 워터맨이 1883년에 창립한 최초의 만년필 브랜드입니다. 만년필 업계의 산역사인 셈입니다. 지금은 프랑스에 본사가 있는데, 2011년에는 또 다른 브랜드 파카를 인수했습니다.

워터맨이 걸어온 발자취는 만년필이라는 '쓸 것'의 역사하고 궤를 함께합니다. 업계 선구자인 워터맨은 1905년 처음으로 만년필에 클립을 장착했습니다. 오늘날 필기구에 단 클립은 기능성보다는 디자인 측면이 더 강조되고 있지만 1차 대전과 2차 대전 때 전장에 갇힌 군인들에게 클립은 아주 유용했습니다. 클립이 없을 때는 군복 상의 주머니에 넣은 만년필이 몸을 숙이거나 급하게 움직일 때 빠지기 일쑤였거든요. 1950년대에 볼펜이 상용화 단계에 진입하기 전까지 만년필은 해마다 수십만 자루가 팔렸습니다.

엑스퍼트, 까렌하고 함께 워터맨을 대표하는 라인의 한 축을 담당하는 헤미스피어는, 1994년 처음 출시돼 26년간 다양한 컬러와 문양을 새긴 모델을 선보이고 있습니다. 제게 온 펜은 기본형에 은근한 장식을 얹어 재해석한 뉴헤미스피어 디럭스 실키 F촉입니다. 팔라듐 도금 처리를 한 캡은 은색으로 빛나고, 검은색 바디 위에는 유선형 문양을 심어 기본 라인하고 차별화를 꾀했습니다.

'헤미스피어Hemisphere'는 캡 윗부분의 반구를 뜻합니다. 지구를 절반으로 나눈 형상에 첫 만년필 생산 업체라는 자부심을 담았습니다. 워터맨은 몇몇 모델 펜촉 상판에 지구본 형상을 새기기도 했습니다. 세계를 대표하는 만년필 브랜드로 자리매김하겠다는 야심이 엿보입니다.

펜을 보면 그 사람을 알 수 있다

이 펜은 떨어트린 상태 그대로 한동안 보관한 펜입니다. 그냥 서랍 속에 넣어놓고 잊은 듯합니다. 펜촉과 피드 틈새로 보이는 잉크 잔여물을 보면 알 수 있습니다.

펜을 보면 사용자 성향이 드러납니다. 볼펜을 긋듯 꾹꾹 눌러쓰는지, 펜촉을 몸쪽으로 지나치게 틀어 쓰는지, 가끔 세척은 하는지를 알수 있습니다. 펜촉은 틀어진 각도로 오래 쓰면 그 방향대로 닳습니다. 잘못된 포즈로 골프 스윙을 하면 안 좋은 자세가 몸에 배듯 말이지요.

이미 망가진 펜을 잉크를 뺀 뒤 세척해 보관하는 경우는 없습니다. 이 펜도 다르지 않습니다. 쓰던 만년필을 그대로 방치하면 안에서 잉크가 서서히 말라갑니다. 잉크가 물처럼 깨끗이 증발하면 좋은데, 화학 성분 때문에 미세한 가루 분말 형태 입자를 만들면서 굳어지거나 슬러지처럼 끈적끈적하게 변합니다.

이 펜은 내부 세척 상태보다 90도로 꺾인 펜촉이 문제입니다. 이렇게 심하게 휜 펜촉은 살려내기 까다롭습니다. 펴려다가 펜촉이 부러질수 있기 때문입니다.

뾰족한 방법은 없습니다. 누군가 손대고 있다는 사실을 펜촉은 모르게 해야 합니다. 아주 조금씩 펴야 합니다. 핀셋 같은 금속 도구로 구부러진 펜촉을 집고 반대 방향으로 꺾으면 원상태로 복원되지 않을까 생각할 수 있습니다만, 그런 일은 일어나지 않습니다. 절대 하면 안됩니다. 반듯하게 펴지기는커녕 한 번 더 꺾이고 맙니다. 바닥에 추락한 펜촉을 자세히 보면, 제 아무리 심하게 휘어 있더라도 곡면부는 완만

▼ 펜촉만 문제가 아니라서 만년필을 완전히 분해했습니다.

합니다. 살살 달래가며 손보면 살려낼 때가 많습니다. 펜촉보다 강한 금속 집게로 꺾으면 아주 급하게 예리한 각도로 접혀버립니다. 살려낼 확률이 그만큼 줄어듭니다.

펜을 수리할 때는 펜촉보다 약한 손톱만 사용해야 합니다. 갈라지고 깨져도 계속 자라는 손톱은 거의 반영구적인 수리 도구입니다. 끝부분만 잘 다듬으면 어떤 값비싼 도구보다 더 유용합니다. 쓸모없어 보이는 존재들이 중요할 때가 있습니다.

피드도, 손에 쥐는 그립부 안쪽도, 컨버터(잉크 저장 장치) 작동 상태도, 모두 손이 가야만 하는 상태입니다. 정상적인 만년필이라면 구태여 분해할 필요가 없습니다. 이 만년필은 잉크를 충전한 상태에서 그대

▼ 수리한 펜촉을 옆과 앞에서 살펴봤습니다.

워터맨 뉴헤미스피어 디럭스 실키 F촉

로 방치됐습니다. 제 컨디션으로 끌어올리려면 분해한 다음 내부 잔여물을 말끔히 제거해야 합니다. 급하지 않게 하나씩 해결합니다.

이제 펜촉을 복원합니다. 손끝이 움직일 때마다 아주 조금씩 원형에 가까워집니다. 촉이 살아나는 모습은 제철을 맞아 터지는 꽃망울하고 비슷합니다. 며칠 관심 주지 않다가 무심결에 본 꽃봉오리가 활짝 벌어져 있듯, 펜을 조금씩 매만지다 보면 어느새 구부러진 허리를 반듯하게 편 펜촉이 눈앞에 보입니다.

긴장과 설렘으로 팽팽하던 시위가 일순간 느슨해지는 기분입니다. 누군가는 마법 같다 하지만, 그럴 리가요. 펜 수리는 펜하고 대화하는 과정입니다. 수고를 아끼지 않으면, 시간을 들이면, 누구나 할 수 있습니다. 그전에 포기하지만 않는다면 말이지요.

펜촉을 반듯하게 편 뒤에 잉크를 넣습니다. 쓰고 쓰고 또 씁니다. 가장 좋은 흐름이 나올 때까지 반복합니다. 처음 머릿속에 그린 상태에 맞는 흐름이 나올 때까지 인내심을 유지해야 합니다. 절실해야 합니다. 펜에 깃든 정령은 그 간절함을 외면할 만큼 모질지 않습니다.

꼭 지금이어야 하는 순간들

어쩔 수 없는 때가 있기는 합니다. 도저히 손댈 수 없을 때가 있습니다. 속상하고 안타까운, 어떻든 마주하고 싶지 않은 상황을 맞닥트릴 때가 있습니다. 그런데 오늘은 아닙니다. 시간을 아끼지 않았습니다. 바람이 현실이 될 때입니다. 꼭 지금이어야 하는 순간이 있기 마련입니다.

평범하고도 특별한 지난 주말이 그런 시간이었습니다. 고작 차로

두세 시간 달렸는데, 10년 가까이 못 본 대학 동기가 거기 있었습니다. 열심히 인생을 살아내는 중이라 스스로 위로하며 하루하루 버티는 동안, 바쁘다는 핑계가 어느새 입버릇이 됐습니다.

동네에서 가장 맛있다는 보쌈과 여태 마신 술 중 최고라는 막걸리를 잔뜩 준비한 동기는 참 밝게도 웃었습니다. 친구의 푸석한 얼굴과 줄어든 머리숱이 제 눈에 들어왔듯, 제 이마에 진 주름과 거친 손도 친구의 눈에 보였겠지요.

우리는 지난 10년을 술잔에 담아 마셨습니다. 막걸리는 한 잔 한 잔 거침없이 목구멍을 넘어갔고, 지난 시절 이야기는 어떤 안주보다 달았습니다. 봉인해둔 대학 시절을 끄집어내 밤새 곱씹었습니다. 그때도 분명 행복했지만, 우리의 전성기는 지금이어야 합니다.

다음날 정오가 될 때까지 친구 집에서 늦잠을 잔 뒤 밥 한 끼 하고 헤어졌습니다. 시골집 부모님처럼 트렁크 가득 이것저것 챙겨 준 친구는 백미러에서 점점 멀어졌지만, 한동안 하룻밤 기억을 떠올리기만 해도 슬몃 입꼬리가 올라가리라는 것을 압니다.

정작 중요한 것을 잊고 있었습니다. 사람이 만든 펜 한 자루를 손볼 때는 몇 시간, 며칠도 아까운 줄 몰랐는데, 그렇게 가깝다 생각하던 친구를 만나러 갈 시간은 왜 못 낸 걸까요? 더 빨리 전화하지 못해 후회했습니다. 설 연휴 전에 꼭 만나고 싶었습니다. 친구 손을 잡고 새해에는 누구보다 많은 복을 받으라는 기원을 하고 싶었습니다. 너무 늦은 후회가 아니어서 다행입니다.

06

이 만년필처럼
아버지의 건강도
만년이면 좋겠습니다

오마스 파라곤 레드 M촉

몇 해 전 5월, 대구에서 전화 한 통이 걸려왔습니다.

"꼭 갖고 싶던 펜인데 단종된 모델이라, 중고로 어렵사리 구했어요. 한동안 잘 썼는데, 갑자기 잉크 충전이 안 되네요. 안쪽 어디가 망가진 것 같아요. 분명 떨어트린 적이 없는데, 왜 이럴까요? 도무지 이유를 모르겠어요."

"무슨 말인지 이해했어요. 그런데 저도 펜을 봐야 뭐라 말씀드릴 수 있어요. 펜촉이 휜 건 살짝살짝 펴면 되지만, 부속이 심하게 손상된 경우는 난감해요. 교체할 부속이 다 있지는 않거든요. 속상할 그 마음 저도 아니, 일단 보내세요. 어떻게든 방법을 찾아볼게요."

내가 아끼는, 마음 한 조각 떼어준 펜은, 가격을 떠나 세상에 둘도 없는 귀한 물건이 됩니다. '별로 비싼 것도 아닌 펜 같은데, 뭘 그렇게 속상해하지? 그냥 다른 거 쓰면 되지 않나?' 만년필이라는 도구가 지닌

▼ 오마스 파라곤 레드 M촉을 분해했습니다. 메커니즘이 꽤 심하게 손상된 상태였습니다.

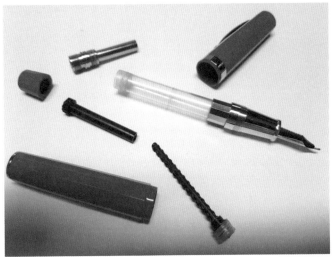

오마스 파라곤 레드 M촉

성질을 잘 모르는 분은 충분히 이렇게 생각할 수 있습니다. 그렇지만 내 손을 탄 '쓸 것'에는 뭔가가 스며 있습니다. 값을 매길 수 없습니다.

요즘처럼 노트북과 스마트폰 하나면 못할 일이 없는 세상에서, 잉크를 주입하고, 때때로 세척하고, 자주 써야만 하는 만년필은 구시대 유물처럼 보이기도 합니다. 그래도 손으로 '쓰는' 행위는 우리 내면을 들여다보는 의식 같습니다. 자기만의 공간에서 펜 한 자루 손에 쥐고 흰 종이 위에 사각사각 소리 내며 뭔가 끄적이다 보면, 한 걸음 한 걸음 내 안으로 들어가는 듯한 기분이 듭니다. 조금씩 침잠하는 과정에서 또 다른 나를 마주하게 됩니다.

한때 이탈리아 대표 만년필, 오마스

보통 1920년대부터 1940년대까지 시기를 '만년필 황금기'라 부릅니다. 초창기 만년필 업체들은 엎치락뒤치락하며 시장을 키웠습니다. 1950년대 상용화 단계에 진입한 볼펜은 기세가 대단해서 많은 만년필 제조업체가 1960년대와 1970년대를 버티지 못하고 사라졌습니다. 위기의 나날을 하루하루 살아내다 보면 늘 갈림길 앞에 서게 됩니다. 흔적도 없이 소멸하거나, 화려하게 비상하거나 둘 중 하나입니다. 파카는 와셔 클립, 쉐퍼는 화이트 닷white dot, 펠리칸은 부리 클립, 몽블랑은 화이트 스타를 앞세워 강력한 존재감을 뿜어내는 필기구 브랜드가 됐습니다.

오마스Omas는 한때 이탈리아를 대표한 만년필 제조사로, 일본의 플래티넘Platinum과 이탈리아 오로라하고 함께 1919년 문을 열었습니다. 이탈리아 필기구 업체 중 셀룰로이드를 가장 먼저 사용하며 이름

▼ 배럴과 피스톤 메커니즘을 확대해 살폈습니다.

을 알렸지요. 디자인도 디자인이지만 특유의 '버터 필감'으로 더 유명했는데, 2016년 폐업했습니다.

파라곤 레드 만년필은 2008년 100자루 한정판으로 출시했습니다. 피스톤이 제대로 작동하지 않아 이러지도 저러지도 못하는 채로 저에게 왔습니다. 안을 열어 보니 상태가 심각했습니다. 피스톤 메커니즘이 갈라지고 배럴은 금이 가 있었지요. 겨우 달려만 있어서 제대로 힘이 걸리면 버텨낼 재간이 없습니다. 어떻게 하면 좋을까 고민이 깊어집니다.

이런저런 궁리를 하다 묘안이 떠오릅니다. 길이를 재니 금이 간 상단부를 아예 날려도 얕게나마 나사산이 걸릴 듯합니다. 몸에 힘을 빼면 생각도 부드러워집니다. 유연함이 몸 안에 자리잡으면 다양한 상상이 가지를 펼치고, 상상은 역발상으로 이어져 사건을 해결할 실마리가 되기도 합니다.

떨어지기 직전인 부분을 아예 제거하고, 절단 부위를 매끈하게 다듬었습니다. 다행히 잘 잠깁니다. 어떻게든 붙이려 시도하는 대신에 정반대 수를 썼는데, 그 수가 먹혔습니다. 운이 좋았습니다.

10년이 훌쩍 넘는 세월을 힘겹게 온몸으로 받아내느라 험해졌습니다. 여러 번 닦고 매만지며 제 기능을 다할 수 있도록 컨디션을 끌어올렸습니다. 성인 남성이 주는 힘을 만년필은 버텨내지 못합니다. 아빠가 힘줘 꽉 잠근 유리병 뚜껑은 그저 안 열릴 뿐이지만, 배럴은 또 다릅니다. 이 만년필은 길게 금이 간 상태라 메커니즘을 결합하면 제대로 잠기지 않고 헛돕니다. 하필 힘을 가장 많이 받는 곳이 손상됐습니다. 접착제를 써도 얼마나 오래 버틸지 장담할 수 없습니다.

시간을 아끼지 말아야 하는 순간

이럴 때 효과적인 수리법이 있습니다. 제가 즐겨 쓰는 마스킹 테이프입니다. 따로 수선용으로 특화된 전용 키트는 아니지만, 깨진 제 펜 몇 자루도 이렇게 고쳤습니다.

금이 간 배럴 안쪽과 바깥쪽에 접착제를 꼼꼼히 바르고 충분히 말립니다. 두꺼워도 안 되고 얇아도 안 됩니다. 지나치게 두툼하면 부속들 사이에 간섭이 생기고, 얇으면 제 효과를 기대하기 힘들기 때문입니다. 차라리 얇게 펴 말리고 덧바르는 과정을 반복해 두께를 조절하는 편이 낫습니다.

한 번에 해결하려는 과욕은 금물입니다. 시간을 아끼지 말아야 합니다. 테니스 라켓 손잡이에 테이핑 하듯 촘촘히 감았습니다. 테이프가 지닌 탄성을 충분히 활용해 약간씩 당겨가며 마감해야 합니다. 그래야 잘 버팁니다. 무심히 그냥 감기만 하면 효과를 제대로 보기 힘듭니다.

조립을 마치고 잉크를 충전합니다. 잘 들어갔습니다. 수리한 배럴 부위도 탄탄합니다. 생각보다 훨씬 양호한 수준입니다. 예상한 그림대로 잘 수리됐습니다.

모든 제품에는 이성적 기준으로 정한 내구연한이 있고, 감성적 영역에서 가능한 기대 사용 수명이 있습니다. 만년필에 정령이 있다면, 머무는 곳은 펜촉일 겁니다. 이 만년필은 펜촉이 살짝 틀어진 정도라 조금만 다듬어도 충분합니다. 큰 차이는 아니지만 초반의 경미한 헛발(처음 필기할 때 잉크가 잘 안 나오는 현상)이 잡혔고, 펜촉 단차를 조정해 필기감이 개선됐습니다. 흐름이 균일합니다. 좋습니다. 이 펜은 아

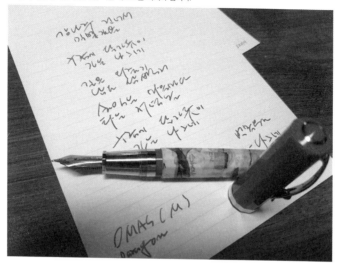

직 한참 더 쓸 수 있습니다.

　펜을 사용할 때는 신경쓰지 않아도 되지만, 잉크를 충전할 때는 메커니즘을 최대한 조심스럽게 작동해야 합니다. 노브를 반시계 방향으로 천천히 돌려 피스톤이 바닥에 닿으면 꼭 멈춰야 합니다. 마지막 조금 넘치는 그 힘이 부속에 무리가 됩니다. 무심히 반 바퀴라도 더 돌리면 겨우 결합된 부분이 버텨내지를 못합니다. 다시 이탈하면 힘들어진다는 사실을 잊으면 안 됩니다.

　처음 펜을 받을 때는 이런 생각을 했습니다. 펜촉 상태는 그래도 괜찮은 편이니 수리를 할 수 없으면 잉크를 찍어 딥펜dip pen처럼 쓸 수도 있겠다 싶었습니다. 그야말로 어쩔 수 없는 상황에서 택하는 자구책이겠지요. 이 펜을 처음 상태 그대로 쓸 수 있게 하고 싶었습니다. 제조사가 문을 닫아 더는 새 부속을 구할 수 없으니 어떻게든 방법을 찾아야 했고, 다행히 바람은 현실이 됐습니다.

만년필을 반려견에 비유한 제 글을 보고 어떤 분이 말했습니다. 나도 낡아 삐걱거리는 만년필이 오랜 세월 함께한 노령견 같아서 차마 버리지 못하고 그냥 서랍에 넣어 두고 있다고. 펜 좋아하는 사람들 마음은 다 같습니다. 그렇게 아날로그에 진한 향수를 품고 있습니다.

아직 먼 소멸의 시간

한때 번창하지만 이리저리 흔들리다가 2016년 끝내 역사 속으로 사라진 비운의 오마스. 오로라, 비스콘티, 몬테그라파 같은 이탈리아 만년필 브랜드가 건재하다는 사실을 위안으로 삼을 수밖에 없습니다. 무엇이든 소멸해 더는 볼 수 없다는 현실은 서글픕니다. 그렇지만 이 만년필은 아직 아닙니다.

잉크가 문제없이 충전됐습니다. 글씨도 잘 쓸 수 있습니다. 사람으로 치면 큰 수술을 받은 셈입니다. 손상 부위를 잘라내고, 갈아내고, 붙이고, 다듬고, 조였습니다. 고맙게도 만만찮은 수리 과정을 늙은 펜이 잘 버텼습니다.

여든 넘은 아버지가 얼마 전 수술을 받았습니다. 전신 마취 후유증으로 환각과 섬망 증세를 겪는 아버지를 지켜보며 하루에도 몇 번씩 가슴이 철렁했습니다. 연세에 견줘 또렷하던 판단력이 흐려진 아버지에게 다그치듯 말한 일을 후회합니다. 아이처럼 음식 투정을 하는 아버지

를 억지라도 인정해야 했습니다. 가장 기본적인 일도 누가 돕지 않으면 힘들어하는 아버지를 있는 그대로 받아들여야 했습니다.

서로 미처 경험하지 못한 상황을 마주할 때 나보다 더 기가 막히고 답답한 사람은 아버지라는 사실을 왜 몰랐을까요. 얼굴, 팔, 다리 할 것 없이 온몸 곳곳에 전선과 튜브를 꽂은 모습은 분명 아버지도 상상한 적 없을 겁니다.

아버지의 거친 팔과 다리에 로션을 바르다 멈칫했습니다. 탄탄한 근육이 가득하던 팔뚝과 종아리가 왜 크림빵처럼 부드럽기만 한 걸까요. 세게 누르지 않는데도 아무 저항감을 느낄 수 없는 아버지의 몸은 마치 갓 썰물이 지나간 갯벌 같습니다.

잘 수리된 펜처럼 아버지도 하루빨리 툭툭 털고 일어나기를 소원합니다. 아버지의 내구연한이 만년이면 참 좋겠습니다.

07

휘어진 펜촉,
수리가 전부는
아닙니다

라미 2000 블랙 EF촉

고장난 만년필은 다 나름의 이유 때문에 안타깝습니다. 오래 쓴 펜이면 정든 세월 때문에 아프고, 손에 쥔 지 얼마 안 된 펜은 제대로 한번 쓰지도 못하고 버려야 하니 속상합니다. 내가 산 펜이면 들이기 전에 고심한 시간이 떠올라 부주의한 자기 자신을 탓하게 되고, 선물받은 펜이면 준 사람 마음에 상처를 낸 듯해 미안해집니다.

"늘 저렴한 만년필만 써왔어요. 펜 좋아하는 취미가 있는 걸 안 아내가 큰맘 먹고 선물했는데, 너무 좋아 들떠 공중에서 펜을 놓쳤어요. 시간이 멎는 것만 같았어요. 남들에게는 대수롭지 않은 펜일지 몰라도, 제게는 가장 좋은, 제일 귀한 만년필이에요. 무슨 수가 없을까요?"

"펜촉이 뒤로 넘어가 분해 자체가 힘들어요. 장담할 수 없는 상태라는 걸 저보다 더 잘 아실 거예요. 지금은 전력을 다해보겠다는 말밖에는 할 수 없어요. 이해하시지요?"

    마음을 비우라고, 일단 최선을 다하고, 안 되면 펜촉을 교환하자고, 다행히 다른 곳은 문제가 없어 보인다고, 안심시켰습니다.

    나 혼자만 사는 세상이 아니라서, 우리는 가까운 사람들끼리 선물을 주고받으며 삽니다. 지출할 수 있는 범위 안에서, 되도록 받는 이에게 내 마음이 온전히 전해지기를 소망합니다. 디지털 디바이스, 신발, 옷, 책, 액세서리 등 선택지가 많지만, 펜을 선물하는 데는 사뭇 다른 의미가 있습니다. 요즘 같은 디지털 세상에 '쓸 것'을 선물하는 일 자체가 그렇고, 아날로그 감성의 정점이라 할 만년필은 더욱 그렇습니다.

    1960~1970년대 태어난 40대와 50대는 졸업 선물로 만년필을 받은 기억이 더러 날 겁니다. 그 시절 만년필은 성공을 비는 축원과 앞날

에 행운이 깃들이기를 바라는 염원이 어우러진 상징물 같았습니다. 졸업식 날 학교 근처 중국집은 사람들로 북적였습니다. 만년필을 선물로 받지는 못했지만, 제 기억 속 졸업식은 눈치 안 보고 짜장면 곱빼기를 시키는 날이었습니다. 1980년대로 접어들어 손목시계에 바통을 넘긴 만년필은, 마치 구시대 유물처럼 마니아만 찾는 기호품이 됐습니다.

대중의 시선을 사로잡은 만년필, 라미

독일은 필기구 강국입니다. 최고 만년필로 일컬어지는 마이스터스틱 149를 만든 몽블랑을 필두로, 마이스터스틱 149의 강력한 대항마 소베렌 M800을 보유한 펠리칸, 현존하는 가장 오래된 필기구 업체 파버카스텔, 연필에서는 파버카스텔에 결코 밀리지 않는 내공과 역사를 자랑하는 종합 문구 업체 스테들러Staedtler, 한 손에 쏙 들어오는 포켓 만년필로 유명한 카웨코Kaweco, 만년필의 핵심이라 할 닙과 피드를 전문으로 만드는 보크Bock 등이 포진한, 그야말로 만년필계의 '빅 리그'입니다.

  루이스 에드슨 워터맨이 자기 이름을 딴 워터맨을 창립한 이래, 조지 새포드 파커도 자기 이름을 딴 파카를 세상에 선보였습니다. 예나 지금이나 자기 이름을 브랜드로 삼는 선택은 자신감과 소신의 발현입니다. 내 이름에 부끄럽지 않게 하겠다는 의지를 엿볼 수 있습니다.

  라미Lamy는 파카에서 판매 담당자로 일한 요제프 라미Josef Lamy가 1930년 독일 하이델베르크에서 문을 열었습니다. 레진 소재를 주력으로 하는 몽블랑이나 펠리칸에 견줘 플라스틱과 강철을 채택한 하드웨어와 모던한 디자인을 바탕으로 한 소프트웨어를 결합해 대중의 시선을 사로잡습니다. 라미는 단순함 속에 숨은 세련미를 끄집어내는 능력이 뛰어난 브랜드입니다. 1980년 출시한 사파리Safari가 물 위에서 존재감을 뽐냈다면, 50년도 더 된 라미 2000은 수면 아래에서 브랜드 정신을 꾸준히 이어왔습니다.

라미 만년필 중 가장 잘 알려진 사파리는 가볍고 내구성 좋은 플라스틱 바디, 쉽게 꽂고 뺄 수 있는 금속 클립, 쥐는 위치를 직관적으로 표현한 삼각 그립, 남은 잉크를 바로 확인할 수 있는 투명 창, 비교적 싼 가격, 만년필 입문용으로 손색없는 필기감 등 매력 요소가 차고 넘칩니다. 거기에 기본 컬러만 10여 종에 이르는데도 해마다 새로운 스페셜 컬러를 추가하니 관심을 끌지 못하면 도리어 이상한 일이지요.

만년필은 서서히 수면 위로 떠올랐습니다. 더는 고루한 구시대 유물이 아니라는 사실을 알렸고, 한때 졸업식장에나 등장하던 예스러운 필기구가 요즘 같은 디지털 세상에서도 많은 사람들에게 어필할 수 있다는 반전을 보여줬습니다. 실용성과 현대적 디자인을 앞세운 사파리가 한국 만년필 시장이 대중화되는 데 마중물 구실을 했다면, 라미 2000은 라미가 내세운 디자인 미학의 정수를 보여줬습니다.

1960년대 중반에 출시한 모델을 2000년에 리뉴얼한 사실을 믿기 힘들 정도로 세련된 디자인입니다. 처음 눈으로 마주하면서 한 번 놀라고, 손끝을 타고 손바닥을 거쳐 온몸으로 퍼지는 독특한 손맛에 또한 번 놀랍니다. 무광 브러시 타입인 바디는 한번 손에 쥐면 놓고 싶지 않을 만큼 그립감이 매력적입니다. 단순하고 독특한 간결함을 추구하는 디자인 철학은 라미가 만든 모든 제품에 고스란히 녹아 있습니다.

수리하려면 펜이 허락해야 합니다

이 펜의 몸통은 섬유질과 송진을 섞어 압착한 마크롤론Makrolon이라는 신소재 플라스틱으로 만들었습니다. 먼 곳에서 보면 마치 매끈한 검은색 탄환 한 발 같지만, 가까운 곳에서 들여다보면 펜 전체를 채운 숱하게 많은 가로선이 나타납니다. 이 가로선들은 땀이 나더라도 펜이 미끄러지지 않고 손에 착 달라붙게 하는 기능적 요소로 작용합니다.

라미 2000은 펜촉도 독특합니다. 언뜻 보면 스테인리스 재질 같지만 14케이 금촉입니다. 백금으로 도금해 은색으로 보일 뿐입니다. 라미 2000에는 아무리 봐도 펜촉 사이즈가 표기돼 있지 않다며 어떻게 알수 있는지 묻는 분들도 있습니다. 몽블랑은 스티커를 붙여 알려주고, 나머지 대부분의 만년필은 펜촉 하단부나 측면에 'EF, F, M' 식으로 펜촉 굵기를 새겨놓아 쉽게 확인할 수 있습니다.

라미 2000 펜촉에도 굵기를 새겨놓았습니다. 결합한 상태에서는 촉 하단부가 가려져 안 보일 뿐입니다. 촉과 그립부를 분리하면 됩니다. 'EF/585/LAMY'라는 글자가 보입니다. 라미가 만든 EF촉으로, 58.5퍼센트의 금을 포함한 14케이 금촉이라는 뜻입니다. 만년필 펜촉은 쓸수록 조금씩 사용자의 필기 스타일에 맞춰 닳으면서 부드러워집니다. 오랜 시간을 함께한 지기知己처럼 오래될수록 더 편안해집니다.

만년필 분해는 되도록 안 하면 좋습니다. 단순히 세척을 하려고 펜 내부를 열 필요는 없습니다. 결합된 상태에서 물을 넣고 빼는 정도만 해도 충분합니다. 어쩔 수 없는 경우도 종종 있습니다. 그럴 때는 주의를 기울여야 합니다. 평평하고 잘 정돈된 책상 위에서 작업해야 합니

다. 작은 부속은 바닥에 떨어지면 찾기 힘듭니다. 그립부와 배럴 사이를 분리하면 금속 링이 나옵니다. 조그맣고 얇아 자칫 잃어버리기 쉽습니다. 이 부속이 없으면 캡과 배럴을 제대로 결합할 수 없으니 주의해야 합니다. 금속 링이 고정 걸쇠 구실을 하기 때문입니다.

언제나 펜을 수리하기 전에는 먼저 제 마음부터 차분히 가라앉힙니다. 조급함은 펜 수리에 악영향을 미칠 뿐입니다. 서둘다 보면 펜에지나친 힘을 주게 되고, 누군가 나를 손대고 있다는 사실을 펜이 알게되면 휘거나 부러지는 식으로 거부의 뜻을 드러내기도 합니다. 어루만지듯 조심조심 다가가야 펜도 치료 과정을 받아들입니다.

수리를 해달라는 요청은 사람이 하지만, 치료해도 좋다는 허락은

펜한테 받아야 합니다. 그때부터 시작입니다. 펜을 구석구석 살피면서 다른 곳에는 이상이 없는지 점검합니다. 특이 사항이 없다는 사실을 확인하면, 어떤 순서로 손볼지 머릿속에 그림을 그립니다. 그렇게 조금씩 다가서다 보면 어느새 점점 살아나는 펜을 만나게 됩니다.

"안심하셔도 되겠어요. 위험한 고비는 넘겼어요. 이제는 좀더 좋게 상태를 끌어올리는 단계로 넘어갈 거예요. 이왕이면 조금이라도 더 매끈하고 부드럽게 나오게끔 다듬는 일만 남았어요. 갑자기 펜촉이 부러지거나 하는 일은 없어요."

"사실인가요? 아내한테는 아직 말도 못 했어요. 안 그래도 어제 물어보길래 회사에 두고 왔다고 대충 둘러댔거든요. 맘에 드는지 물어보

▼ 라미 2000 만년필이 제 모습을 되찾았습니다.

는데, 받자마자 떨어트렸다는 말을 못하겠더라고요."

"걱정하지 마세요. 루페Loupe로 들여다보면 수리 흔적이 보일 수 있지만, 맨눈으로는 알기 힘들어요. 최대한 그렇게 해 보낼 거예요. 며칠만 더 기다리세요."

사용자가 품은 진심을 제가 공감했고, 제 마음을 펜이 이해했으며, 펜의 의지가 사람에게 닿았습니다. 우리는 다 같은 편입니다. 펜을 수리하다 보면 손끝이 얼룩덜룩해집니다. 잉크 범벅이 됩니다. 늘 만년필을 쥐고 살다 보니 깨끗한 손이 어색할 때도 있습니다. 손톱 사이에 낀 잉크 때문에 간혹 민망해지기도 합니다. 그럴 때는 이 정도 수고를 들여 펜 한 자루를 살려낸다면 의미 있는 일 아니냐고 속으로 되뇝니다.

어느 정도 외형을 잡은 뒤 다음 단계로 넘어갑니다. 펜촉 정렬 상태를 미세 조정하고, 잉크를 주입해 시필 테스트를 거쳐야 합니다. 대충 그럴듯한 정도는 부족합니다. 만년필은 눈으로 먼저 맛을 보지만 반드시 손에 쥐고 써야 하는 도구이기 때문입니다. 잉크 흐름을 테스트한다는 말은 적정값을 끄집어낸다는 뜻입니다. 잉크 흐름이 모자라면 필기감이 떨어지고, 지나치게 풍부하면 글씨가 번집니다.

모자람도 지나침도 어디까지나 차악일 뿐 차선이 아닙니다. 만약 힘을 주고 약간 눌러쓰는 습관이 있다면 다 잊고 손에 힘을 빼세요. 힘을 주지 않아도 펜촉 끝이 종이에 닿기만 하면 잉크가 술술 나옵니다. 구태여 힘을 줄 이유는 어디에도 없습니다. 펜이 아무리 귀한들 사람만 할까요. 만년필이라는 도구가 의미 있는 이유는 사용자가 사람이라는 점입니다. '쓸 것'의 끄트머리를 우리가 쥐고 있기 때문입니다.

사람의 끝을 쥐고 있는 우리들

코로나19 사태를 지켜보면서 작년 이맘때가 떠올랐습니다. 결혼 뒤 감기 한 번 걸린 적 없는 아내가 며칠 피곤해하다가 약을 먹었는데, 별로 나아지지 않았습니다. 열이 좀 나고 가끔 구토를 해도 별일 있겠나 싶은 마음으로 출근했는데, 오후 3시가 넘어 전화가 왔습니다.

"여보. 나 너무 힘들어. 빨리 와줄 수 있어요?"

회사에 조퇴계를 낼 경황도 없이 집으로 달려와 보니, 아내는 마치 다른 사람처럼 맥을 놓고 누워 있습니다. 열은 내려갈 기미가 없고, 이미 다 토해 더는 나올 게 없어 헛구역질만 합니다. 응급실에서 몇 가지

검진을 하더니 갑자기 마스크 쓴 의사와 간호사들이 거친 발소리를 내며 나타났습니다. 응급실 분위기가 어수선해졌고, 누워 있는 아내는 어디로 옮겨졌습니다. 'A형 간염'이었습니다. 간호사는 1급 감염병이라고 알려줬습니다. 특별한 치료제가 없다는 사실도 처음 알았습니다. 격리 병실에 아내를 남겨두고 집으로 오는 길은 참 멀었습니다.

　고작 차로 5분 거리인데, 몇 십 배 더 먼 곳처럼 느껴졌습니다. 늘 곁에 있던 사람이 사라진 빈자리는 생각보다 컸습니다. 아직 어린 두 딸이 엄마의 부재를 느끼게 하고 싶지 않아 전력을 다하는 나날이 이어졌습니다. 감염 위험 때문에 아내가 병원에 입원한 한 달 동안 면회할 수 있는 사람은 보호자인 저뿐이었습니다. 아내가 퇴원한 날 본 하늘빛을 아직도 기억합니다. 눈이 시려 눈물이 날만큼 새파랬습니다. 결혼한 날보다, 첫 아이가 태어난 그날보다 훨씬 더 기쁜 날이었습니다.

　불안에는 경험치가 없습니다. 이미 겪은 사람은 그 정도를 알기 때문에 괴롭고, 처음 겪은 사람은 미지의 영역이라 가슴이 쿵쾅거립니다. 그렇지만, 그럼에도 불구하고, 사람의 끝을 쥐고 있는 존재는 언제나 우리입니다. 하루빨리 이 고통스러운 시간이 지나가기를 소망합니다.

08

쓰는 사람의
시간이 만드는
명품 만년필

몽블랑 마이스터스튁 P145 F촉

"펜닥터님 안녕하세요. 블로그 수리기 보고 연락드렸습니다. 만년필에 문제가 생겨 어떻게 해야 하나⋯⋯속만 태웠는데, 뭔가 길이 보이는 듯 해 얼마나 다행인지요."

"어떤 심정일지 이해해요. 하지만 펜을 보지 않고서는 저도 수리 여부를 장담하기 조심스러워요. 만년필은 마치 생물 같아, 비슷해 보여도 펜마다 증상이 다 다르니까요. 같이 머리를 맞대고 방법을 찾아보시지요. 상태가 어떤가요?"

"이 만년필은 제 큰형님이 선물해준 건데, 그만 제게 주고 1년이 채 못 돼 돌아가셨어요. 형님을 추억할 유일한 도구라 제게는 의미가 각별합니다. 그동안 잘 써왔는데 얼마 전 딸아이가 만지고 난 후 잉크가 잘 안 나오고, 촉은 종이를 심하게 긁는, 도무지 쓰기 힘든 아주 곤란한 상태가 돼버렸습니다. 어떻게 살려낼 방법이 있을까요?"

▼ 고장난 몽블랑 마이스터스틱 P145 F촉 만년필을 받았습니다.

"봐야 정확히 알겠지만, 말씀대로라면 단순히 펜촉이 틀어진 정도일 확률이 높아요. 만년필 구조를 모르는 사람이 볼펜 다루듯, 단 한번 꾹 눌러쓰는 것만으로도 펜촉에 무리가 갈 수 있어요. 만년필 접해본 적 없는 아이가 손댔다면 더욱 그럴 수 있지요. 혼내지 마세요. 만년필이 관리가 필요한 '쓸 것'은 맞지만, 내구성이 그렇게 형편없는 도구는 아니니까요. 진열장에 넣어놓고 보기만 하는 장식품이 아닌데 그 정도로 약하게 만들지는 않아요. 속상하시겠지만 너무 걱정 마세요. 어떻게든 해볼게요."

일단 안심하게 해드렸습니다. 형님이 남긴 유품을 제대로 관리하지 못한 자책감이 얼마나 클까 싶기 때문이었습니다. 어린 딸을 혼낸다고 해결될 일이 아니니, 그저 자기 자신을 책망할 도리밖에 없었겠지요.

사연 담긴 만년필에 필요한 시간

의미가 부여된 펜은 금전적 가치에 무관하게 소중합니다. 세상에 둘도 없는 귀물貴物이 됩니다. 모든 펜에는 나름의 이야기가 있습니다. 행복하고 따뜻한 기운으로 가득한 펜도 많지만, 이 P145처럼 안타까운 사연을 담은 펜도 많습니다. 모든 펜은 다 고쳐야 할, 제 쓰임을 다할 때까지 기능적으로 온전히 작동해야 할 이유가 있습니다.

얼마 뒤 강원도 속초에서 펜 한 자루가 왔습니다. 다행히 예상한 정도입니다. 그래도 여기저기 손이 가야 합니다. 이만하기 다행입니다. 간혹 제아무리 많은 시간을 들여도 어쩔 수 없는 펜이 있습니다. 만년필 수리 도구 중 하나라고 할 수 있는 '시간'을 들여 해결할 만하면 운이 좋은 겁니다.

"보내주신 만년필 잘 받았어요. 시간이 좀 걸리겠지만 크게 걱정하지 않아도 될 것 같아요. 그동안 마음 졸이셨을 테니 한숨 돌리고 며칠 기다려주세요. 제가 좋은 소식 전해드릴게요."

"정말인가요? 말씀만으로 안심이 돼요. 저는 이게 몽블랑 만년필이라는 것만 알지 정확한 모델명도, 펜촉이 뭔지도 몰라요. 형님이 케이스나 다른 것 없이 펜 한 자루만 건네준 거라 언제 어디서 샀는지도 모르고요. 그래서 어디다 어떻게 수리를 맡겨야 할지 더 막막했어요. 그저 일상생활에서 자주 쓸 수 있도록 너무 가늘지도, 또 굵게 나오지도 않았으면 좋겠어요. 아니, 그냥 나오기만 해도 만족이에요."

"이 펜은 P145라는 이름을 가진, 몽블랑을 대표하는 모델 중 하나예요. 형님이 정말 좋은 펜을 선물해주셨어요. 잉크가 술술 나오는 F촉인데다 몽블랑이 원래 흐름이 좋으니, 정상 범위 내에서 아주 조금만 줄여드릴게요. 그럼 두루두루 쓰기 좋을 거예요."

"아……고맙습니다. 전에 지인이 잠깐 보더니 이 펜은 정품이 아닌 것 같다고 해요. 사실 그건 제게 별로 중요하지 않아요. 제 형님이 준 건데 정품이면 어떻고 아니면 어떻겠어요. 그냥 쓸 수만 있으면, 오래 간직할 수만 있으면, 그걸로 충분해요."

그분은 대체 왜 그런 말을 한 걸까요? 설령 정품이 아닌 듯 보이더라도 아무 말 않고 배려해야 할 텐데, 심지어 이 펜은 정품입니다. 몽블랑이 명품으로 꼽히다 보니 비슷하게 흉내낸 모조품이 있기는 하지만, 이 펜은 틀림없습니다.

삼 대장과 삼 형제

1906년 독일 함부르크에서 문을 연 몽블랑은, 1909년 '적과 흑'이라는 뜻을 지닌 '루주 에 누아르Rouge et Noir'로 시작해 1924년 대표 라인인 마이스터스틱 시리즈를 탄생시킵니다. 펜촉에 새긴 '4810'이라는 숫자는 몽블랑 산의 높이인 4810미터를 의미합니다. 캡탑에 새긴 화이트 스타는 만년설로 뒤덮인 몽블랑 산을 형상화한 로고입니다.

마이스터스틱 시리즈는 1960년 일시 단종된 뒤 1979년 복각돼 지금에 이르고 있습니다. 이 만년필의 정확한 이름은 '몽블랑 마이스터스틱 P145 F촉'입니다. 발음하기도 쉽지 않은 독일어 'Meisterstück'은 '명작'을 의미합니다. 영어 단어 'masterpiece'하고 같습니다. 브랜드 지향점이라 할 수 있는 '명품'이라는 핵심 가치를 아예 제품명에 넣었습니다. 완성도가 따라주지 못하면 오만함으로 비칠 테지만, 누구나 인정하는 브랜드로 우뚝 선 만큼 근거 있는 자신감으로 읽힙니다.

몽블랑은 제품명을 숫자로 표현하는 모델이 많습니다. '만년필계 삼 대장'을 파카 51, 펠리칸 M800, 몽블랑 149라 한다면, 몽블랑 일반 라인 삼 형제는 145, 146, 149라 할 수 있을 겁니다.

이 모델들은 검은색 레진 소재 바디에 클립과 장식부가 금장인데, 숫자 앞에 'P'가 붙은 모델은 장식부가 은장입니다. 금장이 은장보다 더 고가라고 생각하는 분들이 있는데, 적어도 몽블랑 만년필은 아닙니다. 여기에서 'P'는 'Platinum'의 약자입니다. 장식부가 백금으로 도금돼 도리어 더 비쌉니다. 금장이 전통적 고급스러움을 강조한다면 은장은 현대적 세련미를 은은히 뿜어냅니다.

펜을 선물한 분이 큰형님이라니 삼 형제가 아닐까 싶습니다. 이 펜은 몽블랑 만년필 삼 형제 중 막내이고 장식부가 백금인 고급형 P145입니다. 게다가 일상 필기용으로 부드러움을 극대화한 F촉이지요. 막냇

▼ 펜촉과 캡탑에 몽블랑을 형상화한 문양들이 보입니다.

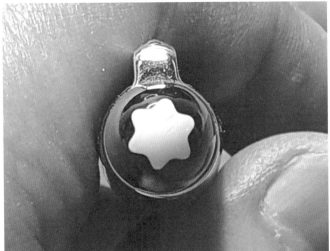

몽블랑 마이스터스틱 P145 F촉

동생에게 남겨줄 펜 한 자루, 최고 만년필에 아낌없는 사랑을 담아 건네려 한 그 마음을 짐작해봅니다. 상태가 상태인 만큼 펜을 분해했습니다. 펜촉은 틀어지고, 피드 콤은 꺾이고, 컨버터는 뻑뻑합니다. 펜촉이 반듯하지 않으니 흐름이 일정할 수가 없습니다. 쓸 때마다 긁히는 느낌이 들 수밖에 없었겠지요.

만년필이 잘 나오면 구태여 힘을 주고 쓸 일이 없습니다. 잘 안 나오니 힘을 주게 되고, 힘을 주니 펜촉이 틀어지고, 펜촉이 틀어지니 필기감이 안 좋을 수밖에 없습니다. 한번 긍정의 수레바퀴에 올라타면 선순환이 이어지지만, 그렇지 않을 때는 이런저런 문제가 꼬리의 꼬리를 물게 됩니다. 손볼 구석은 많지만 시간을 들이면 다 해결될 증상입니다. 틀어진 펜촉은 반듯하게 제 자리를 잡으면 됩니다.

꺾인 콤은 펴고, 뻑뻑한 컨버터는 분해해 세척한 다음 오일을 바르면 마치 새 것처럼 부드러워집니다. 펜촉이 반듯해지면 결합해 잉크를 채운 다음, 요령 부리지 않고 계속 쓰면서 흐름을 잡습니다.

억지로 하는 운전은 노동이지만 내가 원해서 하는 운전은 드라이브가 됩니다. 테스트하는 시간을 아까워하면 한없이 지루하지만, 펜이 내는 소리를 듣는 과정이라 생각하면 즐거운 순간이 됩니다.

쓰고 또 쓰다 보면 어느 순간 만족스런 흐름이 잡히고 딱 어울리는 부드러운 필기감이 나옵니다. 이 펜은 흐름이 풍부한 몽블랑의 F촉입니다. 펜촉 슬릿 간격을 지나치게 좁히면 자칫 선이 끊기고, 반대로 적정선을 넘으면 잉크가 번질 수 있습니다. 정상 범위 안에서 살짝 줄여 사용자가 일상 필기를 할 때 더 자주 쓸 수 있게 했습니다.

적당히 괜찮은 정도를 원하지 않았습니다. 쓸 만한 선을 넘어서는 상태로 만들고 싶었습니다. 어쩌면 이 펜은 수리가 벌써 다 끝난 상태일지도 모릅니다. 조금이라도 더 나은 상태로 만들고 싶은 마음이 앞서 손에서 놓지 못한 듯합니다.

파붙이 형님을 떠나보낸 슬픔의 깊이를 제가 어떻게 가늠할 수 있을까요. 때로는 웃고 때로는 다투며 살아온 식구 하나를 더는 볼 수 없다는 그 막막함을, 저도 아주 조금은 알고 있습니다.

제 큰형님은 제가 태어나기 전에 세상을 떠났습니다. 무릎께도 못 미치는 얕은 개울에 큰아들을 빼앗긴 부모님은, 더는 그 얼굴을 볼 수 없다는 현실에 절망했습니다. 그 헛헛한 마음 덕분에 제가 이 세상에

▼ 제 모습을 찾은 몽블랑 P145가 멋진 모습을 드러냈습니다.

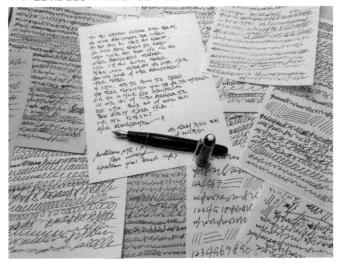

태어났고, 두 분은 늘 저를 보면서 큰아들을 떠올렸습니다.

어린 시절 아무리 막내아들이라 해도 다른 형제들에 견줘 유난한 사랑을 받은 비밀을 고등학생이 돼서야 알았습니다. 오래된 사진첩 구석에 꽂힌, 나하고도 닮은 듯 다르고 형하고도 느낌이 생경한 사내아이는 참 의젓해 보였습니다. 먼저 간 큰아들이 남긴 마지막 사진을 태울 때 눈물도 같이 마른 줄 알았더니 아닌가 보다 하면서 눈가를 적신 어머니는 어느새 여든이 넘었습니다.

시도 때도 없이 꿈에 나타나 꿈속에서도 오열하게 만드는 큰아들을 마주하기가 힘들어 슬픈 기억이 마치 없던 일처럼 지워지기만을 바라며 살아왔다 하셨습니다. 그런데 점점 잊는 게 많아지는 나이가 되니 어떻게든 얼굴만이라도 기억하고 싶은데 사진 한 장 남아 있지 않다며 목이 메셨습니다.

쓰고, 쓰고, 또 쓰고

잘 손본 이 펜처럼 제 어머니에게도 큰아들을 추억할 만한 뭔가가 남아 있다면 얼마나 좋을까요. 시간에 구애받지 않고 손봤습니다. 이미 수리가 끝난 펜을 한 번이라도 더 매만지고 광을 내면서 위로를 대신합니다. 그런 일 없기를 바랍니다만, 혹시 다시 펜에 문제가 생기면 언제든 말씀하세요. 기꺼운 마음으로 살펴드리겠습니다.

마음은 이미 두 분이 계신 강릉에 가 있는데, 편히 갈 수 없는 요즘 무시로 전화기를 들게 됩니다. 혼란스런 시기가 하루빨리 지나가 좀더 가벼운 얼굴로 부모님을 뵈러 갈 수 있으면 좋겠습니다. 언제고 다가올 그날이 너무 늦지만 않으면 참 좋겠습니다.

09

당신은
만년필하고 잘 맞는
사람입니다

`비스콘티 이스토스 아라크니스 F촉`

새 학기 교과서를 받아가라는 연락이 와, 얼마 전 딸아이 초등학교에 다녀왔습니다. 마스크를 쓰고 있어 얼굴을 알 수 없는 담임 선생님을 만나 눈인사를 나누고 돌아서는 발걸음이 무거웠습니다. 시끌벅적 아이들이 재잘거려야 할 교실은 대낮인데도 어둠이 내린 듯 적막했습니다. 여전히 안심할 단계가 아니라는 사실을 모두 잘 알고 있습니다.

집에 머무는 시간이 많아지니 처음에는 자고, 먹고, 텔레비전 보더라, 그런 나날도 길어지니 뭔가 찾게 되더라, 그러다 책을 펼치게 되고, 그러다 보니 뭔가 끄적거리게 되더라는 사람들이 늘고 있습니다.

나이와 성별, 하는 일에 상관없이 이 세상을 살아가자면 누구나 매일 속을 끓게 됩니다. 마치 얇은 돌판을 한 장 한 장 가장 깊은 곳부터 쌓는 일 같습니다. 얼마나 자주 잘 비워내느냐는 전적으로 각자의 몫입니다. 얇아서 처음에는 있는지도 모르던 돌판이 켜켜이 쌓이면, 유연해야 할 사고가 점점 뻣뻣해지다 이내 무거워집니다. 낯빛도 같이 어두워져, 금세 주변에서 모두 알아채게 됩니다.

돌판 무게에 짓눌려 나를 잃어버리지 않으려면 자기만의 스트레스 해소법이 있어야 합니다. 운동도 좋고 독서도 좋습니다. 아무 쓸 것이나 손에 쥐고 종이에 낙서라도 해보세요. 그것도 좋습니다.

"제가 예민한 걸까요?"

"제가 지나치게 예민한 걸까요? 어딘가 분명 아니다 싶은데 원인을 모르겠어요. 쓰면 잉크가 나오기는 하지만 너무 거칠어요. 갖고 있는 다른 펜들은 이런 느낌이 아니거든요. 그냥 계속 쓰면 나아질까 싶다가도, 어쩐지 아무래도 아닌 것 같아서요. 제가 이상한 걸까요?"

필기감이 매끄럽지 않다고 느낀 어느 분이 문의를 해왔습니다. 그분은 혹시 자기가 너무 예민한 탓일까 걱정하는 듯했습니다.

"아니에요. 이상한 게 아니에요. 답답하겠지만 만년필이라는 도구가 원래 그래요. 분명 함부로 다룬 적 없는데, 갑자기 잘 안 나오거나, 어제하고 다르게 종이를 긁거나, 심지어 뚝뚝 끊기기도 하지요? 갑자기 거칠어졌다면 닙 밸런스가 살짝 틀어져 있을 확률이 높아요. 정말 문제가 있으면 아예 안 나와요. 그런데 조금이라도 불편하다 싶으면 안 쓰게 되는 게 또 만년필이에요. 연락 잘하셨어요."

제가 아니라는 답을 보냈지만, 그분은 답답해했습니다.

"만년필이 볼펜, 수성펜보다 관리가 필요하다는 건 알지만, 갑자기 이러니 당황스러워요. 업무 특성상 스트레스 받는 일이 많은데, 남들처

럼 여가 생활 즐길 시간도, 그럴 마음의 여유도 없어요. 가끔 좋아하는 펜 들여다보면서 기분 전환 하는데, 이렇게 말썽 부리니 도리어 펜 때문에 스트레스가 쌓일 판이에요."

그 기분을 저도 잘 아니까 펜을 한번 직접 살펴보기로 했습니다.

"만년필이 좀 까다로운 구석이 있는 건 맞지만, 수천만 원 하는 차도, 수억 원 넘어가는 집도 하자가 있기도 하고 그렇잖아요. 아무리 잘 만든 펜이더라도, 사람 손을 타는 도구이니 문제 있을 수 있다 생각하는 게 속 편해요. 혼자 애태우지 말고 보내세요. 일이 밀려 있지만 시간 쪼개 볼게요."

며칠 뒤, 펜이 도착했습니다. 단종돼 이제 더는 구할 수도 없는 모델

입니다. 비스콘티Visconti 이스토스 아라크니스 F촉. 이 만년필은 그렇게 제게 왔습니다.

비스콘티, 펜으로 빚어낸 예술

1988년 10월 탄생한 비스콘티는 오로라하고 함께 이탈리아 만년필의 양대 산맥으로 우뚝 섰습니다. 비스콘티는 중부 토스카나의 주도이자 예술과 문화의 도시 피렌체에 뿌리를 두고 있습니다. 한 모델을 계속 생산하기보다는 소량 생산한 뒤 단종하고 새 모델을 탄생시키는 데 힘을 쏟는 노력파지요. 오직 나만의 펜이라는 기분을 충분히 느낄 수 있게 영문 두 자를 캡탑에 담는 '마이 펜 시스템'을 적용합니다.

오로라보다 70년가량 늦게 시작했지만, 펜 한 자루에 예술적 감성을 녹여내 어느 브랜드에도 밀리지 않는 자기만의 영역을 구축했습니다. 필기구를 단순히 쓰는 도구를 넘어 예술과 문화를 담아내는 작품으로 승화시킨 셈입니다. 누룩 종류에 따라 막걸리 맛이 달라지듯 펜을 빚을 때마다 독창성을 더해 매번 새롭고 놀라운 걸작이 탄생했습니다.

이 펜에는 그리스 신화 한 편이 온전히 담겨 있습니다. 인간인 아라크네는 베를 짜는 능력이 뛰어나 제우스와 메티스 사이에서 태어난 여신 아테나하고 실력을 겨루게 됩니다. 아테나는 지혜, 전쟁, 요리, 직물의 신입니다. 자만심이 극에 달한 아라크네는 자수로 신을 조롱하는 장면을 새겼고, 화난 아테나는 아라크네를 베 짜는 거미로 만듭니다. 비스콘티는 거미가 된 아라크네를 펜에 담았습니다.

피렌체를 흐르는 아르노 강에 세운 베키오 다리를 옮겨놓은 클립은 비스콘티의 오랜 전통입니다. 만년필의 꽃은 누가 뭐래도 펜촉입니다. 그렇지만 캡을 닫은 때는 클립이 바통을 넘겨받습니다. 파카의 화살 클립이나 펠리칸의 부리 클립처럼 비스콘티의 클립은 독창적입니다.

▼ 이스토스 아라크니스 배럴에는 거미가 된 아라크네가 담겨 있습니다.

온고지신溫故知新은 옛것을 익혀 새것을 안다는 말입니다. 고루한 먼지를 털어내니 밝은 속이 드러납니다. 거미로 변한 아라크네를 양각으로 입체감 있게 표현했고, 캡과 배럴 전체를 감싼 거미줄은 거미처럼 92.5 퍼센트 순은으로 장식했습니다.

맨눈으로 보면 어디에 이상이 있는지 쉽게 알아채기 힘듭니다. 정면에서 보면 살짝 틀어진 사실을 알 수 있지만, 단차는 미세합니다. 펜촉 한가운데 갈라진 슬릿을 기준으로 좌우 타인Tines이 밀착돼 흐름이 조금 박합니다. 최적 필기감을 맛보기에는 어딘가 아쉬운, 딱 그 정도입니다. 액셀을 밟으면 달리는 데에는 문제가 없지만 살짝 핸들이 떨리고 아주 약간 한쪽으로 쏠리는 현상하고 비슷합니다.

▼ 이스토스 아라크니스 만년필의 펜촉을 분해했습니다.

비스콘티는 장점이 여럿이지만, 만년필의 근본은 필기감입니다. 유명 브랜드에 견줘 밀리지 않을 정도로 부드럽습니다. 게다가 이 펜에는 '드림 터치'라 부르는 23케이 950 팔라듐 닙이 장착돼 있습니다. 부드러운 연성 펜촉의 끝을 맛봐야 하는데, 이러면 고개를 갸웃하게 됩니다.

작은 차이로 큰 기쁨 주는 만년필

큰 문제가 아니라 손본 뒤에도 맨눈으로는 표가 안 납니다. 그런데 한 줄이라도 쓰면 달라진 상태를 대번 알 수 있습니다. 만년필이라는 도구가 원래 그렇습니다. 일반 가방과 이른바 명품 가방은 기능에 차이가 없지요. 뭔가를 담는 용도는 같으니까요. 다만 한 땀 한 땀 균일한 바느질이나 작은 부자재의 내구성이 명품을 만듭니다. 마찬가지입니다. 펜촉 밸런스에서 드러나는 미세한 차이가 최고의 만년필을 만듭니다.

펜촉을 조정하면 좀더 균일하고, 긁힘이 없으며, 부드러워집니다. 글씨만 써지면 별문제 없다 생각할 수 있는데, 최적화된 만년필을 써보면 생각이 바뀝니다. 원래 이렇게 필기감이 좋은 펜이구나 하면서 다르게 보게 됩니다. 그럼 자주 쓰게 되고, 펜은 점점 더 좋아집니다. 선순환이 일어납니다. 묘한 결과가 아니라 정해진 수순입니다.

음을 느끼는 감수성의 정도를 음감이라 하고, 소리를 구분해 알아듣는 능력을 청음력이라 합니다. 둔한 사람은 자동차에 기본으로 달린 순정 오디오도 정말 좋다 느끼지만, 태생적으로 듣는 감각이 잘 발달한 사람은 자동차보다 더 비싼 오디오로 튜닝을 해도 어딘가가 자꾸 거슬립니다. 일부러 까다롭게 굴려 하지 않아도 튀는 음이 귓속을 파고드니 어쩔 도리가 없습니다. 남들보다 더 깊고 입체감 있게 듣는 재능을 타고난 셈이니 분명 행복한 일이지만, 한편으로는 피곤할 수도 있지요.

만년필도 다르지 않습니다. 어떤 사람에게는 펜에서 잉크가 나오느냐 안 나오느냐가 정상과 비정상을 가름하는 판단 기준입니다. 종이에 술술 써지면 써지는 대로, 긁으면 긁는 대로 그려려니 별생각 안 합니다. 미묘한 차이를 제대로 느끼지 못하니 어쩐지 손해 보는 일처럼 여겨질 수 있습니다. 그런데 내 펜에 별다른 불만이 없어서 편하기도 하지요.

감각이 발달한 사람일수록 작은 차이를 크게 느낍니다. 그 점 때문에 만년필은 불편한 도구이지만, 예상 못 한 기쁨도 줍니다. 작은 차이가 큰 영향을 미치는 섬세한 도구지요. 이렇게 예민한데 어떻게 쓰나 싶

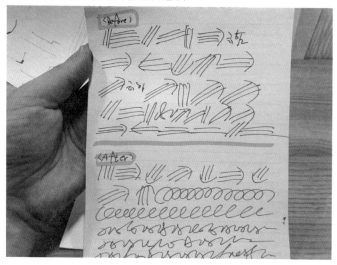

습니다만, 만년필은 불편을 감수할 만큼 매력적입니다. 내가 길들이는 대로 변해가는 '쓸 것'은 무엇하고도 맞바꿀 수 없는 즐거움을 줍니다.

만년필에 아주 잘 맞는 당신

처음부터 심각하지 않았습니다. 무딘 사람이면 잘 못 느낄 정도였습니다. 무던한 펜이 더 좋아졌습니다. 필기감은 승차감 같습니다. 경차를 타다 중형차를 처음 타면 환상적인 승차감에 감탄합니다. 그런데 대형 세단을 탄 다음날 다시 중형차에 오르면 어제 놀란 이유가 뭐지 싶습니다. 몸이 먼저 알아챕니다. 자동차는 도저히 넘어설 수 없는 차급이 있지만, 만년필은 다릅니다. 값싼 펜이어도 잘 조정한 상태로 오래 써 길이 들면 어떤 펜에도 밀리지 않는 근사한 필기감을 맛볼 수 있습니다.

　간혹 내가 너무 예민한 건가 생각하는 분들이 있습니다. 이 정도는 그냥 참고 써야 하는데 괜한 까탈을 부리는 건가 싶지요? 만년필 좋아하는 사람은 대부분 조용하고 차분합니다. 감정이 섬세하고 정서적으로 안정돼 있습니다. 큰 소리를 내기보다는 작은 음성으로 조근조근 이야기하는 쪽을 더 좋아합니다. 아차 하고 펜을 떨어트릴 수는 있지만, 떨어트린 펜을 발로 한 번 더 밟을 정도로 덤벙대지는 않습니다.

　가끔은 나도 좀 둔하면 좋겠다 싶을 때도 있겠지만, 그럴 수 없다는 사실을 누구보다 자기가 잘 압니다. 어쩌면 볼펜이 더 실용적일 수 있고, 어쩌면 수성펜이 좀더 완벽한 필기구일지 모릅니다. 그렇지만 필기 각도가 약간만 달라져도 손끝에 전해오는 감각이 다르고, 조금만 눌러써도 선 굵기가 바뀌는 만년필에서 느껴지는 뭔가가 있지요.

　사람은 다 다릅니다. 어떤 문제가 생기면 원인을 외부에서 찾는 사람이 있고, 자기 안에서 찾는 사람이 있습니다. 펜이 잘 안 나오는 이유를, 원래 불량인 제품이 운 나쁘게 내게 온 탓이라 생각하는 이가 있고, 쓰는 내가 문제일지 모른다고 염려하는 이도 있습니다.

　당신은 이상한 사람이 아닙니다. 오히려 만년필하고 아주 잘 맞는 사람입니다. 다른 사람들보다 잘 발달한 감각 때문에 피곤할 수는 있지만, 남들이 모르는 필기감이라는 영역을 혼자만 넘나드는 경험은 또 다른 즐거움이 분명합니다. 복잡하든 단조롭든 일상에서 잠깐이나마 벗어날 수 있다면, 그저 손에 쥐기만 해도, 고작 몇 줄 쓰기만 해도 하루치 시름을 날려버릴 수 있다면, 만년필은 충분히 가치 있지 않을까요?

10

"《반지의 제왕》은
내 생혈로 쓴
작품이오"

1912년 이탈리아 북동부 바사노델그라파^{Bassano Del Grappa}에서 이탈리아 최초 만년필 메이커 몬테그라파^{Montegrappa}가 탄생했습니다. 몬테그라파는 일반 라인뿐 아니라 다양한 한정판 모델을 출시하는 이탈리아 필기구 업계의 대부입니다. 은세공과 셀룰로이드 다루는 능력이 탁월하며, 예술과 철학을 접목한 '작품'을 꾸준히 만들었습니다. 장인 정신에 예술성을 얹은 몬테그라파가 이탈리아 럭셔리 만년필 브랜드의 대명사로 인정받는 현실은 어쩌면 당연합니다. 한국에서는 고급 필기구의 상징으로 확실히 자리매김한 몽블랑에 밀려 덜 알려졌지만, 어떤 브랜드에도 밀리지 않는 존재감을 뿜어냅니다.

　　몽블랑을 비롯해 많은 필기구 업체가 한정판을 만듭니다. 한정판의 가치는 희소성에서 나옵니다. 희소성은 욕구에 견줘 수단이 질적이나 양적으로 부족한 상태를 의미합니다. 비용만 내면 언제든 손에 넣

을 수 있는 공산품이 아니기 때문에 가치를 획득합니다. 필기구 업체 처지에서 한정판은 가볍게 볼 수 없는 마케팅 수단입니다. 브랜드 충성도가 높은 고객을 확보하는 도구로 활용할 수 있으니까요.

사용자가 기꺼이 지갑을 열고 만만찮은 비용을 지불한다면, 업체는 거기에 걸맞은 가치를 제공해야 마땅합니다. 그런 관점에서 보면 요즘 한정판은 빛이 많이 바랬습니다. 한정판이 범람하는 시대입니다. 소장해야 할 의미를 찾기 힘든 사례도 더러 있습니다.

진정한 한정판
한정판 필기구를 갖고 있다는 사실은 확실히 심리적 만족감을 줍니다.

그런데 한정판이 너무 많다 보니 정작 의미 있는 시도들이 가려지기도 합니다. 진정한 한정판은 시대 흐름을 담아야 합니다. 도도히 흐르는 세월 속에서 역사의 편린을 끄집어내야 합니다. 형상을 구체화해야 합니다. 소장 가치를 지닌 '작품'이어야 합니다.

영화 〈반지의 제왕The Lord Of The Rings〉은 뉴질랜드 출신 피터 잭슨 감독이 메가폰을 잡아 존 로널드 루엘 톨킨J. R. R. Tolkien이 쓴 소설 《반지의 제왕The Lord Of The Rings》을 영화화한 3부작 시리즈입니다. 2001년 1부 〈반지의 제왕 — 반지 원정대The Lord Of The Rings: The Fellowship Of The Ring〉가 개봉하자 전세계가 들끓었습니다. 이듬해 2부 〈반지의 제왕 — 두 개의 탑The Lord Of The Rings: The Two Towers〉이 공개되면서 열기는 한층 더해갔습니다. 다시 1년 뒤 마지막 3부 〈반지의 제왕 — 왕의 귀환The Lord Of The Rings: The Return Of The King〉을 끝으로 긴 여정이 마무리되지만, 아직도 그때 받은 감동을 기억하는 이들이 많습니다.

시리즈가 다 흥행했지만, 그중에서도 3부 〈반지의 제왕 — 왕의 귀환〉은 압도적이었습니다. 전세계 흥행 10억 달러(우리 돈으로 1조 2195억 원)를 돌파하고, 2004년 제76회 아카데미상에서 11개 부문을 휩쓸었습니다. 그야말로 '화려한 귀환'이었지요.

영화는 사악한 군주 사우론의 힘이 담긴 절대 반지를 손에 넣은 호빗 프로도가 악의 세력 오크 군단에 맞서 세상을 지키기 위해 동료들하고 함께 긴 여행을 떠나는 이야기입니다. 반지가 만들어진 모르도르에 가야만 악의 근원인 절대 반지를 파괴할 수 있습니다. 반지를 손가락에 끼면 이성을 잃고 욕망에 사로잡힙니다. '내 보물My Precious!'이라고

되뇌는 골룸은 프로도 곁에서 끊임없이 반지를 노립니다.

1892년 영국에서 태어나 1973년에 세상을 떠난 영문학자이자 소설가 톨킨은 《반지의 제왕》을 쓰며 1940년대를 보냈습니다. 2차 대전 때 목격한 참상을 작품에 녹여냈습니다. 톨킨이 소설을 쓰기 시작한 지 16년째인 1954년 여름 《반지의 제왕》 1권이 나오고, 이듬해에 걸쳐 3권이 모두 출간됐습니다. 많은 사람들이 환호했고, 자연스레 톨킨과 톨킨의 작품을 좋아하는 이른바 톨키니스트Tolkienist가 생겨났습니다. 역사상 가장 성공한 판타지 소설로 불리는 《반지의 제왕》에 독자들은 1억 5000만 부가 넘는 판매고로 화답했습니다.

톨킨이 구축한 세계관이 워낙 방대한 탓에 《반지의 제왕》을 영화로 만들 수는 없다고 다들 말했지만, 톨키니스트 피터 잭슨은 영화사에 한 획을 긋는 작품을 기어코 완성했습니다. 책을 영화화하면 완성도가 원작에 못 미치는 사례가 흔한데, 적어도 이 작품은 예외로 치는 사람들이 더 많습니다. 비주류로 여겨지던 판타지 장르를 수면 위로 끌어올린 업적 또한 의미 있습니다.

한 자루 만년필 곳곳에 배치된 24개 모티프

몬테그라파 만년필 '반지의 제왕' 스털링 실버 F촉. 펜 한 자루에 시대를 초월하는 톨킨의 세계관을 오롯이 담은, 그야말로 진정한 한정판이라 부르기에 손색없는 작품입니다. 펜 전체에 24개 모티프를 구석구석 배치했습니다. 하나씩 찾아보는 재미도 쏠쏠합니다.

캡탑의 '사우론의 눈'을 필두로 갑옷, 칼, 활, 화살, 도끼, 방패, 절대

반지, 골룸까지 보고 있기만 해도 영화 속 장면이 떠오릅니다. 클립은 프로도의 엘프 검 '스팅'으로 장식돼 있습니다.

배럴 하단부, 노브 끝에는 한정판 제작 수량과 고유 번호를 새겼습니다. 한정판 제작 수량도 나름대로 의미를 담았습니다. 원래 사우론이 지니고 있던 절대 반지 말고도 요정들이 3개, 드워프들이 7개, 인간들이 9개의 반지를 갖고 있었습니다. 몬테그라파는 톨킨에 바치는 헌사인 이 펜을 379자루만 만들었습니다. 탈착식으로 만든 절대 반지의 복제품을 달아 헌사의 마침표를 찍었습니다.

펜촉에는 브랜드명, 펜촉 재질과 사이즈에 더해 주인공 프로도 배긴스가 속한 부족의 상징물을 각인해 특별함을 더했습니다. 캡탑 장식

▼ 캡탑 장식부에는 사우론의 눈이 강렬한 에너지를 내뿜고 캡 하단부에는 절대 반지가 장착돼 있습니다.

부 사우론의 눈은 고정식이 아니어서 살짝 건들면 피젯 스피너처럼 쉽게 돌아갑니다. 마치 영화의 한 장면처럼 강렬한 에너지를 내뿜으며 시선을 잡아챕니다. 악의 군주 사우론과 골룸이 그토록 탐낸 절대 반지는 캡 하단부에 금장 링으로 장착돼 있는데, 굵은 나사산으로 살짝 걸린 구조라 시계 반대 방향으로 돌리면 가볍게 풀립니다.

"떨어트리기는커녕 한번 밖으로 가지고 나간 적도 없어요. 도대체 왜 이렇게 첫 획이 불안정한지 도저히 모르겠어요. 이유를 알아야 조심이라도 할 텐데, 언제 또 말썽 부릴지 몰라 불안해요. 왜 그런 걸까요?"

"만년필이라는 도구가 지닌 까다로운 특성이에요. 제 펜도 가끔 특별한 이유 없이 안 나오기도 하고 그래요. 눈으로는 알 수 없는 아주 작은 차이가 필기에 영향을 미치기도 하는 게 사실이에요. 깊게 생각하지 말고, 이 펜이 진짜 내 것이 되기 위한 과정이구나 하고 생각하는 게 속 편해요."

"그 얘기는 고칠 수는 있다는 말이지요? 그런데 앞으로 또 이러면 어쩌지요?"

"새로 산 구두가 내 발에 익숙해지기 전에는 뒤꿈치를 깨물기도 하고, 답답해 쪼그려 앉기 불편하기도 하고 그러지요? 며칠 신다 보면 자연스럽게 발등에 주름이 잡히고 뒤축도 늘어나 한결 편해진 기억이 있을 거예요. 만년필도 같아요. 길들이는 시간이 필요하다고 생각하세요. 조금이라도 더 쓰기 편하게 살짝 손봐 보내드릴게요. 험히 쓸 분이 아니니 앞으로는 곤란한 일 없을 거예요."

"아……무슨 말인지 이해했어요. 쉽게 설명해주니 바로 알아듣겠어요. 펜에 큰 문제가 없더라도 이럴 수 있고, 자주 쓰다 보면 더 좋아질 거라는 말이지요? 그렇다면 안심이에요. 큰 문제가 있는 건 아닌가 싶었거든요. 고마워요."

만년필은 필기구입니다. 아무리 화려하고 깊은 내력을 담고 있더라도 잘 써지지 않는다면 비싼 장식품일 뿐입니다. 이 펜은 심각하지는 않습니다. 슬릿 사이에 찌꺼기가 끼어 있고 간격이 약간 좁아진 정도입니다. 세척한 뒤 먼지를 제거하고 조금만 다듬으면 훨씬 좋아집니다.

피스톤을 움직여 맑은 물이 나올 때까지 반복해 세척한 다음, 얇은 종이로 슬릿 사이를 훑어 이물질을 제거합니다. 지나치게 밀착된 슬릿 간격을 살짝 조정합니다. 이 정도로 충분합니다. 이런 정도만 손봐도 흐름이 확 달라집니다. 불안을 키우는 가장 큰 자양분은 불신입니다. 내가 소극적으로 대하면 펜이 나를 압도하려 하지만, 먼저 크게 한 발 내디디면 알아서 뒤로 물러섭니다.

좋은 상태의 펜이라는 말은 부드럽되 지나치지 않고, 세밀하게 써지지만 박하지 않다는 뜻입니다. 사각이는 느낌은 나지만 거친 상태하고는 다르고, 늘 한결같아 언제든 마음 편히 꺼내 쓸 수 있다는 말입니다. 시합 때마다 컨디션이 들쭉날쭉한 선수를 중요한 경기에 내보내는 감독은 없습니다. 경기력이 일정해야 신뢰를 얻어 자주 출전하게 됩니다. 그럼 실력도 점점 좋아집니다. 만년필도 다르지 않습니다.

종이에 따라 굵기는 확 달라집니다. 왼쪽은 복사지하고 다르지 않은 일반 노트이고, 오른쪽은 상대적으로 표면이 매끈한 테스트지입니다. 흡수율이 다르기 때문에 같은 날에, 같은 장소에서, 같은 잉크를

▼ 다른 종이를 놓고 써보면 흡수율에 따라 선 굵기가 달라졌습니다.

넣고 써도 이렇게 차이가 납니다.

서로 다른 펜으로 쓴 글처럼 보이지만 사실은 같은 펜입니다. 만년필을 좋아하는 사람은 자연스레 잉크에 관심을 가지다가 종이에 눈뜨게 됩니다. 어떤 종이를 쓰느냐에 따라 내 펜이 마치 살아 있는 생명체처럼 달리 반응합니다. 매일 반복되는 단조로운 일상에 파문이 일었습니다. 만년필의 묘미는 여기에 있습니다.

펜이 도착한 지 2주가 지났습니다. 수리하는 데 평소보다 더 오랜 시간이 걸린 이유가 있습니다. 저는 예전에 〈반지의 제왕〉 3부작을 다 봤습니다. 그런데 20년이 지나는 동안 기억도 조금씩 흐려져 대략적인 줄거리 말고는 가물거렸습니다. 펜을 케이스에 봉인하고, 짬짬이 3부작을 다시 봤습니다. 어쩐지 그렇게 해야 할 것만 같았습니다.

톨킨은 이런 말을 남겼습니다.

"《반지의 제왕》은 내 생혈로 쓴 작품이오."

어느 누구보다 만년필을 애정한 《혼불》의 작가 최명희가 떠올랐습니다. 만년필 몸통에 잉크를 넣은 뒤 펜촉이 종이에 닿을 때까지 이르는 여정을 '내 피를 내어 펜에 담아 쓰는 것만 같다'고 표현한 작가의 마음이 시공간을 뛰어넘어 톨킨하고 닿아 있는 듯합니다.

세상 모든 일은 다 동떨어져 있지 않다

저는 17년 전 첫 헌혈을 했습니다. 아내가 큰아이를 낳은 그날을 아직도 기억합니다. 힘을 쓰려면 속이 든든해야 할 듯해 속이 부대낀다는 아내 입에 억지로 국밥을 떠먹여 한 그릇 비우고 병원에 들어섰습니다. 반나절 산통을 겪고 분만실로 실려간 아내는 첫 아이라 어디를 어떻게 힘을 줘야 하는지 알지 못했습니다. 점점 기운이 빠져가는 아내 모습을 지켜볼 수밖에 없었습니다.

의사는 아내에게 몸에 힘을 완전히 빼라 말했습니다. 분만대 위로 올라간 간호사가 아내의 복부를 주먹 쥔 손으로 쓸어내 강제로 아이를 밀어냈습니다. 3.2킬로그램으로 태어난 아이의 탯줄을 끊으면 모두 끝나는 줄 알았는데, 아니었습니다. 하혈을 너무 심하게 한 아내는 얼굴이 하얘졌습니다. 의사는 아내를 응급실로 옮겼습니다.

"원래는 하혈이 자연스럽게 멎어야 하는데, 약을 써도 멈추지를 않습니다. 이 상태가 지속되면 위험합니다. 수혈을 해야 합니다. 혈액을 쓰면 좀더 빨리 회복이 되지만, 간혹 감염을 염려하는 분이 있습니다. 혈액 대체제(인공 혈액)를 쓰면 감염 걱정은 줄지만 회복하는 데 시간이 더 걸립니다. 산모의 경우는 이미 흘린 양이 많으니 혈액을 쓰는 게 낫습니다만, 선택은 보호자가 하셔야 합니다."

고민할 상황이 아니었습니다. 수혈을 받고 회복실로 올라온 아내는 얼굴빛 자체가 달랐습니다. 분가루 바른 듯 하얗던 얼굴이 추운 데 있다 실내로 갓 들어온 사람처럼 불그스레해졌습니다. 이제는 의료 기술이 좋아져 덜하지만 예전에는 출산 뒤에 목숨을 잃기도 한 사례라는 이야기를 나중에 들었습니다.

그때부터 계속 해온 헌혈이 어느새 세 자릿수가 됐습니다. '100'이라는 숫자가 주는 막연한 충일감 때문에 예전에는 횟수를 세었는데, 몇 년 전부터는 별 관심이 가지 않습니다. 처음 같지는 않다지만, 그래도 코로나19의 기세는 현재 진행형입니다. 큰아이는 지금 같은 때는 좀 걸러도 괜찮지 않냐고 말합니다. 남들은 다들 사람 있는 곳을 피하는데 아빠는 왜 일부러 찾아가느냐고 합니다. 아내는 그런 말을 하지 않습니다. 어차피 듣지 않을 사람이라는 사실을 아니까요.

헌혈을 해야 하는 이유를 알기 때문이기도 합니다. 누군가 헌혈을 하지 않았다면, 지금 제 곁에 있는 아내는 이 세상 사람이 아닐지도 모릅니다. 혈액형이 달라 발만 동동 구른 그날의 저는 아내가 살아나기만 하면 평생 헌혈을 하겠다고 스스로 약속했고, 어느새 17년이 지났습니다. 내 몸에서 나온 붉은 혈액이 누군가의 심장을 뛰게 하는 마중물이 되기를 소원합니다. 이번 주에도 저는 또 헌혈을 하러 갑니다. 평생 약속을, 초심을 지키는 일이기 때문입니다.

책 쓰는 일, 영화 찍는 일, 만년필 만드는 일, 만년필 수리하는 일, 세상 모든 일은 다 이어져 있습니다. 외딴 섬처럼 보이지만 홀로 존재하지 못합니다. 우리가 각각 하나의 섬이라면, 진심은 섬과 섬을 잇는 연도교連島橋가 됩니다. 작고 하찮아 보이는 일에도 전력을 다하면, 은은한 향과 은근한 빛이 납니다. 시나브로 귀한 일이 됩니다.

11

만신창이가 된
만년필계의
'지프'

크로스 타운젠트 XF촉

크로스Cross는 1846년 미국 로드아일랜드 주 프로비던스에서 첫발을 내디딘 필기구 전문 업체입니다. 처음부터 필기구를 생산하지는 않았습니다. 금과 은을 바탕으로 여러 장식품을 만들며 내공을 쌓은 크로스는 작은 금속을 쥐고 펴는 과정에서 익힌 세공 기술을 펜에 녹여내며 비로소 주목받기 시작합니다.

만년필에 앞서 볼펜으로 명성을 누려 '미국 대통령의 펜'이라는 수식어를 얻습니다. 정확하고 빈틈없이 딱 맞아떨어지는 마감이 특징인 독일, 화려하고 아름답다는 찬사가 결코 지나치지 않은 이탈리아, 세필에서는 견줄 데가 없다는 일본 등 만년필 강국들 사이에서 필기구계 선구자 자리를 놓치지 않으려 노력하는 미국 만년필의 자존심입니다.

크로스는 전형적인 미국 제품답게 화려한 장식이나 컬러를 브랜드 정체성으로 내세우지는 않습니다. 과감하고 단순해 첫눈에 반하기

▼ 크로스 타운젠트 만년필이 부러진 상태로 도착했습니다.

는 힘들어도, 오래 볼수록 더 정이 붙는 디자인이 매력입니다. 2차 대전 직후인 1946년 첫 선을 보인 센츄리는 특유의 슬림하면서도 클래식한 디자인으로 주목받았습니다. 정장 주머니에 꽂힌 크로스 볼펜의 반짝이는 캡탑은 진취적 인생관을 지닌 사람이라는 점을 드러내는 시대의 아이콘처럼 여겨졌습니다.

센츄리만큼 사랑받은 모델이 1993년 출시한 타운젠트입니다. 사륜구동 차량을 연상시키는 견고함과 요란하지 않아 도리어 더 고급스럽게 느껴지는 디자인을 무기로 크로스를 대표하게 됩니다. 워터맨이나 파카처럼 크로스도 창립자 리처드 크로스^{Richard Cross}의 이름에서 브랜드명을 따왔습니다.

어느 시대 어느 분야든 제품에 이름을 담는 선택은 자기 자신을 향한 존중과 세상을 향한 도전 의식의 발로로 해석됩니다. 브랜드와 제품명에 나를 온전히 담아놓은 사람이 제품을 소홀히 만들 리가 없 겠지요. 사람들은 그런 당당함을 기꺼이 능력으로 받아들였습니다.

강할수록 조금씩 천천히

제아무리 프레임이 견고한 지프도 절벽에서 구르면 지붕이 찌그러지고 차축이 휘듯이, 이번에 의뢰받은 펜은 높은 곳에서 떨어져 여기저기 속 절없이 무너졌습니다. 펜촉이 꼬이면서 휘고, 피드가 조금 떨어져나가 고, 그립은 길게 금이 갔습니다. 엉뚱한 곳에 펜촉이 꽂힌 상태로, 그렇게 많이 아픈 펜 한 자루가 제게 왔습니다. 수리하는 데 어느 정도 시간이 필요할지 예단하기 힘듭니다. 어쩌면 이 상태로 다시 보내줘야 할 펜일지도 모르겠습니다.

"나름의 의미를 담아 가까운 분에게 선물한 펜인데, 망가져 서랍에 보관만 하고 있었다 해요. 높은 곳에서 떨어트려 펜이 부러졌다지 뭐예요. 펜을 잘 모르는 제 눈에도 살려내기 힘들어 보이지만, 그래도 혹시나 싶어 일단 가져왔어요."

"휜 방향이 안 좋아요. 앞이나 뒤로 휘었으면 차라리 나을 텐데, 측면으로 휜 것도 모자라 새끼줄처럼 꼬였어요."

"그렇지요? 제가 봐도 그렇더라고요. 저는 마음을 비웠어요. 못 고쳐도 당연하다고 생각하니 마음 편히 한번 봐주기만 하세요."

절반쯤 포기한 듯한 그 말이 도리어 저를 자극했습니다. 무슨 수를 쓰더라도 꼭 살려달라 재촉하지 않는 마음을 알 듯했습니다. 사람은 그렇습니다. 간절함이 차오르고 차오르다 끝에 닿으면 오히려 마음을 내려놓게 됩니다. 다시 펜을 들여다봤습니다. 방법이 있을 듯도 합니다. 사람이 하는 일이니까요.

타운젠트의 펜촉을 자동차에 비유하면 '모노코크 바디monocoque body'가 아니라 '프레임 바디frame body'에 가깝습니다. 강성 펜촉이라 어지간한 필압에도 잘 휘지 않지만, 한번 망가지면 손보기가 훨씬 까다롭습니다. 버티는 힘이 강하기 때문이지요. 사람도 평소 스트레스를 꾹꾹 참다가 한 번에 터트리는 이가 폭발력이 엄청나듯 말입니다.

측면으로 휜 펜촉을 금속 도구로 잡고 펴면 순간적인 힘을 낼 수

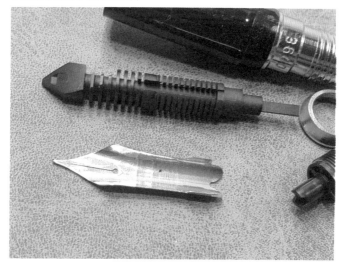

는 있지만 상처가 날 수밖에 없습니다. 금속과 금속이 맞닿으니 당연합니다. 어느 정도 상처가 나더라도 펜촉이 잘 펴지면 또 모르겠는데, 문제는 강한 힘을 버티지 못하고 펜촉이 부러질 확률이 높다는 겁니다. 유리병에 끓는 물을 갑자기 부으면 순간적인 온도 변화를 견디지 못하고 병이 깨지듯이 말이지요.

자, 답이 나왔습니다. 어떻게 하면 될까요? 간단합니다. 조금씩 펴면 됩니다. 펄펄 끓는 물이 아니라 따뜻한 물을 넣어야 합니다. 망치질 한 번에 대못을 끝까지 박으려 하지 말고, 열 번에 나눠 못이 약간씩 들어가게 하면 조금이라도 더 안전하게 일을 끝낼 수 있습니다. 성급하게 망치를 두 손으로 움켜쥔 채 내려치면 자칫 못이 튀어 다칠 수도 있

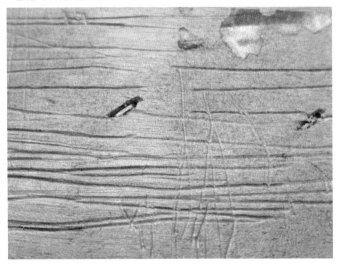
▼ 펜촉을 계속 긋는 바람에 나뭇조각이 살짝살짝 패였습니다.

고, 못이 구부러져 아예 못 쓰게 되기도 합니다. 만년필도 같습니다. 내가 손대고 있다는 사실을 펜촉이 모르게 해야 합니다.

기꺼이 수고로움을 감수할 가치

그립부에 생긴 크랙(틈)으로 부속 곳곳이 분리된 상태입니다. 완전히 분해해 세척한 다음 손보기로 합니다. 초음파 세척기에 넣고 눈에 안 보이는 안쪽까지 반복해 씻습니다. 나중에 접합 작업을 해야 하니까 이물질을 완전히 제거해야 합니다. 어설프게 마감하면 나중에 누수가 생길 수 있습니다. 최선을 다한 뒤에 벌어지는 상황은 어쩔 수 없더라도 형식적 수리는 하지 말아야 합니다.

부속을 세척한 뒤에는 뽀송뽀송하게 말립니다. 물기를 완전히 제거해야 다음 단계로 넘어갈 수 있습니다. 부드러운 나뭇조각에 살짝살짝 긋고 손톱으로 다듬는 일을 반복합니다. 루페로 수백 번 들여다봐도 좋습니다.

참 희한하게도 비슷비슷해 보이는 펜도 자세히 살피면 상태가 다 다릅니다. 같은 배에서 나온 형제들도 성격이 다 제각각이듯, 같은 브랜드에 같은 모델인 펜촉도 편차가 있기 마련입니다.

추락한 방식에 따라 숱하게 많은 형태로 변형되는 펜촉을 다듬는 과정은 큐브 맞추기하고 닮았습니다. 한 면만 생각하면 절대 나머지 다섯 면을 한 번에 맞추지 못합니다. 두루 살피며 맞춰야 여섯 면을 모두 맞춘 큐브를 손에 쥘 수 있습니다. 만년필 수리도 다르지 않습니다. 펜촉을 위, 아래, 정면, 측면에서 보면서 입체적으로 접근해야 합니다.

많이 좋아졌지만 안심하기는 이릅니다. 손볼 곳이 아직 많고, 펜촉도 좀더 다듬어야 합니다. 컨버터도 최고 상태로 만들었습니다. 손대지 않을 이유가 어디에도 없습니다. 이제 모양이 어느 정도 나오지요? 부속을 결합한 상태에서 펜촉을 다시 조정합니다. 잉크를 넣은 다음 또 다듬어야 하니, 만년필 수리는 어쩌면 시간이라는 상대에 인내심으로 맞서는 한판 승부일지도 모르겠습니다.

추락 때 받은 충격 때문에 그립부가 깨졌습니다. 금이 간 상태로 거의 절반 넘게 벌어져 상태가 심각합니다. 우여곡절 끝에 살려낸다고 해도 쓰다 보면 누수가 생길 확률이 높습니다. 거실 진열장에 모셔놓고 가끔 들여다보는 장식품이면 괜찮겠지만, 손에 쥐고 직접 힘을 주

▼ 부상한 만년필이 조금 버틸 힘을 되찾았습니다.

는 부분이니 간과할 수 없습니다.

일단 잘 세척한 뒤 건조한 부속 안쪽 균열 부위에 접착제를 얇게 발랐습니다. 바깥쪽에도 바릅니다. 이 정도로 어림없습니다. 필압은 요행히 버티더라도 조금 높은 곳에서 한번 툭 떨어트리면 다시 벌어지게 될 겁니다. 이럴 때는 확실한 마무리가 필요합니다. 마스킹 테이프로 감아 벌어지지 않게 하면 훨씬 더 견고해집니다. 그러면 조금이라도 더 버틸 수 있습니다.

나쁘지 않습니다. 제가 가지고 있는 다른 펜들도 문제가 생기면 이 테이프로 감습니다. 눈에 거슬리는 문신이 아니라 태닝을 한 셈이라고 생각하세요. 테이프 끝 부분도 접착제로 마감한 만큼 손가락이 닿는

다고 바로 떨어지거나 하지 않습니다. 다만 잉크를 충전할 때는 잉크병에 펜촉을 깊이 담그면 테이프에 잉크가 묻을 수 있으니까 컨버터를 잉크병에 직접 넣어야 합니다. 조금 불편하지만 깔끔한 상태를 좀더 오래 유지할 수 있는 방법입니다.

이 펜은 XF촉을 씁니다. F촉보다 한 단계 더 가는 EF촉이라고 생각하면 됩니다. 어느 정도 가늘게 나와야 의미가 있습니다. 작은 글씨를 써도 뭉개지지 않게, 그러면서도 거친 느낌이 덜 들게, 뾰족한 바늘이 아니라 이쑤시개처럼, 예리하지 않으면서도 끝이 살아 있게 했습니다. 잉크 마름은 걱정하지 않아도 됩니다. 잠깐씩 캡을 연 상태로 두더라도 충분히 버텨줍니다.

온전하지는 않습니다. 큰 수술을 받은 펜이니까 당연히 조심조심 써야 합니다. 되도록 들고 다니지 말고 책상 위에 놓아두면 좋겠지요. 밖에 가지고 나갈 일이 있을 때는 파우치에 넣기를 권합니다. 그래야 앞으로 더 오래 쓸 수 있습니다.

흰 펜촉은 폈고, 부러진 피드는 필기할 때는 눈에 안 보이는데다가 불편을 끼칠 정도가 아니며, 길게 금이 간 그립부는 붙인 상태에서 마스킹 테이프로 한 번 더 감았습니다. 앞으로 한참 더 곁에 두고 쓸 수 있는 펜인데, 버려지는 결말은 서글픈 일입니다. 현명한 사람이 못 돼도 좋으니, 그저 나름대로 소신을 지키며 살고 싶습니다.

'기본'이란 무엇일까

10년 전 이맘때였습니다. 수입이 일정하지 않아 힘든 시절, 결혼기념일 선물로 참치를 먹고 싶다는 아내와 두 딸을 데리고 집 근처 식당에 갔습니다. 벽에 걸린 차림표를 보니 위부터 순서대로 비싼 메뉴가 적혀 있습니다. 실장 특선, 스페셜, 추천, 그리고 맨 아래 기본.

기본 2인분과 아이들이 먹을 초밥을 시켰습니다. 어려서 아직 글을 모르는 큰딸이 제가 주문하는 말을 듣고 물었습니다.

"아빠, 근데 기본이 뭐야?"

당황했습니다. '이걸 뭐라고 해야 하지? 그냥……가장 싼 메뉴라고 해야 하나?'

"아……그게……음……그건……있잖아……."

술을 마시기도 전인데 괜히 얼굴이 달아올라 말을 더듬거릴 때였습니다. 주방 안쪽에서 일하던 실장님이 저를 대신해 작지만 정확한 목소리로 대답했습니다.

"응, 있지, 기본은 가장 중요한 거야. 신나겠네? 아빠가 이 집에서 제일 좋은 걸 주문하셨어."

짧은 선문답 같은 대화가 몇 차례 더 오갔지만, 그 뒤 이어진 대화는 기억에 없습니다. 아버지로서 자존심을 지켰다는 생각이 들자 긴장이 풀렸겠지요. 얼굴이 먼저 웃는 실장님은 우리가 머문 두어 시간 내내 끊임없이 메뉴에도 없는 새로운 음식과 처음 보는 부위를 내어줬습니다. 참치를 잘 모르는 눈으로 봐도 분명 '기본'이 아니었습니다.

그날 제가 주문한 음식은 분명 참치였는데, 실장님이 계속 내어준 접시에는 참치보다 더 연하고 부드러운 배려가 가득 얹혀 있었습니다. 어쩌면 큰 의미가 없을 수도 있는 말 한마디가 각별하게 다가온 이유는 그때 제 마음이 어느 때보다 힘든 탓이었습니다. 평생 가슴에 새길 만한 말을 그날 받았습니다.

그렇게 잊을 수 없는 그날이 지났고, 하루하루 열심히 살다 보니 시간이 참 빨리도 흘렀습니다. 몇 해가 지나 조금 자리가 잡힌 뒤 가족하고 함께 그 집을 다시 찾았습니다. 그날하고 똑같은 흰색 가운에 모자를 쓴 그분이 거기에 있었습니다. 우리는 그때하고 똑같은 자리에 앉아 그때 시킨 메뉴보다 한 등급 위인 '추천'을 가족 수대로 주문했습니다. 많아야 1년에 한두 번 먹을까 말까 한 참치 맛을 잘 모르지만, 제가 한 주문을 보고 그새 우리 집 형편이 조금 나아진 모양이구나 하고 알아채기를 바랐습니다.

그날의 기억을 한시도 잊은 적이 없다, 당신이 건넨 말 한마디를 힘들 때마다 곱씹으며 살았다, 우리를 배려해줘 진심으로 고마웠다, 나도 누군가에게 당신처럼 따뜻한 사람이고 싶었다, 그런 마음으로 살다 보니 어느 날 주변에 기꺼이 온기를 나눠주겠다는 분들이 생겼다, 그럴 때마다 당신이 생각났다, '기본'이 지닌 가치를 알게 해줘 고맙다는 저에게, 실장님은 잔이 넘치도록 술을 따랐습니다.

작은 일은 하찮은 일의 전부가 아니라 귀한 일의 시작점입니다. 공을 들이면 빛이 나게 마련이고, 그 빛이 점점 커지면 나를 감싸는 보호막이 됩니다. 나를 키우는 자양분이 됩니다. 아무리 작아 보이는 일도 가볍게 봐서는 안 되는 이유가 여기에 있습니다. 오늘 우리가 하는 모든 일들은, 너무 커서 당장 우리 눈에 보이지 않을 뿐, 결코 가치 없는 일이 아닙니다.

제가 아는 기본은 '소신'입니다. 어제처럼 오늘도 저는 나름의 기본을 지키며 하루를 살았습니다. 내일도 모레도 기꺼운 마음으로 저는 그렇게 살겠습니다.

2부

만년필도 당신도, 그저 시간이 필요합니다

12

만년필 사용자의
심리를
정확히 꿰뚫은

쉐퍼 트라이엄프 센티널 디럭스 M촉

필기구 업계는 몽블랑이라는 강력한 일인자가 정점에 선 채 펠리칸, 그라폰, 오로라를 비롯한 여러 업체가 나름대로 영역을 확보하고 있습니다. 19세기 후반에서 20세기 초반은 워터맨과 파카를 필두로 여러 업체가 각축을 벌이는 군웅할거 시대였습니다.

지금 우리가 쓰는 만년필은 카트리지 또는 컨버터나 피스톤 필러 방식으로 잉크를 충전하지만, 초기 만년필은 별도의 충전 키트가 있어야 펜에 잉크를 주입할 수 있었습니다. 그런데 그때도 아무런 보조 도구 없이 펜에 잉크를 넣는 혁명적인 방법이 있었는데요. 이른바 셀프 필링 방식은 '콘클린Conklin'부터 시작됩니다.

콘클린이 만든 '크레센트 필러Crescent Filler'가 시장에 선보인 뒤 필기구 업체들은 자기만의 충전 메커니즘을 개발하는 데 박차를 가하기 시작합니다. 숱한 신기술이 오늘 등장하고 내일 사라지는 역사가 반복

됐습니다. 크레센트 필러는 구조상 펜 한가운데에 충전에 필요한 부속 일부가 돌출될 수밖에 없었는데, 이런 특징은 펜이 책상 위에서 구르다 떨어지지 못하게 막기도 하지만 미끈한 바디 라인을 망치는 단점으로 여겨지기도 했습니다.

1913년 월터 쉐퍼^{Walter A. Sheaffer}가 만든 미국 필기구 업체 쉐퍼^{Sheaffer}는 이 부분을 놓치지 않았습니다. 쉐퍼는 배럴에 막대 형태 접이식 레버를 달아 평소에는 안 드러나고 충전할 때만 90도로 세워 잉크를 흡입하는 충전 방식인 '레버 필러^{Lever Filler}'를 다듬어 1912년 상용화했습니다. 1800년대 후반부터 1900년대 초반까지 많은 필기구 업체가 경쟁하듯 새로운 충전 방식과 신소재를 수면 위로 끌어올렸습니다. 몇

몇은 스포트라이트를 받지만 몇몇은 조용히 역사의 뒤안길로 사라졌습니다. 그렇다고 아무 의미가 없지는 않았습니다. 1920년을 기점으로 20년간 이어진 '만년필 황금시대'를 여는 열쇠 구실을 한 때문입니다.

만년필 애프터서비스 시대

지금은 몽블랑이 만년필 세계에서 가장 큰 영향력을 행사하고 있지만, 100년 전인 1920년대 만년필 황금기 선두에 선 업체는 누가 뭐래도 쉐퍼입니다. 이제는 역사 속에만 존재하는 '라이프타임Lifetime'이 적용된 펜을 선보이면서 주목받은 쉐퍼는 만년필 사용자들의 심리를 정확히 꿰뚫었습니다.

만년필 사용자라면 누구나 언제 펜이 망가질지 모른다는 막연한 불안감이 있습니다. 운전하는 사람은 언제든 접촉 사고가 날 위험이 있듯이, 만년필 쓰는 사람이라면 아무도 예외일 수 없습니다. 아차 하는 순간 펜을 바닥에 떨어트리기도 하고, 잠깐 손에 쥔 지인이 볼펜 쓰듯 한번 꾹 누르기만 해도 펜촉이 틀어지기 때문입니다.

쉐퍼가 시도한 라이프타임은 바로 여기에 집중했습니다. '쉐퍼 만년필은 튼튼하다'거나 '분실하지만 않는다면 어디가 어떻게 망가지더라도 고쳐주겠다'고 약속하면 사용자는 지갑을 열리라 계산한 겁니다. 쉐퍼는 펜을 떨어트릴 때 충격을 직접 받는 펜촉을 튼튼하게 만들면 고장날 확률을 줄일 수 있다 생각했습니다.

예상 적중입니다. 다른 브랜드 경쟁 모델보다 3배나 높은 가격인데도 날개 돋친 듯 팔렸습니다. 이른바 쉐퍼호號가 돛을 펼치고 순풍에

키를 맡긴 채 순항한 호시절이었지요.

물 들어올 때 노 젓고 달리는 말에 채찍질하듯, 쉐퍼는 라이프타임 마케팅에 속도를 더합니다. 오늘날 우리가 대기업 가전제품을 선호하는 이유 중 하나는 애프터서비스입니다. 어찌 보면 쉐퍼 전략의 핵심은 기술적 접근보다는 심리적 공감대를 형성하는 데 있었습니다.

지금은 만년필이 성공과 행운을 기원하며 건네는 선물로 받아들여질 때가 많지만, 그때는 '내가 쓰는 나의 필기구'라는 의미가 강했습니다. 어지간해서는 망가지지 않도록 튼튼하게 만들었지만 그래도 고장이 나면 다시 쓸 수 있게 해주겠다는 공언公言은 우리 제품은 전적으로 믿어도 좋다는 자신감의 표현으로 읽혔습니다.

쉐퍼는 이 공언에 마침표를 찍듯 1924년부터 펜에 '화이트 닷'을 찍어 평생 보증의 상징으로 삼았습니다. 이 하얀 점이 지워질 때까지 책임지겠다는 약속이었습니다. 그만큼 공들여 만든 펜이니 걱정하지 말고 쓰라는 뜻이었습니다.

쉐퍼 트라이엄프 센티널 디럭스의 펜촉은 흘깃 봐도 알아챌 수 있을 정도로 일반적인 만년필 펜촉하고 다릅니다. '트라이엄프 닙Triumph Nib'이라 부른 이 펜촉은 끝부분이 두툼해 놀라울 정도로 튼튼하고 버텨주는 힘이 좋은 강성 촉입니다.

파카를 상대로 한 정면 대결

파카 51은 1941년 처음 출시된 뒤 1978년 단종될 때까지 전세계에서 가장 많이 팔린 만년필계의 전설입니다. 이 전설의 만년필을 공략하려고 골몰하던 쉐퍼는 이듬해 파카 51에 견줘 3배나 많은 금을 펜촉에 쏟아부어 보기만 해도 입이 떡 벌어질 놀라운 작품을 내놨습니다. 그렇지만 챔피언 파카 51이 올린 가드는 빈틈이 없었습니다. 쉐퍼는 전력을 다했지만, 파카의 아성을 넘어서는 데는 역부족이었습니다.

살짝 뒤로 젖혀진 펜촉 끝은 어떤 펜보다도 두툼해, 책상 위에서 바닥으로 떨어트려도 잘 버티리라는 신뢰감이 듭니다. 냉장고에 음식이 가득한 사실을 알면 도리어 배가 덜 고프고, 지금 배가 부른 상태더라도 집에 먹을거리가 없으면 슬몃 출출한 듯도 싶어집니다. 내가 펜을 일부러 집어던지지만 않는다면 버텨주리라고 믿을 때는 참 희한하게도 떨어트리지 않게 됩니다.

레버 필러가 성공을 거두고 라이프타임 펜을 시장에 내놓으면서 평생 꽃길만 걸을 듯하던 쉐퍼의 영화도 오래가지 않았습니다. 파카를 상대로 정면 대결을 펼쳐 한 방씩 주고받으며 접전을 펼쳤지만, 점점 데미지가 쌓이는 쪽은 쉐퍼였습니다. 잽과 스트레이트에 이어 어퍼컷과 훅을 쉼 없이 날렸지만, 시류를 제대로 못 읽은 쉐퍼는 서서히 다리에 힘이 빠지기 시작했지요.

2014년 8월 크로스에 인수된 뒤 힘겹게 명맥을 이어오는 쉐퍼를 보면, 그저 앞만 보고 달리는 방식이 최선은 아니라는 사실을 알게 됩니다. 세상을 관통하는 시대의 흐름을 읽고 그 파도에 올라타야 합니다. 뒤처지면 역사 속에만 남게 되겠지요.

쉐퍼 트라이엄프 센티널 디럭스 M촉

강성 펜촉이라 낭창낭창 하늘거리는 느낌을 맛보기는 어렵지만, 두툼한 펜촉에서 느껴지는 신뢰감은 또 다른 맛과 멋입니다. 얼추 70~80년 전 만든 '빈티지' 만년필입니다. 그저 부드럽기만 한 필기감을 느끼려고 선택할 펜은 아닙니다.

나보다 한 발 앞선 경쟁자를 따라가는 가장 안전한 방법은 모방입니다. 그런 과정에서 새로운 아이디어가 생겨나고, 선택과 집중을 통해 전에 없던 새로운 것이 만들어집니다. 그렇지만 오랜 시간이 필요합니다. 내가 따라잡을 때까지 경쟁자가 기다리지도 않을뿐더러, 앞서 가는 상대가 보폭을 키우면 격차는 더 벌어질 수밖에 없습니다.

그런 상황이 되면 선택은 하나뿐입니다. 전혀 새로운 기술을 시장에 내놓는 겁니다. 여태 세상에 없던 패러다임을 제시해야만 대중의 눈을 돌릴 수 있습니다. 쉐퍼는 어쩔 수 없이 위험 부담이 큰 방법을 택했고, 안타깝게도 실패했습니다.

'배큐메틱 필러Vacumatic Filler'라는 파카의 스트레이트를 '백-필Vac-Fill'로 맞받아쳤지만, 치명타를 입은 쪽은 쉐퍼입니다. 그래도 쉬운 길 마다하고 험한 길 고른 쉐퍼에 아낌없는 박수를 보냅니다. 새로운 것을 만들어내려고 끊임없이 노력하지 않았다면 우리는 이런 근사한 펜을 만날 수 없었겠지요.

먹어본 만큼 맛을 알고, 아는 만큼 보입니다. 모르고 써도 좋은 펜이지만, 알고 보면 더 멋진 만년필입니다. 그저 오래전 만든 펜이라는 사실만이 빈티지로 인정받는 조건은 아닙니다. 틀에 넣고 쿡쿡 찍어 만들어내지 않고 한 자루 한 자루에 공을 들인 열정의 결과물이라야, 내가 죽고 없어진 뒤에도 평생토록 생명력 이어갈 진정한 작품이라야 빈티지라는 말이 어울립니다.

새로운 시도는 설렘 두 스푼에 두려움 여덟 스푼을 얹는 일입니다. 어떤 일에서 아무리 성취감을 크게 느끼는 사람도 마찬가지입니다. 노력은 누구나 다 합니다. 노력이 성공을 보장하지는 않습니다. 그런데도 앞으로 나아갈 수밖에 없습니다.

파카 51을 비롯한 여러 체급별 챔피언을 거느리고 마치 영원할 듯 빛나던 파카도 몽블링에 왕좌를 내줬습니다. 영원한 승자는 없다는 현실을 지나간 역사의 궤적을 본 우리는 알고 있습니다. 지금 아무리 빛나는 별이더라도 불멸을 장담할 수는 없기 때문에, 몽블랑도 계속

새로운 펜에 가치와 의미를 부여하며 전진하는 겁니다.

내 나이보다 몇 곱절 오래된 만년필을 찾는 이들은 그저 새 것에 거부감이 드는 사람이 아닙니다. 뭔가 있어 보이는 골동품을 자랑하려는 속셈도 아닙니다. 많이 팔기 전에 제대로 된 작품을 만들려고 한 황금 시대 장인들의 숨결을 느끼고 싶어할 뿐입니다.

시간 대비 효율을 중요시하는 세상에서, 진정 오래 남을 도구를 적어도 한 자루쯤 손에 쥐고 싶기 때문입니다. 낡은데다 여기저기 상처가 있어도 흠이 아니라 세월이 남긴 흔적이라 여기는 까닭은 나도 나이들면 아프고 병들게 된다는 사실을 알기 때문입니다.

들인 노력에 견줘 생산성이 떨어진다고 해도 우직하고 진득하게 시간을 들인 펜이 분명합니다. '네가 나를 아무리 흔들어대도 나는 내 갈 길을 가겠다'면서 쉐퍼가 보인 행보는 가볍지 않은 울림을 줍니다. 쉐퍼를 둘러싼 현실을 보면 파카를 상대로 엎치락뒤치락한 시절은 다시 오기 힘든 빛나는 과거일 뿐이라는 사실을 압니다. 그렇지만 그 시절 쉐퍼에서 일한 장인들이 만들어낸 펜은 여전히 강력한 아우라를 뿜어내고 있습니다.

　　트라이엄프 센티널 디럭스는 마치 절정을 향해 숨 고를 틈도 없이 전력 질주를 하던 쉐퍼가 1940년대에 내놓은 야심작입니다. 전력을 다하면 승부에서 지더라도 후회가 없습니다. 우리는 이기는 삶이 아니라 나중에 덜 후회하기 위해, 하루하루 모든 열정을 쏟아내야 하는지도 모릅니다. 설령 당신이 정상의 자리에 서지 못한대도 아무도 그동안 흘린 땀의 가치를 업신여기지 않습니다. 이 펜은 어떤 만년필보다 더 아름다운 빈티지가 분명합니다.

13

찌그러진 만년필,
흉터가 아니라
세월입니다

까르띠에 디아볼로 블랙 F촉

까르띠에Cartier를 마주하면 보석이 먼저 떠오릅니다. 까르띠에는 1847년 루이 프랑수아 까르띠에Louis François Cartier가 만든 프랑스 브랜드입니다. '왕의 보석상'이라는 애칭으로 유명하지요.

까르띠에 하면 주얼리를 주력으로 하고 시계와 향수 등도 만든다고 알려져 있는데, 볼펜이나 만년필 같은 필기구도 생산합니다. 몽블랑, 펠리칸, 파카, 워터맨, 그라폰, 라미, 오로라, 몬테그라파 등 많은 필기구 전문 업체가 확고히 영역을 구축한 탓에 덜 알려져 있습니다만, 펜 좋아하는 이들은 다들 압니다. 그럴싸한 디자인으로 눈을 현혹하는 데 그치는 브랜드가 아니라는 사실을 말이지요.

펜 한 자루도 예술 작품처럼

우리는 어떤 귀한 사물을 마주할 때 '보석 같다'고 말합니다. 사전에 따르면 '보석'은 '빛깔과 광택이 아름다워 장식물로 이용하는 광물'인데, 보석이 지닌 가치는 희귀성에서 나옵니다. 지구에 있는 4000종이 넘는 광물 중에서 50여 종에만 보석이라는 이름이 허락됩니다.

주얼리로 시작한 까르띠에는 1888년 시계로 발을 넓히고, 1938년에는 까르띠에 향수Parfums Cartier로 명성을 다졌습니다. 필기구 전문 브랜드가 팔리는 펜을 만드는 데 주력한다면, 까르띠에는 펜 한 자루도 예술 작품처럼 빚어내려 합니다. 물론 모든 생산품은 팔려야 의미가 있지만, 까르띠에는 보석을 세공하듯 필기구 한 자루에도 기능성을 넘어선 아름다움을 표현하는 데 공을 들입니다. 필기구 전문 업체에 견줘 상대적으로 역사는 짧지만, 미적 가치를 담는 솜씨는 밀리지 않습니다.

까르띠에는 시계와 보석으로 유명한 피아제Piaget, 세계 4대 시계 브랜드의 하나로 꼽히는 바쉐론 콘스탄틴Vacheron Constantin, 최고의 만년필 생산 업체로 우뚝 선 몽블랑 등하고 함께 스위스 다국적 기업 리치몬트Richemont 그룹에 속합니다.

만년필 브랜드의 완성도를 가늠할 때, 아웃소싱한 펜촉을 쓰는 업체와 자체 생산한 펜촉을 쓰는 업체로 구분하는 이들이 있습니다. 유명세가 비슷한 돈가스 식당이 둘 있을 때 이왕이면 수제 소스를 만드는 집을 손들어주고 싶은 거지요. 맛 차이를 구분하기는 힘들지만, 매일 아침 싱싱한 재료로 일정량만 만드는 소스가 공장에서 대량 생산해 비닐 팩에 담아오는 소스보다 더 좋다는 판단은 일리 있습니다. 진정한 맛집이라면 적어도 소스를 직접 만들어야 얼굴이 서지 않느냐는 생각도 깔려 있지요. 공장제 소스가 균일한 맛을 내거나 위생적일지도 모르지만, 음식 맛은 사람 손에서 완성되는 만큼 더 많은 시간과 정성을 쏟은 수제 소스에 더 높은 점수를 주게 됩니다.

만년필 펜촉도 이런 관점에서 바라보는 이들이 있습니다. 독일 보크가 가장 체계화된 닙 전문 생산 업체는 맞지만, 그래도 펜촉을 자체 생산하지 않는다면 중요한 요소 하나를 놓치게 된다는 말이지요. 만년필 사용자라면 누구나 알고 있듯이 만년필의 핵심 부속은 펜촉입니다. 캡과 배럴이 없어도 곤란하지만, 펜촉이 없는 만년필은 아예 사용할 수 없습니다. 축구의 스트라이커, 야구의 4번 타자인 셈입니다.

만년필 펜촉은 규모의 경제가 어느 정도 영향을 미치는 영역입니다. 초기 비용을 투입해 일단 시스템을 갖추면 생산량이 증가할수록 비용을 낮출 수 있다는 말입니다. 문제는 모든 만년필 업체가 몽블랑처럼 대형화돼 있지는 않기 때문에 펜촉 생산 시스템을 구축하는 일 자체가 만만하지 않다는 점입니다.

적잖은 초기 투자비는 제조사에 큰 부담이 됩니다. 작은 업체라면 펜촉은 믿을 만한 업체에 맡기고 디자인, 제품 개발, 마케팅 등에 역량을 집중하는 전략이 더 나을지도 모릅니다. 여기에서 놓치지 말아야 할 사실이 있습니다. 만년필은 일상생활 필수품이라기보다는 사람이 손에 쥐고 써야 하는 지극히 감성적인 도구라는 점입니다.

돌고 돌아 자체 생산 닙에 안착한 업체도 있습니다. 1832년 독일 하노버에 자리한 작은 공방에서 시작한 펠리칸은 화구와 잉크를 생산하다가 1929년에 첫 만년필을 시장에 내놨습니다. 몽블랑에서 닙을 받아 만년필을 만들던 펠리칸은 어느 순간 자체 생산으로 방향을 바

끕니다. 여러 가지 이유로 1997년부터 보크가 만든 닙으로 바꾸더니 2000년대 중반에 와 다시 자체 생산으로 선회했습니다.

펠리칸이 굳이 직선 도로를 마다하고 우회 도로를 택한 이유가 분명 있을 겁니다. 아니다 싶을 때가 가장 빠른 순간일지도 모릅니다. 물론 펜촉을 자체 생산하지 않으면서도 탄탄대로를 걷는 곳도 많습니다. 그렇지만 자체 생산을 하는데도 저물어가는 곳은 드뭅니다. 반도체 핵심 소재인 포토레지스트(감광액)를 자체 생산 할 능력을 갖춰야 기술 자립도에서 우위를 차지할 수 있듯이 말입니다.

까르띠에는 같은 리치몬트 그룹 계열사인 몽블랑에서 펜촉을 공급받는다고 알려져 있습니다. 몽블랑은 펜촉을 자체 생산하는 브랜드 중 하나일 뿐 아니라 현재 가장 강력한 영향력을 행사하는 필기구 업체입니다. 만년필은 주력 업종이 아니니 그저 까르띠에 로고만 달아 구색을 갖춘 제품이라 생각한 이들이 기가 막힌 필기감이라며 감탄하는 이유가 여기에 있습니다.

펜촉 꺾인 '명품'

만년필 모델명을 자세히 들여다보면 펜이 지닌 특성을 이해하기 쉬울 때가 많습니다. 캡탑이 비스듬히 잘려 반구 형상을 한 워터맨 헤미스피어Hemisphere가 그렇고, 배럴이 주름진 플래티넘의 게더드Gathered가 그렇습니다. 배럴에 링이 장식된 그라폰의 아넬로Anello가 그렇고, 오각형 몸체를 한 비스콘티의 펜타곤Pentagon이 그렇듯, 까르띠에의 디아볼로Diabolo는 팽이를 뜻합니다. 캡탑 상단부에 박힌 사파이어가 마치 팽이를

▼ 까르띠에 디아볼로 블랙 F촉 만년필의 캡을 사용자가 접착제로 자가 수리했습니다.

뒤집은 듯한 형상이어서 이런 이름을 붙인 듯합니다. 몰라도 즐겁지만, 알고 보면 더 재미있습니다.

사파이어는 9월의 탄생석인데, 이 단어는 푸른색을 의미하는 라틴 어 '사피루스Sapphirus'에서 유래했습니다. 변치 않는 사랑이라는 뜻을 지 녀서 결혼 45주년 선물로 쓰이기도 합니다. 푸른 사파이어가 신비로움 을 자아내기는 하지만, 캡탑을 뺀 디아볼로의 나머지 부분은 그다지 화려하지 않습니다. 역설적이게도 그런 은은함이 매력입니다. 오래 봐 도 질리지 않습니다.

금이 간 캡에 접착제까지 발라서 쓴 펜이라면 얼마나 이뻐한 걸까 요. 내가 애착하는 펜은 금전적 가치를 떠나 소중합니다. 상대 평가가

▼ 추락하면서 충격을 받아 펜촉이 심하게 틀어졌습니다.

아니라 절대 평가입니다. 뭘 해도 이뻐 보이는 사람이 있듯 무조건 좋은 펜이 있습니다. 접착제로 안 되면 테이프를 친친 감아서라도 어떻게든 버리고 싶지 않은 펜이 있습니다. 이 펜처럼 말이지요.

이 만년필은 어느 펜보다 귀합니다. 그저 유명 브랜드 이름표를 달고 있기 때문이 아닙니다. 쓰는 이의 손때가 진하게 묻어 있기 때문입니다. 조금 험한 겉모습은 흉터가 아니라 세월입니다.

자가 수리해 울퉁불퉁한 캡이 더 근사합니다. 마치 내 이름을 각인한 펜처럼 유일무이한 존재입니다. 그래서 손대지 않았습니다. 최고의 수리란 '내 펜 내가 손보기'입니다. 내가 손보기에는 도저히 무리다 싶을 때 다른 이에게 도움을 받으면 됩니다. 마무리가 매끈하지 않아도 아

무도 뭐라 하지 않습니다.

　이 펜은 생산된 지 20년이 훌쩍 넘은 모델입니다. 사람의 1년이 강아지에게는 15년 같다 합니다. 만년필의 20년은 짧다면 짧고 길다면 긴 시간입니다. 만년필이라는 도구의 전체적인 생명력을 기준으로 하면 아직 어린아이인 셈이고, 20년 동안 이 펜으로 써낸 이야기와 담긴 사연이 많다면 청년일지도 모르고 장년일 수도 있습니다.

　키우던 반려견이 나이들어 병에 걸려도 길가에 슬쩍 버려두고 오지는 않듯이 여기저기 삐거덕거리는 만년필도 쉽게 손에서 놓지 못합니다. 반려견을 키운 적 없는 사람은 살갑게 달려와 안기는 생명체하고 나누는 포근한 마음을 알지 못합니다. 오래 써서 이미 나하고 하나가

된 만년필과 나 사이의 의리를, 한발 떨어져 있는 사람은 알 수가 없습니다. 그 정도로 망가진 만년필은 그냥 비리고 새것을 사면 되지 않느냐는 말은 당연히 귀에 들어오지 않습니다.

추락하면서 펜촉이 꺾였습니다. 그렇지만 살릴 수 있습니다. 분해해서 세척한 다음, 한발 한발 내딛다 보면 종국에는 끝이 보입니다. 마음을 조급히 먹어도 내 시계만 빨리 갈 뿐입니다.

펜을 고쳐서 쓴다는 것

손본 펜을 테스트할 때는 그저 끊기느냐 아니냐가 전부는 아닙니다. 나오더라도 흐름이 얼마나 매끈한지, 여러 방향으로 그을 때 균일한지, 촉에 맞는 적당한 굵기인지가 중요합니다. 흡수율이 다른 여러 종이에 그어보며 테스트해야 합니다.

직업과 소득 수준에 상관없이 모든 사람은 존중받아 마땅하듯, 가격을 떠나 모든 펜은 다 잘 나와야 합니다. 값싼 펜은 잘 안 나와도 그럴 수 있지만 값나가는 펜은 절대 그런 일이 생기면 안 된다는 말은, 옳지 않습니다.

만년필은 눈으로 첫맛을 보고, 손에 쥐어 더 확실한 손맛을 느낀 다음, 종이에 쓰며 필기감이라는 종국의 맛을 느끼는 도구입니다. 손이 작아도 몸통 굵은 펜을 좋아하는 이도 있고, 반대로 손은 크지만 가느다란 펜을 선호하는 이도 있습니다.

남성은 묵직한 펜을 좋아하고 여성은 가느다란 펜을 좋아한다는 생각은 편견입니다. 씨름 선수처럼 덩치가 커도 손에 쏙 들어오는 포켓

▼ 다시 내달릴 준비를 마친 펜은 저를 설레게 합니다.

펜을 선호하는 사람이 있고, 체구 작은 여성이 무게감 있는 금속제 모델을 즐겨 쓰기도 합니다. 정답 없는, 취향의 문제입니다.

펜을 고쳐서 쓰는 선택은 잠깐 멈춘 누군가의 역사를, 그 수레바퀴를 다시 가게 하는 일입니다. 새 펜촉이 더 완벽할 수는 있지만, 엄밀히 말하면 다른 펜이지요. 심장이 바뀐 셈이니까요.

만년필을 손보는 일은 언제나 새롭습니다. 같은 모델, 같은 촉이더라도 한 자루 한 자루가 다 다릅니다. 게다가 쓰는 사람도 다 다르니 변화무쌍하기가 이를 데 없습니다. 말썽만 부리던 학생이 더 기억에 남는다는 선생님 말은 거짓이 아니었습니다.

까다로워 시간을 많이 들인 펜일수록 더 오래 생각납니다. 만년필은 그저 필기만 하는 도구가 아닙니다. 일상을 더 빛나게 해주는, 한결 의미 있게 만들어주는 행복 촉진제입니다.

버려질 뻔하던 미끈한 펜 한 자루가 다시 살아났습니다. 제 입꼬리도 따라 올라갑니다.

14

펜이 아니라
꽃입니다,
빨간 꽃

레오나르도 오피치나 이탈리아나 데블스 키스 F촉

비운의 브랜드 델타^{Delta}는 1982년 이탈리아 남부 나폴리 인근에서 예술가 세 명이 뜻을 모아 탄생한 필기구 업체입니다. 이탈리아 펜답게 화려한 색감과 섬세한 세공, 눈길을 사로잡는 디자인으로 만년필 애호가들의 사랑을 받았습니다. 만년필 한 자루에 필기구를 넘어선 가치를 부여하며 숙련된 장인의 손으로 예술 작품 빚듯 정진했지만, 새 시대의 격랑을 이겨내지 못하고 2017년 폐업했습니다.

델타가 문을 닫은 뒤 창업자 중 한 명이며 기술팀과 생산팀을 이끌던 치로 마트로네^{Ciro Matrone}가 몇몇 숙련공을 모읍니다. 작은 규모이지만 그동안 쌓은 기술과 열정을 되살리려 했습니다. 바로 '레오나르도 오피치나 이탈리아나^{Leonardo Officina Italiana}'입니다. 지금은 아들 살바토레 마트로네^{Salvatore Matrone}가 맡아 가업을 이어가고 있습니다. 아웃소싱 없이 설계, 생산, 조립 등 모든 공정을 자체 해결하는 운영 방식에 자부심

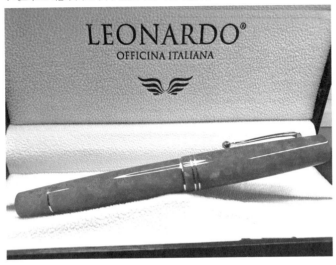

이 가득합니다. 꽃은 물을 먹고 자라지만 펜은 장인의 예술혼을 바탕으로 태어납니다. 레오나르도 오피치나 이탈리아나에서 일하는 예술가들은 첫 컬렉션으로 '모멘토 제로 Momento Zero'를 내놓았고, 이탈리아어로 '일 바쵸 델 디아볼로 Il bacio del diavolo', 곧 '악마의 입맞춤 Devil's Kiss'이라는 색감 기막힌 펜을 뽑아냈습니다.

이탈리아 숙련공이 만든 만년필

한정판 만년필은 가격대가 높은 편이지만, 적어도 이 펜은 예외입니다. 더는 구할 수 없는 펜이라는 사실이 단점일 뿐입니다. 만년필이 지닌 소장 가치가 색감에 있다면 이 펜은 충분한 자격을 갖춘 셈입니다. 강렬한 이름에 걸맞은 매혹적이면서도 신비로운 색감에 절로 탄성이 나옵니다. 게다가 100자루만 생산된 모델입니다. 같은 한정판이더라도 100자루와 1000자루는 느낌이 다르지요.

몽블랑, 그라폰 파버카스텔, 펠리칸을 비롯한 독일 만년필들은 딱 떨어지는 마감과 흠잡을 데 없는 완성도를 매력으로 칩니다. 파카, 워터맨, 쉐퍼 같은 브랜드는 만년필이라는 도구의 역사와 전통을 중시하는 이들에게 여전한 사랑받습니다. 일본 3사 파이롯트^{Pilot}, 세일러^{Sailor}, 플래티넘은 가성비와 세필이라는 특성을 내세워 확실한 마니아층을 보유하고 있습니다.

몬테그라파, 오로라, 비스콘티하고 결을 같이하는 이탈리아 펜들은, 어딘가 아쉬워 보이는 내구성이나 끝마무리를 디자인과 색감으로 보완한다고 말할 정도로 외관이 아름답습니다. 이 만년필도 다르지 않습니다. 사진으로는 표현할 수 없는 색감이 데블스 키스의 핵심입니다.

맛있고 몸에 좋은 음식도 모양새가 꺼림칙하면 손이 잘 안 갑니다. 일단 먹어봐야 맛이 좋은지 알 텐데, 아예 입에 대지를 않으니 영영 알 수가 없습니다. 겉모습은 그럴듯한데 막상 맛은 별로 없는 음식도 많습니다. 물론 그런 요소도 맛의 하나라 생각하면 그만이지요.

만년필도 그렇습니다. 외관이 내 취향에 맞으면 손에 쥐어보게 됩니다. 나하고 잘 맞는 펜을 손바닥 위에 올려보고 살짝 방향을 틀어 손가락으로 쥐면, 짜릿한 기운이 손안에 가득 퍼집니다. 잉크를 충전하고 펜촉을 종이에 닿게 해 그어보지 않아도 알 수 있습니다.

만년필에서 촉 뭉치를 분리하려면 엄지와 검지로 펜촉과 피드를 쥐고 반시계 방향으로 돌리면 됩니다. 방법 자체는 어렵지 않습니다. 펜촉과 피드를 물고 있는 칼라collar 끝 나사산이 그립부 내부 홈에 밀착하며 고정되는 구조입니다. 그렇지만 결합할 때 어쩔 수 없이 손가락 끝에 힘이 들어가고, 그 힘이 펜촉을 틀어버리는 원인이 되기도 합니다.

딸기잼 뚜껑을 꽉 잠그면 그저 열기 힘들 뿐이지만, 만년필은 다릅니다. 혹여나 풀릴까 싶어 꽉 잠그는 순간, 필요한 정도를 넘어선 그 힘이 펜촉에 영향을 줍니다. 흔들리지 않을 정도로 살짝 잠가도 문제없는데, 말처럼 쉽지가 않습니다. 지나침이 부족함만 못한 순간입니다.

세상에서 가장 아름다운 빨간 꽃

펜을 손볼 때면 늘 수리한 뒤 잉크를 주입해 시필하는 과정을 거칩니다. 어찌 보면 늘 똑같은 작업인데, 참 희한하게도 할 때마다 매번 새로운 일을 하는 기분이 듭니다. 만년필이 다 비슷비슷해 보이지만, 조금만 알고 나서 보면 다 다릅니다.

1학년 1반 학생 30명이 한 줄로 서 있다 상상해보세요. 동급생이지만 얼굴도, 키도, 성향도 다 다릅니다. 만년필도 비슷합니다. 만년필 수리 자체는 같은 패턴이 반복되는 일련의 작업입니다. 그렇지만 한 자루 한 자루가 다 달라 지루함이 끼어들 틈이 없습니다. 내 손이 닿을수록 조금씩 나아지는 펜을 보는 시간은 작은 씨앗에서 싹이 움트는 모습을 볼 때처럼 경이로움으로 가득합니다.

자동차에서 엠블럼만큼이나 중요한 요소가 그릴입니다. 자동차 전체의 인상을 결정하기 때문이지요. 먼 곳에서 봐도 어느 회사가 만든 차인지 알 수 있게 하려고 자동차 메이커들은 독특한 개성을 담아낸 그릴을 만들기 위해 전력을 다합니다.

만년필도 마찬가지입니다. 보통 펜촉에 화려한 문양을 새깁니다. 캡탑과 클립도 개성을 표현하기 좋은 위치이지만, 펜촉만큼은 아닙니다. 레오나르도는 화려한 라인 대신 브랜드명과 로고만 담았습니다. 무척 신경쓴 타이포그래피를 보는 듯합니다. 글자는 가장 직접적이고 원초적인 전달 수단입니다. 야구에서 강속구 투수가 던지는 직구이고, 배구에서 스트라이커가 때리는 스파이크입니다. 간결하고 명확합니다.

의뢰인은 M촉을 F촉으로 교체하고 싶어했습니다. 조금 가늘게 나오는 만년필이 필요하다는 말로 들렸습니다. 승차감을 조금 포기하더라도 고속 주행을 할 수 있는 쿠페로 갈아타려 한다는 뜻입니다. 교체한 F촉은 정상 범위 안에서 딱 표준으로 흐름을 맞췄습니다. 조금 박할지언정 지나치지 않게 조정했습니다. F촉을 조금 가늘게 조정하면 살짝 굵게 나오는 EF촉하고 비슷해지고, 약간 굵게 조정하면 절제된 M촉하고 별 차이가 안 납니다.

만년필을 적당히 손보고, 그저 끊어지지 않게 나오기는 하니 펜에 맞춰 쓰라는 말은 무책임합니다. 사용자의 연령과 성별, 용도와 취향, 필기 습관에 맞춰 조정해야 합니다. 그래야 나만의 맞춤 펜이 됩니다. 평생을 함께할 '인생 펜'이 됩니다. '쿼렌시아Querencia'라는 말이 있습니다. 안정을 취할 수 있는 공간을 뜻하는 스페인어입니다. 오늘도 나만의 쿼렌시아, 한 평 공간 70센티미터 작업대 위에 세상에서 가장 아름다운 빨간 꽃이 피었습니다.

▼ 데블스 키스에 장착된 M촉과 교체할 F촉을 비교했습니다.

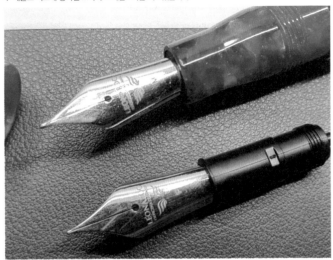

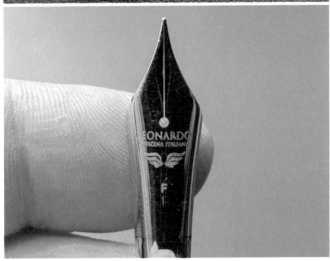

레오나르도 오피치나 이탈리아나 데블스키스 F촉

짧은 아날로그 여행을 떠나는 법

시골 부모님 집 거실 한구석은 아담한 실내 화단입니다. 여든 넘은 어머니는 아직도 꽃 가꾸는 재미에 빠져 사십니다. 갖가지 난초와 다양한 빛깔을 뽐내는 향기로운 식물이 가득한데, 그중 붉은 꽃을 피우는 백일홍이 가장 화려합니다. 100일 동안 붉게 핀다는 말이 무색하리만치 1년 내내 생기롭습니다.

꽃은 사람이 키우지만, 사람은 그 꽃에 위로를 받습니다. 화초마다 물 주는 시기가 다르고, 물 주는 방법도 다 다릅니다. 살짝 흙이 촉촉해질 정도만 물을 줘야 하는 꽃이 있고, 아예 화분째 물에 담근 뒤빼는 난초도 있습니다.

화초에 따라 흙도 달라집니다. 물기를 오래 머금어야 잘 자라는 꽃은 조직이 조밀한 흙을 쓰고, 빨리 물이 흘러야 하는 난초에는 넘어지지만 않게 잡아줄 정도로 가벼운 돌을 씁니다. 꽃은 이렇게 각양각색이지만, 들이는 정성은 똑같습니다. 날마다 고운 천으로 잎에 내려앉은 먼지를 닦아주고, 때마다 분무기로 물을 뿌려 촉촉한 상태를 유지해야 합니다.

화초에 정성을 쏟으면, 보상은 돌본 사람에게 온전히 돌아옵니다. 실내 공기를 깨끗하게 하는 데 도움을 주고, 집 안 분위기를 부드럽게 매만집니다. 꽃을 돌보려면 몸을 움직여야 합니다. 서서 조금이라도 걷고, 팔을 들어야 하며, 일정한 동작을 반복해야 합니다. 작은 움직임들이 모이면 몸이 건강해집니다.

몸만 아니라 마음 생김새도 온화하게 다듬어줍니다. 뾰족한 감정

▼ 빨간 꽃 한 송이를 연상시키는 만년필이 아름답습니다.

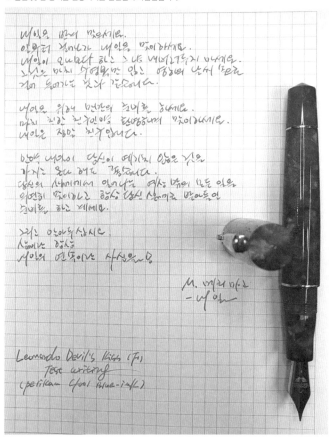

상태를 뭉툭하게 하고, 날이 선 기세를 무뎌지게 합니다. 꽃 가꾸기는
꽤 근사한 자기 수양법입니다.

만년필 관리도 적잖이 손이 갑니다. 가끔 세척해야 하고, 자주 써야

하며, 종종 잉크를 충전해야 합니다. 그렇지만 난초 잎을 공들여 닦듯 좋은 상태를 유지하고, 물을 주듯 잉크를 넣어 자주 쓰다 보면, 어느 순간 자연스럽게 만년필이라는 도구만이 지닌 맛과 멋에 젖어 있는 나를 만나게 됩니다.

스마트폰 화면만 몇 번 눌러도 편하게 살 수 있는 요즘, 손으로 뭔가를 끄적이는 행위는 군더더기처럼 여겨지기도 합니다. 그러나 0과 1로 구성된 기계적 전기 신호를 써서 온과 오프를 반복하다 보면 우리는 서서히 말라가게 됩니다. 사람은 땅에 발을 대고 서야 힘을 쓸 수 있듯이, 손으로 아무 필기도구라도 쥐고 쓰는 행위는 메마른 정서를 촉촉하게 합니다.

아날로그는 이어짐이고, 여지餘地입니다. 유연한 사고를 할 수 있게 하고, 흑과 백 사이에 회색도 있다는 사실을 알게 합니다. 회색이 아직 검어지지 못한 흑색이 아니고, 밝아지지 않은 백색도 아니며, 스스로 충분히 존재감을 지닌 색이라는 사실을 인정하게 합니다.

디지털은 신속성과 정확성을 앞세워 온 세상을 사로잡았지만, 이것 아니면 당연히 저것이라고 딱 잘라 말합니다. 이제 디지털 이전 시대로 돌아갈 수는 없을 겁니다. 그래도 손에 아무 펜이나 쥐고 별 의미 없는 글이나 그림을 끄적이기만 해도 우리는 짧은 아날로그 여행을 떠날 수 있습니다.

만년필을 쓰는 사람은 그저 오래된 것을 좋아하는 사람도, 과시용 장식품이 필요한 사람도 아닙니다. 일상 속 작은 쉼터를 꿈꾸는 평범하고 소박한 한 인간일 뿐입니다. 꽃을 품은 흙처럼 그저 조금 젖어 있고 싶을 따름입니다.

　　백일홍 닮은 만년필을 만지다 보니, 시골집 거실에서 화초를 매만지며 행복해하던 어머니가 떠올랐습니다. 뵈러 가야겠습니다.

말썽 부리는
명품 만년필,
그저 시간이 필요합니다

쇼메 빈티지 F촉

어떻게 생긴지는 잘 몰라도 한 번이라도 이름을 들은 적 있는 주얼리 브랜드를 손꼽으면, 얼추 한 손이 야물게 쥐어집니다. 1837년 뉴욕에서 문을 연 티파니Tiffany, 1847년 파리에서 첫발을 뗀 까르띠에, 1874년 스위스 작은 마을에서 출발한 피아제, 1884년 이탈리아 로마에서 시작한 불가리Bvlgari, 1895년 오스트리아 서부 티롤에서 크리스털 제조업체로 기지개를 켠 스와로브스키Swarovski 등 많은 브랜드들이 전세계 곳곳에서 존재감을 드러내지만, 어떤 업체도 감히 견주기 힘든 내공을 자랑하는 브랜드가 있습니다.

1780년 파리에서 마리 에티엔 니토Marie Etienne Nitot가 창립한 '쇼메Chaumet'는 프랑스 주얼리 업계의 자부심입니다. 까르띠에, 반클리프 아펠Van Cleef & Arpels, 불가리, 티파니하고 함께 세계 5대 명품 주얼리 브랜드로 손꼽히지요. 단순하면서도 우아한 곡선미와 소재의 조화로움을 디

▼ 쇼메 빈티지 만년필 F촉이 반짝입니다.

자인 철학으로 삼은 쇼메는 인위적인 아름다움은 오래가지 못한다는 원칙을 필기구에도 똑같이 적용했습니다.

브랜드 명성만큼이나 묵직한 펜

펠리칸 M800하고 얼추 비슷한 140밀리미터에 가까운 전체 길이, 손에 쥐면 심리적 안정감을 느끼는 데 부족하지 않은 무게, 나사산끼리 맞물리며 정확히 잠기는 캡, 화려하지 않아서 도리어 오래 봐도 지루하지 않은 배럴, 로듐 도금 18케이 금촉, 오닉스Onyx로 포인트를 준 캡탑 장식부가 모두 이 만년필을 설명하는 수식어입니다.

만년필 캡과 배럴을 결합하는 방식은 크게 두 가지입니다. 비스콘티 반 고흐Van Gogh처럼 자석을 넣어 캡을 배럴에 가까이 대면 알아서 달라붙는 마그네틱 클로저Magnetic Closer 시스템, 스크루 방식보다는 덜 돌려도 되고 푸시온 캡 방식보다는 분리될 염려가 덜하게 장점만 딴 비스콘티 일 마그니피코Il Magnifico의 훅 세이프 락Hook Safe Lock 시스템, 파이롯트 데시모처럼 캡 자체를 아예 없앤 캡리스Capless 시스템도 있지만, 보편적이지는 않습니다. 그저 밀어 꽂으면 결합되는 슬립온 캡Slip-on Cap 시스템과 나사산에 맞춰 돌리면 잠기는 스크루 캡Screw Cap 시스템이 좀더 일반적입니다.

슬립온 캡 방식은 빠르게 결합하고 분리할 수 있으며, 스크루 캡 방식은 정확히 잠겨 심리적 안정감을 줍니다. 물론 슬립온 캡은 상대적으로 잉크가 마를 가능성이 크고, 스크루 캡 방식은 캡을 돌려야 해서 번거롭지요. 그렇지만 어디까지나 상대적인 비교입니다.

만년필 제조사들이 갖춘 기술력은 일정한 수준으로 상향 평준화됐습니다. 어느 방식이 더 좋다 하기 애매한, 다분히 취향의 영역에 가깝습니다. 이 펜은 캡을 몇 바퀴 돌려야 해 약간 번거롭지만 확실히 잠겨 재킷 안주머니에 꽂아도 분리될 염려가 없는 스크루 캡 방식입니다. 보통 무거운 펜은 스크루 캡 방식이 많습니다. 이동하다가 무게 때문에 캡이 분리돼 낭패를 보는 일이 없게 하려는 의도겠지요.

만년필 한 자루는 크게 둘로 나뉩니다. 바로 펜촉을 보호하는 덮개 형태의 캡과 쓸 때 손에 쥐는 배럴입니다. 모델에 따라 캡과 배럴을 서로 다른 재질로 만들기도 하지만, 펜 자체가 무겁다는 얘기는 캡과 배럴이 다 묵직하다는 의미입니다. 이 펜은 무게가 약 56.6그램입니다.

▼ 펜촉과 피드에 잉크 잔여물이 엉겨 붙어 있습니다. 오랜 시간 굳어 끈적해진 잉크가 녹고 있습니다.

쇼메 빈티지 F촉

고사용 만년필로 잘 알려진 펠리칸 M200은 14그램가량입니다. 피스톤 필러를 채용한 몽블랑 146도 25그램 정도입니다. 대형기에 속하는 펠리칸 M800과 몽블랑 149가 30그램 언저리인 점을 감안하면, 거의 두 배에 육박하는 이 펜이 얼마나 묵직한지 알 수 있습니다.

애초 캡을 배럴 뒤에 꽂을 수 없는 디자인이지만, 몸통만 쥐고 쓰더라도 불편하지 않은 크기와 무게를 갖췄습니다. 그렇지만 아무리 좋은 펜도 관리가 제대로 안 되면 그저 장식품일 뿐입니다. 제아무리 고급차도 몇 년간 지상 주차장에 방치돼 비와 볕을 번갈아 맞다 보면 타이어가 갈라지고 시트에 곰팡이가 필 수 있습니다. 혈액이라 할 수 있는 엔진 오일이 말라붙고, 혈관 격인 호스는 삭아버릴 수 있습니다.

펜촉과 피드가 완전히 어긋났고, 펜촉에 단차가 생겼으며, 슬릿 간격이 좁아졌습니다. 그 틈새에 찬 잉크가 그대로 굳어 사용 불가 상태입니다. 잉크를 주입할 수 없을뿐더러 딥펜처럼 잉크를 찍어 쓰려 해도 종이를 심하게 긁어 곤란합니다. 억지로 써도 필기감이 도저히 만년필이라고 할 수 없어서 다시 서랍 속 깊은 곳에 넣게 됩니다.

그렇게 방치하기에는 너무 아까운 만년필입니다. 어떻게 해도 살려낼 수 없는 상태라면 받아들여야겠지만, 이 펜은 그저 시간이 필요할 뿐입니다. 어딘가 아파 치료가 필요한 사람처럼 말이지요.

천천히, 그리고 세심하게

펜을 분해하니 영락없습니다. 컨버터 안 잉크 잔여물은 말라붙은 젤리처럼 끈적합니다. 빗살무늬 형태를 띤 피드의 콤과 펜촉 후면부에 잔뜩

▼ 제 모습을 되찾은 펜촉이 반짝입니다.

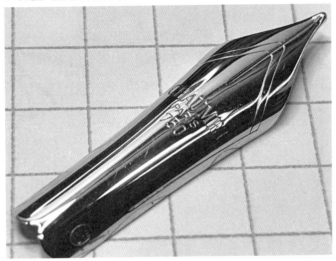

달라붙은 찌꺼기는 물에 담가놓는 정도 가지고는 어림없습니다.

펜촉과 피드를 물에 담그면 실타래처럼 한없이 흘러나옵니다. 그대로 두면 영영 끝나지 않을 듯해서 부드러운 브러시로 틈새를 사이사이 닦아줍니다. 급한 마음에 힘을 세게 주면 안 됩니다. 피드가 부러질 수 있고, 펜촉에도 상처가 날지 모릅니다.

오랜만에 목욕탕 왔다고 박박 문지르면, 때도 벗겨질 테지만 피부가 빨갛게 부어오르거나 심하면 각질층을 넘어 표피까지 손상될 수 있습니다. 뜨거운 탕에 몸을 담가 충분히 불린 다음 이태리타월로 살살 문지르면 피부 자극을 줄이면서 오래된 각질을 벗겨낼 수 있습니다. 만년필도 그렇습니다. 한 번에 욕심내지 않고 천천히 조금씩 접근하면, 손상 없이 원형을 회복할 확률이 올라갑니다.

면봉에 물을 묻혀 살살 닦아내면 새것처럼 말끔한 펜촉을 마주할 수 있습니다. 대충 눈에 보이는 곳만 손보고 나서 잉크를 주입한 뒤에는 잘 안 보이는 부분을 못 본 척하는 태도는 비겁합니다. 순간의 이득을 위해 남을 기만하는 행위도 부끄러움을 자초하는 일이겠지만, 나 자신을 속이는 짓은 더더욱 그렇습니다.

아예 움직이지 않아 쓸 수 없는 컨버터도 분해해 세척한 뒤 오일을 발라 새것처럼 만들었습니다. 앞으로 한참 더 쓸 수 있습니다. 틀어진 펜촉도 반듯하게 맞췄습니다. 내가 생각한 필기감이 나오지 않으면 쓰지 않게 되는 도구가 만년필입니다.

만년필을 뺀 대부분의 필기구는 방향성이 없습니다. 누가 어떤 방향으로 쥐든, 얼마나 센 필압으로 쓰든 별 영향을 미치지 않습니다. 만년필은 약속한 방향대로 써야 합니다. 그래야 제대로 된 흐름과 필기감이 나옵니다. 볼펜이 편한 운동복에 가깝다면, 만년필은 움직임에 제약은 있더라도 격식을 차린 슈트에 가깝습니다. 약간 불편함을 감수하고 자주 써 익숙해지면 또 다른 세상이 열립니다.

작은 차이가 명품을 만듭니다. 눈에 잘 안 띄는 소소한 마감이 판가름합니다. 바느질 한 땀, 주름 한 줄이 좌우합니다. 반듯하게 맞췄습니다. 흐름 좋은 F촉입니다. 다이어리 메모보다는 편지나 낙서, 스케치 같은 일상용으로 제격입니다. 자주 쓰면 점점 더 좋아질 겁니다.

선물받은 펜의 가치는 준 사람에 따라 달라집니다. 나를 소중하게 생각하지 않는 사람이 펜을, 게다가 귀한 만년필을 선물할 이유는 어

디에도 없습니다. 그저 고마운 사람과, 평생 잊을 수 없는 사람은 같지 않습니다. 고마운 사람이 준 펜을 잃어버리면 한동안 속상해도 이내 잊히지만, 평생 못 잊을 사람이 선물한 만년필이 고장나면 미안한 마음마저 듭니다. 내가 좀더 꼼꼼한 사람이라면 이런 상황은 겪지 않을 텐데 하면서 자책하게 됩니다. 그럴 수 없다는 사실을 알면서도 시간을 되돌리고 싶어집니다. 그렇지만 돌이킬 수 없는 시간의 끝자락을 붙잡으려 하기보다는 앞으로 나아가야 합니다.

귀한 선물을 받으면 그저 받은 선물이 값나가는 물건이라서 좋다기보다는 '내가 이 사람에게 이렇게 중요한 사람이구나' 하는 생각에 기쁩니다. 이렇게 좋은 펜을 왜 이토록 함부로 다뤄 망가트리느냐는 말은 너무 가혹합니다.

　우리 사는 세상은 조심조심하며 살아도 곳곳이 지뢰밭입니다. 무심히 툭 던진 말 한마디에 상처받아 밤잠을 설치기도 하고, 흘러가는 말 한마디에 위로받기도 하는 존재가 사람입니다. 만년필에 문제가 생기면 가장 속상할 사람은 바로 당신입니다. 보는 내 마음도 이런데 아끼는 펜이 고장나 얼마나 속상하냐는 위로를 먼저 건네야 합니다.

고장난 만년필을 수리하듯이

비가 와도 너무 왔습니다. 2002년 거짓말처럼 한반도를 덮친 태풍 루사는 엄청난 비를 그야말로 쏟아부었습니다. 내가 사는 집에 물이 점점 차오를 때 느끼는 당혹스러움과 참담함은 말로 표현할 수 없습니다. 뭐라도 할 일이 있다면 좋을 텐데, 아무것도 할 수 없는 현실이 더 기막혔습니다.

　영영 안 그칠 듯하던 비가 멈춘 뒤, 동사무소에서 빌린 양수기로 진종일 지하실에서 빗물을 퍼 올린 기억이 생생합니다. 그 뒤 한동안 비만 와도 가슴이 쿵쾅거렸습니다. 그냥 지나가는 비라는 사실을 알면서도 그날의 악몽이 떠오르는 제 마음을 어찌할 수가 없었습니다.

　차 안에서 지붕에 떨어지는 빗소리를 들으면 얼마나 운치 있는지, 한적한 카페 창가에 앉아 내리는 비를 한가롭게 바라보는 시간이 얼마나 근사한지 얘기하는 사람들 말을 접하면 마치 다른 세상에 온 듯했습니다. 저에게 비는 공포였습니다. 얼추 20년 가까운 세월이 흐르는 새 그래도 꽤 무뎌졌는데, 이렇게 또 엄청난 비가 와버렸습니다.

며칠 전, 시골에서 폐가를 개조해 사는 친구에게 전화를 걸었습니다. 그리 좋은 만년필을 선물하지도 않았는데, 세상 가장 근사한 펜이라며 아끼느라 못 쓰는 친구입니다. 지대도 낮고 워낙 낡은 집이라 걱정이 더 컸습니다. 다행히 큰 피해는 없지만 배수로가 넘쳐 잠을 못 잤다는 말에 정신이 퍼뜩 났습니다.

　딱히 도움 청할 곳도 없는 그 친구는, 잠시 비가 그친 틈을 타 모래주머니 만드느라 진땀을 뺐답니다. 연락하면 내려갔을 텐데, 제가 일하는 데 방해될까 저어했겠지요. 그 마음을 아는 저는 먼저 챙기지 못해서 더 미안했습니다. 날아온 사진을 보니 수고가 그대로 느껴졌습니다. 모래주머니가 근본적인 해결책은 아니겠지만, 그나마 얼마나 든든했을까요. 조만간 내려가 배수로 깨끗이 손보고, 이 정도면 넘치고 남는다고 말할 정도만 모래주머니를 만들어놓고 올 생각입니다.

　친구는 그럭저럭 고비를 넘겼다지만, 다른 이재민들은 하루하루 얼마나 고통스러울지 가늠하기 힘듭니다. 그저 시간이 빨리 흘러 모든 일이 제자리로 돌아가기를 소원할 뿐입니다. 복구 과정이 힘들 수밖에 없다는 사실을 우리는 알고 있습니다. 그래도 부디 포기하지 마시기를.

　고장난 만년필을 수리하는 일처럼, 원래대로 돌아가려면 시간이라는 도구가 필요합니다. 어려운 시간이 지나고 나면 웃는 날이 옵니다. 내가 불행의 한복판에 있다고 생각해도, 기운 낼 거리를 찾다 보면 그 안에도 반드시 뭔가가 있습니다. 포기하지만 않으면, 틀림없습니다.

16

다 놔버리고
싶을 때는
펜을 쥐세요

세일러 프로기어 슬림 봄 MF촉

세일러, 파이롯트, 플래티넘은 일본 3대 만년필 제조사로 불립니다. 그중 세일러는 경쟁 업체보다 한발 앞선 1911년에 사카다 규고로阪田久五郎가 창립했습니다.

일본은 만년필 역사나 품질 면에서 같은 동양권인 중국이나 대만, 홍콩보다 우위에 있습니다. 한자 문화권답게 세필에 강하며, 금촉을 장착한 모델도 서양 브랜드보다 가격대가 낮아 가격 대비 성능, 이른바 '가성비'가 좋습니다. 펜 자체의 무게도 가벼운 편인데다 가늘게 표현하면서도 만년필 특유의 부드러움은 유지해, 장시간 필기할 때 부담이 덜합니다. 큰 글씨를 시원하게 흘려 쓰는 사람보다는 다이어리에 작은 글씨로 촘촘히 메모하기를 즐기는 이들에게 더 잘 맞습니다.

보통 만년필이라는 도구를 처음 접할 때는 사오 만 원 정도인 스틸촉 펜을 많이 씁니다. 세척과 충전 과정을 경험한 다음, 만년필이 영 안

맞는다 싶을 때는 볼펜으로 돌아가면 됩니다. 퇴보가 아니라 회귀인 셈입니다. 만년필이 가장 진화된 형태의 완벽한 필기구라 할 수 없으니, 거리를 두는 이들도 있는 게 당연합니다.

만년필은 성격이 급하고 외향적인 사람들보다 차분하고 내성적인 이들이 더 좋아하는 도구입니다. 충전과 세척은 성가신 일일지도 모르지만, 정반대로 즐거운 놀이가 될 수도 있습니다. 만년필 쓰는 사람이 더 지적이고 안 쓰는 사람은 인문적 소양이 부족하다는 말도 잘못입니다. 어디까지나 개인적 취향의 영역입니다.

비교적 낮은 가격대인 스틸촉 만년필을 쓸 때 만족도가 높으면 기대감을 품게 됩니다.

"아……몇 만 원 안 하는 이 펜도 이렇게 큰 즐거움을 주는데, 금촉 달린 만년필은 나를 얼마나 더 신나게 해줄까?"

처음 입문형 금촉을 접할 때는 마음속으로 20만 원 정도를 한계 금액으로 정하면 지나친 지출을 막을 수 있습니다. 그다음 모델 몇을 후보군에 올려놓고 즐거운 고민의 시간을 가지면 됩니다.

가성비 괜찮은 만년필, 세일러

세일러 프로기어는 썩 괜찮은 선택지입니다. 다양한 색감도 기가 막히지만, 비율이며 디테일이 그만입니다. 남녀 구분 없이 즐겨 찾지만, 여성이라면 피해 가기가 더욱 힘듭니다. 기본에 충실한 만년필입니다.

세일러의 핵심 라인은 크게 둘입니다. '프로피트Profit'와 '프로페셔널 기어Professional Gear'인데, 프로페셔널 기어는 '프로기어Progear'로 줄여 부릅니다. 프로기어는 일반 프로기어와 프로기어 슬림으로 다시 나뉩니다. 성능에서 차이가 난다기보다는 사이즈가 약간 다릅니다. 슬림은 조금 더 짧고, 가늘고, 가볍습니다. 한 자루 한 자루 따로 보면 구분하기 힘들지만, 같이 놓으면 알아챌 수 있습니다.

프로기어가 손에 쥐는 맛이 있다면 슬림은 아담한 느낌이 매력입니다. 주력 모델답게 다양한 컬러의 스페셜 라인과 한정판으로 필기구 애호가들을 유혹합니다. 유럽 펜에 견줘 상대적으로 낮은 가격으로 금촉을 맛볼 수 있다는 점이 일본 펜이 지닌 장점 중 하나입니다.

창립자가 선박 엔지니어라 브랜드명도 '세일러'라 지었고, 브랜드 상징도 배를 정박할 때 쓰는 닻을 형상화했습니다. 몽블랑의 화이트 스

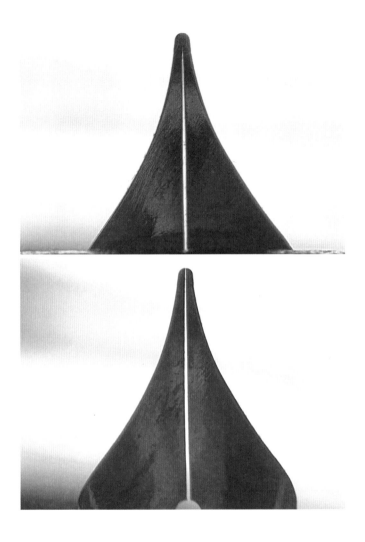

세일러 프로기어 슬림 봄 MF촉

타가 눈 덮인 산 정상처럼 최고 자리에 올라서겠다는 야심을 표현했다면, 세일러의 닻은 경쟁이 아무리 치열해져도 이리저리 흔들리지 않고 버텨내겠다는 의지를 표현한 듯합니다.

이 펜은 한 손에 쏙 들어오는 프로기어 슬림의 '사계四季' 중 은은한 푸른색으로 눈길을 사로잡는 '봄'입니다. 세일러는 펜촉을 자체 생산하는데, 14케이 금촉은 단정하고 깔끔하며 완성도가 높습니다. 만년필은 손으로 만들어 손으로 쓰는 도구입니다. 음식은 간이 안 맞아도 대충 먹으면 그만이고, 옷은 살짝 크거나 작아도 오버핏이나 스키니라 자기 최면을 걸면 그럭저럭 입을 만하지만, 만년필은 다릅니다. 밸런스가 조금만 안 맞아도 영 불편해 손에 쥐고 싶은 마음이 사라집니다.

이 만년필이 잘 안 나오는 이유는 단차 때문이 아닙니다. 슬릿 사이가 딱 붙다 못해 펜쪽 끝부분 양쪽이 서로 밀고 있습니다. 잉크가 나오지 못하게 막고 있는 거지요. 펜촉이 종이처럼 부드러운 소재라면 펜촉 양끝이 서로 미는 힘만큼 뒤집힐 테니 금세 표가 나겠지만, 단단한 금속이라 눈으로 봐서는 알 수 없습니다. 마치 손바닥을 마주 대고 밀면 손에 힘만 들어갈 뿐 어느 한쪽이 뒤로 넘어가지 않는 상태 같습니다.

세척한 펜촉을 확대해 보니 펠릿 끝이 붙어 있습니다. 잉크가 지나갈 최소한의 공간이 확보돼야 합니다. 펜촉을 조정하는 기본값은 표준입니다. 손에 힘을 빼고 쓸 때를 기준으로 끊기지 않고 균일하게 나오게 맞춘다는 의미입니다. 흐름이 답답하면 쓰는 맛이 떨어집니다. 만년필이라도 내 마음같이 움직여야지, 안 그러면 일상이 피곤해집니다.

세일러 MF촉은 일본 만년필이라 세필이더라도 너무 가늘게 나오지 않기를 바라는 이들이 선택합니다. 'MF'는 'Medium Fine'을 뜻합니다. M촉과 F촉의 특성을 다 지녀서 부드러우면서도 섬세합니다. 일본 펜의 F촉이 약간 가늘어 불편하고 M촉은 살짝 부담스러운 굵기라 고민하는 사용자라면 두루 만족할 만합니다. 흰색은 너무 눈에 띄어 부담이 되고 검은색은 탁해 별로 마음에 안 드는 이들이 중간에 걸친 회색을 선호하는 모습하고 비슷하지요.

만년필은 어떤 종이에 쓰느냐에 따라 필기감과 선 굵기가 뚜렷하게 차이 납니다. 흡수율에 따라 마치 다른 펜으로 쓰는 듯한 기분이 듭니다. 매끄러운 종이에 쓸수록 더 부드럽게 느껴지기는 하지만, 항상 미도리나 로디아처럼 표면이 매끈한 종이를 쓸 수는 없습니다. 복사지나 조금 거친 일반 종이에도 쓸 일이 생깁니다. 그럴 때 일본 펜의 EF촉은 너무 뾰족해 지나치게 긁히는 느낌이 나기도 합니다.

사용자가 만년필을 쓴 지 얼마 되지 않아 볼펜 쓰던 습관대로 손에 힘을 주면 더 그렇습니다. 펜촉 끝이 종이를 긁으면서 생긴 펄프 찌꺼기가 슬릿 사이에 끼기도 합니다. 물론 종이를 바꾸면 되겠지만, 그럴 수 없을 때는 조금이라도 덜 날카로운 펜촉이 마음 편합니다. EF촉이 바늘 끝하고 닮아 있다면, MF촉은 이쑤시개하고 비슷합니다.

사람도 만년필도 첫 만남이 중요합니다. 처음 인연을 잘 맺으면 펜이 말썽을 부려도 관대해지고, 나하고 안 맞는 펜이라는 판단이 굳어지면 멀쩡히 잘 나오는 좋은 펜도 서랍 속 신세를 면하기 힘듭니다. 펜에 욕심이 나 한꺼번에 너무 많이 들이는 일도 경계해야 합니다. 도리어 소홀해지니까요. 깨끗하게 닦아 잘 보관하면 펜을 아끼는 사람이라 생각할 수 있지만, 만년필 처지에서 보면 자주 써주는 주인이 최고입니다.

만년필은 눈으로 즐기는 장식품이 아니라 잉크를 채우고 종이 위를 내달릴 때 빛을 발하는 '쓸 것'이기 때문입니다. 먹을거리 걱정 없는 호화로운 집에 늘 갇혀 사는 반려견보다, 안식처가 없어도 동네 구석구석 날마다 자유롭게 내달리는 길고양이가 더 행복하듯 말이지요.

시집 한 권 필사하니 어느새 9월

벌써 3년 전입니다. 바빠 여름휴가를 못 갔습니다. 무슨 부귀영화를 누리겠다고 이렇게 사나 싶었습니다. 나를 위해 만년필 한 자루를 샀습니다. 그 펜에 터키옥색 잉크를 넣고 쓰면, 어느 휴양지 바닷가에 와 있는 기분이 들었지요. 여름 내내 손에서 놓지 않다 보니, 그만 정도 들었습니다. 드문드문 펜 선물이 들어왔지만, 병 잉크하고 같이 사도 2만 원이 채 안 되는 이 펜은 여전히 제 책상 가장 눈에 띄는 곳에 있습니다.

만년필은 값이 중요하지 않습니다. 저는 이 펜으로 한동안 책장에 꽂아두던 시집을 한 권 필사했습니다. 펜을 손에 쥐고 한 장 한 장 쓰다 보니 8월이 휙 지나갔습니다. 올여름 여수로 가족 여행을 갈 예정이었는데, 이런저런 이유로 내년으로 미뤘습니다. 대신 3년 전 그때처럼 시집 한 권을 옮겨 쓰고 있습니다. 어느새 9월입니다.

마음 둘 곳 없는 분이 있다면 필사를 권하고 싶습니다. 두께 얇은 시집은 부담도 덜합니다. 집에 있는 아무 펜이나 좋습니다. 연필이든 볼펜이든 상관없습니다. 필사의 묘미는 집중을 통해 나를 들여다본다는 데 있습니다. 단순히 글자를 옮겨 적는 행위를 넘어서는 의미가 있

다는 사실은 한번 써보면 알 수 있습니다.

실수로 떨어트리면 펜이 망가지듯이, 아차 하는 순간 마음을 놓치면 바닥보다 더 깊이 추락해 깊은 상처가 생깁니다. 외상은 시간이 지나면 낫지만, 마음을 다치면 아물 기색 없이 점점 더 통증이 심해집니다. 아무것도 할 수 있는 일이 없다 생각 마세요. 당신은 당신 생각보다 더 강한 사람입니다. 다 놔버리고 싶을 때는 손에 펜을 쥐세요.

시간이 더 빨리 흘러 얼른 여름이 오면 좋겠습니다. 그때까지 힘든 일들이 다 사그라들면 좋겠습니다. 내년에는 올해 여름휴가를 못 간 모든 이들이 짧은 여행이라도 즐길 수 있기를 소원합니다.

17

가장 안전하고
언제든 떠날 수 있는
여행

'필사筆寫'는 '베껴 쓰기'입니다. 소설이나 시집, 세계 명작이나 성서 등 뭔가를 원본하고 똑같이, 그대로 옮겨 적는다는 말입니다. 키보드 자판을 두들기거나 복사기 버튼을 눌러 내용을 그대로 복제하는 방식이 아니라, 내 손을 놀려 오래 음미할 만한 가치 있는 문장들을 한 글자 한 글자 마음속에 새기는 일입니다.

필사가 지닌 매력은 팔색조 무지개색 깃털처럼 다채롭습니다. 하나하나 다 나름대로 의미 있는 요소들이 어우러져서 단순히 '쓰는 행위'를 넘어섭니다.

먼저 필사는 필기구하고 친해질 기회를 줍니다. 제아무리 몸에 좋은 보약도 꼭꼭 씹어 삼켜 내 속에 넣어야 효능을 기대할 수 있듯이, 필사를 하려면 필기구를 손에 쥐어야만 합니다.

요즘은 핸드폰과 노트북만 있으면 세상 살기가 어렵지 않습니다.

나이 서른이 넘어도 초등학생처럼 삐뚤빼뚤 글씨를 쓰는 사람이 많고, 그런 모습이 더는 흉이 아닌 세상이 됐습니다. 타고난 명필도 있겠지만, 글씨는 반복해 쓰는 과정에서 점점 모양이 잡힙니다.

필사는 유연한 사고를 할 수 있게 돕고, '여지'를 지니게 해줍니다. 이것 아니면 저것이라는 이분법적 사고를 당연시하는 세상에서, 회색도 색으로 인정할 수 있는 마음의 여유는 드센 성격을 부드럽게 하고 뾰족한 말투를 둥글게 만듭니다. 우리에게는 '여지'가 필요하고, 필사는 그 문을 여는 열쇠입니다.

필사를 할 때 도구는 중요하지 않습니다. 연필도 좋고, 샤프도 좋습니다. 볼펜도 나쁘지 않고, 수성펜도 마찬가지입니다. 다만 오래 보존하려면 실수로 손이 닿을 때 번지기 쉬운 연필이나 샤프는 피하는 편이 낫습니다.

까다로운 매력, 만년필

볼펜은 1888년 존 로우드가 처음 개발하지만 완성도가 떨어져 본격적으로 상품화하지는 못했습니다. 1938년 라슬로 조제프 비로 László József Bíró가 기능을 개선하면서 주목받기 시작했지요. 타자기와 복사기하고 함께 문구 분야 3대 발명품으로 손꼽을 만큼 볼펜은 가장 보편적이고 대중적인 필기구입니다. 그런데도 필기할 때 어느 정도 필압을 줘야 볼이 구르면서 잉크가 나오는 구조라 장시간 써야 할 때 불편해하는 이들도 있습니다.

정도에서 차이가 있을 뿐 볼펜은 잉크 잔여물이 나오는 탓에 깔끔

▼ 필사는 어떤 필기구로 해도 좋습니다. 만년필이면 더욱 좋습니다.

히 필기해서 오래 보존하고 싶어하는 이들은 수성펜을 더 선호합니다. 수성펜도 볼이 구르면서 잉크가 나오는 방식이기는 하지만, 유성 잉크보다는 덜 끈적여서 필압이 약해도 되고 잉크 잔여물이 거의 없습니다. 다만 볼펜은 심이 돌출된 상태로 책상 위에 밤새 둬도 상관없지만 수성펜은 뚜껑을 닫아놓지 않으면 심이 마르기 때문에 보관할 때 주의해야 합니다.

만년필로 필사하는 사람은 일단 부지런한 이들이 맞습니다. 잉크를 자주 채워야 하고, 계속 써야 하고, 가끔 세척해야 하기 때문이지요. 만년필은 분명 성가신 '쓸 것'입니다. 그렇지만 아이러니하게도 그 까다로움이 매력입니다.

필사용 만년필은 따로 없습니다. 필사할 사람이 손에 쥘 때 편하고, 가격대가 부담 없는 정도면 충분합니다. 다만 펜촉이 너무 굵으면 작은 글씨를 쓸 때 잉크가 많이 나와 뭉개질 수 있으니 EF촉이나 F촉을 권합니다. 당연한 말이지만 비싼 만년필이라고 글씨가 더 잘 써지지는 않습니다. 일이 만 원 정도 되는 만년필도 관리만 잘하면 아주 오랫동안 쓸 수 있습니다.

주방용 칼은 날이 잘 서 있어야 합니다. 날카로울수록 손가락을 덜 베입니다. 칼날이 예리하면 가볍게 쥐어도 음식 재료가 잘 썰리니 구태여 손에 힘을 줄 이유가 없습니다. 이가 나가거나 날이 무뎌진 칼은 어지간히 힘을 주지 않으면 칼질이 어렵습니다. 그럼 손잡이를 쥔 손에 힘이 들어갈 수밖에 없고, 자칫 힘이 엉뚱한 방향으로 실리면 칼이 미끄러지면서 사고가 납니다.

만년필도 똑같습니다. 상태가 좋으면 힘을 주지 않아도 잘 써집니다. 지금 쓰는 만년필이 볼펜처럼 꾹꾹 눌러야 잉크가 나온다면, 밸런스가 틀어진 상태가 아닌지 살펴봐야 합니다. 만년필은 손에 힘을 빼고 써도 펜촉이 종이에 닿기만 하면 잉크가 술술 잘 나옵니다. 볼펜에 견줘 훨씬 힘이 덜 들어갑니다. 그래서 장시간 필기를 할 때 만년필은 썩 괜찮은 필기구입니다.

필사를 하면 자연스레 어떤 글이 지닌 전반적인 구조를 이해하게 됩니다. 노래를 좋아해 자주 부르다 보면 어느 순간 발성과 호흡이 안정되고 음색이 고와지듯 말이지요.

한 번도 넘어지지 않고 자전거를 배우는 사람은 없습니다. 넘어져도 계속 타다 보며 어느 순간 넘어지지 않는 절묘한 균형감을 몸이 체득하듯이, 큰 의미를 두지 않고 시작해도 계속 쓰다 보면 문장과 문장 사이의 보이지 않는 약속을 눈이 알아챕니다.

일단 눈에 들어온 정보는 머릿속에 차곡차곡 저장돼 있다가 글을 쓸 때 툭툭 튀어나옵니다. 필사는 무의미한 손놀림이나 시간 낭비가 아니라, 가장 효율적으로 글하고 친해지는 방법입니다.

물리적으로 시간을 멈출 수는 없습니다. 그렇지만 필사는 시간을 더디 흐르게 합니다. 천천히 한 글자 한 글자 공들여 쓰다 보면 글자가 그림처럼 보이기도 합니다. 상형문자 전에 생겨난 최초의 글자가 그림 글자pictogram인 점을 생각하면 고개가 끄덕여집니다.

속도를 최고 미덕으로 여기는 세상에서 손으로 뭔가를 옮겨 쓰는 필사는 시대 흐름을 거스르는 어리석은 짓처럼 보일 수 있습니다. 그렇지만 일단 필사를 시작하면 생각보다 훨씬 진한 맛과 향을 느낄 수 있습니다. 필사는 느림의 미학 1장 1절입니다.

마음 근육을 튼튼히 해주는 나만의 운동 기구

필사는 내 삶을 주도적으로 살아가는 데 도움을 줍니다. 어제 밥을 먹었다고 오늘 내내 굶는 사람은 없습니다. 지난주에 운동했으니 이번 주는 할 필요가 없다고 하는 사람도 없습니다.

필사도 마찬가지입니다. 일기 쓰듯 시간을 정해 규칙적으로 해야 몸에 익습니다. 업무나 학업에 쫓겨 도저히 시간을 낼 수 없는 사람은 하루 한 줄이라도 쓰는 습관을 들이면 좋습니다. 일단 필사가 몸에 배면 도리어 쓰지 않을 때 어색한 기분이 듭니다. 해야 할 일을 빼먹은 듯 허전해집니다. 그러는 새 글씨는 점점 모양이 잡혀갑니다.

처음에는 내가 쓴 글씨를 내가 봐도 뭘 쓴 걸까 싶었는데, 이제는 누구에게도 부끄럽지 않은 글씨가 돼 흡족한 기분이 듭니다. 굳이 손 글씨를 쓰지 않아도 별 불편 없이 살 수 있는 디지털 세상이라, 역설적이게도 자기 손으로 쓴 반듯한 글씨 한 줄이 자신감을 살려줍니다. 얼굴은 평범해도 기가 막히게 노래를 잘 부르는 사람을 만나면 다시 보게 됩니다. 하물며 미처 예상하지 못한 순간에 빼어난 글씨를 마주하면 말할 것도 없지요. 반듯한 필체는 사람을 한 번 더 눈여겨보게 하는 힘이 있습니다.

자신감은 경쟁력입니다. 고개 숙이고 구부정하게 허리 굽힌 상태로 걸으면 왜소해 보이기 마련입니다. 남들보다 체구가 작더라도 어깨 펴고 턱선 세워 걸으면 당당한 사람으로 여겨집니다. 좋은 습관은 나를 지금보다 더 좋은 곳으로 데려갑니다.

무엇보다 필사는 마음 건강을 튼튼히 하는 데 영향을 미칩니다. 명절인데도 정부가 앞장서 이동 자제를 호소하는, 생각도 하지 못한 추석을 맞았습니다. 모처럼 연휴를 맞아 여행을 떠나는 이들도 있지만, 훨씬 더 많은 사람이 밖으로 나가자고 보채는 아이들을 어떻게 달래야 하나 고민할 겁니다.

우리는 몸 건강은 규칙적 식습관과 운동으로 유지하면서도 마음 건강은 소홀히 여깁니다. 몸이 건강하면 마음도 건강하다고 지레짐작하기 쉽지만, 아무리 체격이 건장한 사람이라도 약해진 마음의 빈틈에

우울감이 스며들면 사는 의미를 잃고 맙니다.

마음 건강은 쉽게 드러나지 않기 때문에 나빠지기 전에는 주변에서 알아채기 힘듭니다. 스스로 관리하는 방법이 최선입니다. 필사는 마음 근육을 튼튼히 해주는 오직 나만의 전용 운동 기구입니다. 필사 마니아 김동기 님은 말합니다.

"2017년 1월부터 필사를 시작했어요. 마음을 가다듬을 요량으로 시작했는데, 이것보다 더 좋은 마음 수련이 없어요. 아이들은 다 커서 결혼한 지 오래라, 아내랑 단둘이 오붓하게 지냅니다. 하루 한 시간 정도 꼬박꼬박 필사하는 게 취미이고 낙이에요. 《명심보감》, 《도덕경》, 《맹자》로 시작해 요즘은 6개월 목표로 《주역》을 쓰고 있어요. 한문, 영

▼ 김동기 님이 《한비자》 영문본을 필사하고 있습니다.

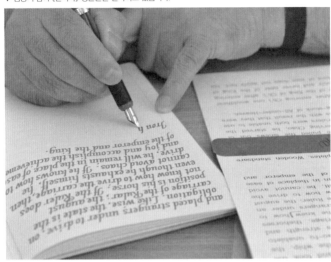

▼ 김동기 님이 《중용》을 한문으로 필사했습니다.

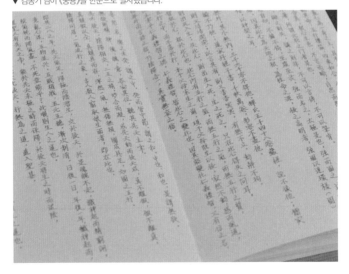

차분히 따라 쓰며 나를 돌아보는 필사

문, 한글 가리지 않고 쓰는데, 다 나름대로 쓰는 맛이 달라 지루한 줄을 몰라요."

필사를 할 때 어떤 필기구를 주로 쓰느냐고 물었습니다.

"처음에는 볼펜을 썼는데, 볼펜은 볼이 굴러가다 보니 내가 멈추고 싶은 지점보다 조금 더 선이 그어지는 경우가 있더라고요. 만년필은 정확히 내가 원하는 대로 쓸 수 있어서 요즘은 만년필을 주력으로 써요. 영문은 펜촉 끝이 가로로 길게 난 캘리촉을 쓰면 더 아름답게 표현할 수 있어요. 네오펜은 전용 종이에 글을 쓰면 바로 디지털로 변환할수 있어서 즐겨 써요. 아날로그와 디지털의 결합인 셈이지요. 젊은 친구들이 내게 다가오기를 바라는 것보다 내가 다가가는 게 맞다 싶어요. 저는 스스로 아직 충분히 마음이 젊다 생각하니까요."

김동기 씨는 필사가 지닌 매력도 알려줍니다.

"필사는 나 자신에게 떠나는 여행이라 생각해요. 긴 여행을 떠나고 싶을 때는 분량이 꽤 되는 글을 골라요. 《한비자》 영문본은 1년 정도 썼는데, 아직 제법 남았어요. 너무 긴 여행이라 지루하다 싶을 때는 짧은 여행을 떠나면 되지요. 분량이 얼마 안 되는 시집을 고르면 되니까요. 개인적으로는 《두보 시선》을 좋아해요. 서정적인 정서가 마음에 들거든요. 필사는 가장 안전하고, 언제든 떠날 수 있는 여행이에요. 저는 죽을 때까지 이 여행을 계속 즐길 거예요."

긴 연휴가 끝난다고 해도 당분간 외부 활동을 최소화해야 합니다. 몸을 움츠리면 마음도 굳어집니다. 만년필 잉크가 그렇듯 순환하지 않으면 막히고, 아차 하는 순간 건강을 잃습니다. 긴 연휴가 답답하면,

얇은 시집이라도 한 권 펼쳐놓고 나만의 여행을 떠나기를 권합니다. 필사는 다만 예스러울 뿐, 고루하지 않습니다.

18

물려주고 싶은
만년필의
기준

산티니 이탈리아 리브라 민트 플렉스 F촉

만년필 종주국은 이견 없이 미국입니다. 워터맨이 만년필 형상을 구체화해 세상에 태어나게 했다면, 파카는 생명의 숨결을 불어넣었습니다. 두개골과 갈비뼈가 인체에서 가장 중요한 기관인 뇌와 심장을 안전하게 지키는 보호 장치이듯, 만년필이라는 도구가 필기구로 자리매김한 데는 미국이 주도적인 구실을 했습니다.

독일은 뼈를 굵게 하고 근육을 튼튼히 해 만년필을 강인한 생명체로 성장시켰습니다. 부속 하나하나가 서로 빈틈없이 유기적으로 조화해 원활히 작동되게 했습니다. 손가락 끝에 손톱이 있어야 하고 눈꺼풀에 속눈썹이 달려야 하듯, 일본은 특유의 섬세함으로 디테일을 놓치지 않았습니다.

이탈리아는 엉클어진 머리칼을 다듬고 피부 톤을 정리해 만년필을 더 돋보이게 했습니다. 쓰는 도구로서 만년필은 내구성 좋고 기능이 뛰

▼ 산티니 이탈리아 리브라 민트 플렉스 F촉이 제게 왔습니다.

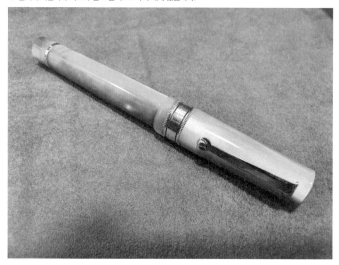

어나야 하지만, 입으로 먹는 음식을 눈으로 먼저 맛보듯 디자인과 색
감도 중요합니다. 오로라, 몬테그라파, 비스콘티를 비롯해 많은 필기
구 업체를 보유한 이탈리아에서 자부심 가득한 숙련된 장인들 손끝을
거쳐 만년필은 더욱 아름다운 필기구로 다듬어졌습니다.

요컨대 미국이 만년필의 시작을 알리고 독일이 완숙미를 더했다면,
일본은 정교함에 집중해 나름의 영역을 구축했고, 이탈리아는 필기구
를 예술품의 경지로 끌어올리는 데 크게 기여했습니다.

'더 많은 것을 드립니다'

워터맨이나 파카 같은 여러 필기구 업체들이 설립자 이름을 브랜드로

삼은 사례를 따라 '산티니 이탈리아Santini Italia'도 1998년 회사를 만든 산티니 조반니Santini Giovanni의 이름을 따 브랜드명을 지었습니다. 오로라가 창립한 1919년에 시작한 앙코라하고 호흡을 같이하는 산티니는, 대형 업체들하고는 사뭇 다른 전략으로 자기 영역을 다졌습니다. 만년필의 핵심인 펜촉을 18케이 금촉으로 제작하고 '더 많은 것을 드립니다We give you more'라는 모토 아래 고객 지향 마케팅을 펼치는 전문가 집단입니다.

몽블랑, 펠리칸, 그라폰 파버카스텔 등 쟁쟁한 메이저 브랜드에 견줘 규모는 작지만, 이탈리아 특유의 예술향을 주저 없이 피워 올리는 산티니의 자신감은 모든 공정을 자체 해결하는 데 근거합니다. 우리가 아는 제법 큰 회사들도 보크나 요보JoWo 같은 전문 업체에서 펜촉을 공급받는데, 산티니는 스스로 해결합니다. 펜 한 자루를 만들려면 여러 기술이 집약돼야 하지만, 핵심은 두말할 나위 없이 펜촉입니다. 생산성만 고려하면 펜촉은 전문 업체에 맡기고 디자인이나 신소재 개발에 에너지를 쏟는 편이 나을 수도 있지만, 펜촉을 자체 생산한다는 사실 자체가 브랜드 경쟁력이 되기에 충분합니다. 덕분에 작은 회사 산티니 이탈리아가 어깨를 활짝 펴고 걸을 수 있지요.

스틸촉은 보통 강성이라 버티는 힘이 좋습니다. 만년필 입문자나 필압이 센 경우에 적합합니다. 반면 금은 자연계에서 가장 연성이 높은 금속입니다. 모든 금촉이 연성은 아니지만, 낭창거리는 탄력감을 극대화한 플렉스 닙에 18케이 금촉은 썩 잘 어울리는 조합이 분명합니다.

'유연한flexible' 펜촉이라는 말은 일반 촉에 견줘 유연하다는 의미이지 꾹꾹 눌러써도 괜찮다는 뜻은 아닙니다. 간혹 내 펜은 플렉스 닙이

▼ 리브라 민트 플렉스 F촉의 상판(위)과 에보나이트로 만든 피드(아래)입니다.

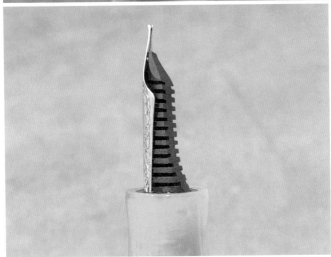

니 볼펜 쓰듯 힘을 주고 눌러써도 된다 생각하는 분들이 있는데, 그렇지 않습니다.

플렉스 닙 만년필도 기본적으로 필압을 최소화해 써야 합니다. 다만 약간만 힘을 줘도 일반 펜촉에 견줘 탄력이 뛰어나서 F촉인데도 M촉이나 B촉처럼 선이 굵게 표현됩니다. 이 미묘한 변화를 즐기려고 지나친 필압을 주는 행동은 금물입니다. 평소보다 아주 약간만 힘을 더 얹어도 충분합니다.

성능 좋은 스포츠카는 액셀을 밟으면 밟는 대로 달립니다. 그렇지만 시속 250킬로미터로 달릴 수 있다고 해서 그 속도에서 안전이 보장된다는 의미는 아니라는 사실을 우리는 압니다. 평소에는 시속 100킬로미터 정도로 안전하게 주행하다가 스피드를 즐기고 싶을 때 올릴 수 있는 한계치, 곧 그 차가 제공하는 최대 속도라는 뜻입니다. 모든 행위에는 책임이 따르고, 지나친 속도로 달리다 문제가 생기면 뒷감당은 온전히 운전자 몫입니다. 속도계 눈금에 맞춰 액셀을 밟은 적밖에 없다는 말은 통하지 않습니다.

플렉스 닙은 평소하고 다름없는 필압으로 써도 유연성이 뛰어나 좀더 부드러운 탄력감을 느낄 수 있을 뿐입니다. 지나친 힘을 줘 펜촉이 틀어지거나 피드와 펜촉 사이 간격이 벌어지면 문제는 사용자가 오롯이 감당해야 합니다.

펜촉의 탄력감을 좀더 마음 편히 느끼고 싶다면 딥펜을 권합니다. 만년필에 견주면 일단 비용 부담이 덜합니다. 필압이 조금 지나친 편이더라도 불안감을 떨칠 수 있습니다. 딥펜은 말 그대로 찍어 쓰는 펜입니다. 금속제 펜촉을 잉크병에 담가 잉크를 묻혀 필기를 하는데, 펜촉 종류에 따라 탄력감이 다 달라서 내 취향에 맞게 선택할 수 있습니다. 다만 만년필처럼 몸통에 저장된 잉크가 계속 흘러나오는 구조가 아니기 때문에 펜촉을 잉크병에 자주 담가야 합니다.

더할 나위 없이 부드럽고 흐름 좋은 F촉입니다. 플렉스 닙답게 종이에 닿는 펠릿에서 닙 가운데 벤트 홀까지 길이가 긴 편입니다. 짧을수록 더 탄탄하고 길수록 유연합니다. 펜촉도 얇고 측면 '숄더shoulder'가 휜 정도도 완만합니다.

까다롭지만 흐름 좋은 에보나이트 피드

펜촉이 두껍고 상판 측면의 각도가 급할수록 잘 버텨줍니다. 흐름 좋은 에보나이트 피드ebonite feed의 곡선미는 시선을 멈추게 합니다. 에보나이트는 초창기 만년필에 활발히 사용된 소재입니다. 천연고무에 황을 첨가해 뽑아내는 물질로, 고무라기보다는 플라스틱에 가깝습니다.

에보나이트로 만든 피드와 플라스틱으로 된 피드의 장단점은 명확합니다. 에보나이트 피드는 소재 자체가 잉크를 충분히 머금을 수 있어서 쉽게 마르지 않지만 상대적으로 만들기 까다롭습니다. 플라스틱 피드는 내구성이 뛰어나고 대량 생산이 쉽지만, 소재 특성상 잉크를 흡수한다기보다는 잘 흐르게 해주는 데 가깝기 때문에 모델에 따라 잉크 마름 현상이 생길 수 있습니다.

기계로 찍어내면 되는 플라스틱에 견줘 일일이 수작업으로 가공해야 하는 에보나이트 피드는, 상대적으로 생산성이 떨어져 이제는 고가 라인에만 적용하는 추세입니다. 플라스틱이 일반화되기 전에는 보편적이던 소재인데, 어느 순간 대접받는 처지가 됐습니다. 수요 대비 공급이 줄면 절로 귀해지는 법입니다.

확연히 틀어진 펜촉을 교정하고 다음 단계로 넘어갑니다. 눈으로는 더 손볼 부분이 없을 정도로 상태를 끌어올린 다음, 잉크를 충전하고 종이에 그어가며 다듬어야 합니다.

참 묘하게도 눈으로 보면 안 느껴지는 차이가 손으로 쓰면 확연할 때가 있습니다. 언제나 눈보다 손이 더 정확합니다. 손길이 더해질수록 점점 더 좋아지는 만년필을 보면 손을 뗄 수가 없습니다. 펜을 쥔 손에 어떻게 힘을 담느냐에 따라 만년필은 민감하게 반응합니다.

배럴과 캡은 빛이 닿으면 안쪽이 살짝 비치는 반투명 아크릴 수지로 만들었습니다. 신비롭고 몽환적인 느낌을 잘 살렸습니다. 잉크 충전 메커니즘은 피스톤 필러 방식을 채용하고 있지만, 일반적인 형태하고는 구조가 다릅니다. 펜촉을 잉크병에 담그고 노브를 시계 방향으로 돌려 충분히 잉크가 차면 몽블랑 146이나 펠리칸 M600은 더 돌아가지 않지만, 이 펜의 노브는 마치 약병의 안전 잠금 장치처럼 틱틱 소리를 내면서 헛돕니다. 계속 돌아가니까 나사산이 뭉개진 상태로 오인하기도 하는데, 고장이 아닙니다.

세상에는 많은 필기구 브랜드가 있고, 그 회사들은 다양한 펜을 계속 만듭니다. 어차피 모든 펜을 다 가질 수는 없습니다. 나하고 잘 맞는, 내가 좋아하는 색감과 디자인을 가진 펜을 만나는 경험은 팍팍한 일상 속 소소한 즐거움입니다. 하루하루 잘 버텨내는 나를 위한 소박한 선물입니다. 나만의 서사를 담아 평생을 쓰다가 후대에 물려줄 만한 도구는 많지 않습니다. 만년필의 가치는 가격하고 무관합니다.

선순환은 나부터

아침저녁으로 공기가 찹니다. 향 깊고 진한 커피도 제격이지만, 은은한 녹차도 참 잘 어울리는 계절입니다. 마음이 차고 허전하면, 이 가을 누군가에게 손 편지 한 장 써도 좋을 일입니다. 손 편지 쓰는 사람이 없다 보니 도리어 전보다 몇 배나 더 큰 감동을 줍니다.

편지 쓰는 내내 온몸의 신경이 이완돼 느긋한 마음이 유지됩니다. 내가 쓴 편지를 누군가가 읽는 모습을 머릿속에 그려보는 즐거움도 만만찮습니다. 며칠 뒤 회신을 받아 읽으면 한 줄 한 줄 곱씹는 내내 글에서 단내가 나고, 부드러운 향이 한 평 작업실을 가득 채웁니다. 팽팽히 당겨져 있던 마음 근육이 느슨해지고, 이내 여유로워집니다.

일기는 자기 자신에게 쓰는 글이니 솔직하지 못할 이유가 없지만, 상대방에게 건네는 편지는 아무래도 숨김과 보탬이 더해질 수밖에 없습니다. 의미 없이 화려하기만 한 표현은 약한 바람에도 쉽게 날아가 산산이 부서져 이내 흩어질 뿐입니다. 시선을 덜 잡아 끌더라도 마음이 담긴 문장 한 줄은 그저 흔들릴 뿐 센 바람에도 날아가지 않습니다. 이미 뿌리를 바닥에 내린 때문이겠지요? 한 사람의 마음을 적시고 싶다면 사실을 말하는 정도로 충분합니다.

일기 같은 편지를 주고받는 지인이 어느 날 제게 권했습니다. 잠자는 동안 입안에 세균이 번식하니 아침에 눈뜨면 일단 양치를 하라, 따

뜻한 물을 한 잔 마시고 하루를 시작하면 좋다고 말입니다. 나를 위해 건넨 보드라운 말에, 자기 전에도 따뜻한 물을 한 잔 마시고 자면 좋다 더라고 화답했습니다. 아침에 일어나 따뜻한 물 한 잔으로 속을 데우 며 하루를 시작하고, 잠들기 전에 또 그렇게 하니 진종일 마음의 온도 가 유지되는 듯합니다.

사람이 하는 말에도 분명 온도가 있습니다. 차가운 말은 나를 얼 어붙게 해 평소 잘하던 일도 못하게 만들고, 따뜻한 말은 처음 가는 길도 두려움 없이 걷게 합니다. 이 가을 편지 한 장 적어 보내면 결국 내 가 따뜻해집니다.

손 편지 쓰기는 아까운 시간을 하릴없이 낭비하는 행위가 아니라,

나와 내 주변을 온기로 채우는 따뜻한 물 한 잔입니다. 좋은 일이 없다고 낙심하지 마세요. 선순환은 나부터 시작하면 됩니다.

19

"선생님이
내 선생님이어서
참 행복합니다"

모나미 라인 EF촉

'몬테 비앙코Monte Bianco'는 '흰 산'을 뜻하는 프랑스어 '몽블랑Mont Blanc'의 이탈리아어식 표기입니다. 만년필 쓰는 사람이라면 누구나 알고 있으며 한 자루쯤 소장하고 싶어하는 필기구 브랜드가 바로 몽블랑입니다.

몽블랑이 독일 브랜드이니 당연히 몽블랑 산도 독일에 있다고 생각하는 사람이 많지만, 이 산은 프랑스와 이탈리아 사이에 자리합니다. 두 나라 국경을 따라 길게 뻗은, 알프스 산맥 최고봉이 몽블랑입니다. 1906년 탄생한 몽블랑은 두 차례 대전과 대공황을 그저 버텨내는 데 그치지 않고 공격적 마케팅을 펼쳐 명품 브랜드로 올라섰습니다. 선발 주자 워터맨과 파카를 제치고 독일 전차처럼 고지를 탈환했습니다.

1914년에 시작한 1차 대전은 1918년까지 이어졌고, 1929년에는 대공황이 전세계에 어두운 그림자를 드리웁니다. 일단 만들면 팔린다고 믿은 기업은 무조건 물건을 생산하고, 살림살이가 어려워진 사람

들은 물건을 사지 않고, 물건이 안 팔리니 기업은 도산하고, 기업이 사라지니 실업률이 높아지는 빈곤의 악순환이 반복됐습니다. 대공황은 1939년 2차 대전의 단초가 됐지요. 아이러니하게도 이 암울한 시기에 만년필이라는 꽃은 성장을 거듭하며 화려한 열매를 맺습니다. 바로 1920년대부터 1940년대까지 이어진 만년필 황금기지요.

그 시절 대한민국은 수렁에 빠졌습니다. 1910년 8월 29일 한일 병합 조약이 체결됐고, 1945년 8월 15일 광복까지 34년 11개월 보름 동안 일제 강점기가 이어졌습니다. 선조들은 1919년 삼일 운동으로 대표되는 저항을 이어갔고, 민족 말살 정책을 뚫고 1931년 조선어학회를 출범해 우리 말과 글을 지켰습니다. 말이 모여 글이 되고, 글이 모여 책

▼ 모나미 라인 EF촉을 작업대 위에 펼쳐놓았습니다.

이 되며, 책이 모여 한 시대의 정서가 되기 때문입니다.

한국 대표 필기구 브랜드 '모나미monami'의 이름은 '내 친구mon ami'를 뜻하는 프랑스어에서 왔습니다. 1960년 광신화학공업사로 문을 열어, 1963년 두말이 필요 없는 불세출의 명작 '모나미 153' 볼펜을 출시한 뒤, 1974년 모나미로 이름을 바꿨습니다.

모나미는 2016년 보급형 만년필 올리카를 내놓았습니다. 워터맨에 견줘 133년이나 뒤진 출발이지만, 박수를 힘껏 치고 싶습니다. 필기구 시장이 성장하는 데 발맞춰 만년필 사용자도 늘어난 상황에서 한국 업체가 본격 합류하니 반가울 따름입니다. 만년필 시장은 독일이라는 커다란 바위 아래 이탈리아와 미국, 일본이 삼각뿔 형태로 힘의 균형을 유지하는 형국입니다. 대만이나 중국 같은 조약돌들이 그 틈새를 메우고 있지요.

보급형 만년필만 내놓은 모나미가 다른 브랜드에 견줄 만한 상위 모델도 출시하기를 바랍니다. 한국을 대표하는 만년필 제조사가 되기를, 발음마저 어딘가 닮은 몽블랑하고 어깨를 나란히 하게 되기를 고대합니다. 우리 위 세대가 조선어학회를 꾸려 말과 글을 지켜냈듯이, 한국을 대표하는 토종 브랜드로서 자존감을 지켜주기를 소원합니다.

특별한 수학여행에서 손편지 쓴 아이들

2020년 10월 끝자락에 아주 특별한 수학여행을 다녀왔습니다. 목포에서 배를 타고 서쪽으로 1시간 물길을 헤쳐 가면 도초도가 나옵니다. 수천 개에 이르는 섬 중에서 열셋째로 큰 섬인 도초도에는 신안군에 하나밖에 없는 인문계 고등학교인 도초고등학교가 있습니다.

모든 고등학생은 2학년 때 수학여행을 갑니다. 그런데 팬데믹 때문에 어디에도 갈 수 없었습니다. 섬을 벗어날 수 없는 학생들을 위해 '섬마을인생학교'가 기획한 특별한 수학여행 프로젝트에 참여해 2박 3일 동안 학생 60명하고 함께 시간을 보냈습니다.

첫 만남은 어색했지만, 외부 강사진과 섬마을 고등학생들은 곧 익숙해졌습니다. 시국이 시국인 만큼 소독제로 손을 씻고 마스크를 쓴 채 소규모 그룹으로 진행했습니다. 제대로 된 사진 한 장 남기기도 쉽지 않았습니다. 맨얼굴을 보기 힘들었지만, 그래도 좋았습니다. 안전하고 맞바꿀 만한 가치는 어디에도 없다는 사실을 알기 때문입니다.

둘째 날, 한 남자 청소년이 정현종 시인이 쓴 〈방문객〉을 암송했습니다. '사람이 온다는 건/ 실은 어마어마한 일이다'로 시작하는 시를 낮은 음성으로 한 줄 한 줄 읊조릴 때마다 듣는 이들은 깊은 가을 속으로 빠져들었습니다. 어른에 맞먹을 정도로 참 잘 큰 아이들은 잠시 시인이 된 동급생의 마음에 어느새 함께 젖었습니다.

시인 친구가 말하는 지금을 공감하고 미래를 함께 그리는 시간이었습니다. 육지에서 배 타고 건너온 강사진들을 세상 둘도 없는 마음으로 환대한 그 학생 덕분에, 시 한 편이 진심을 담은 배려이자 소박하지만 진정이 담긴 위로가 된다는 평범한 진리를 깨달았습니다. 고맙게도, 아직 시는 죽지 않았습니다.

한 여자 청소년은 게임을 하다가 벌칙을 받자 〈산토끼〉를 불렀습니다. 부끄럼을 참고 동요를 부르는 모습도 재미있었지만, 다음이 더 놀라웠습니다. 친구들은 야유 대신 웃으며 '떼창'으로 화답했습니다. 용기를 얻은 학생은 있는지도 모르던 2절까지 불렀고, 우리는 평생 기억에 남을 1분을 함께 나눴습니다.

만년필로 손 편지 쓰는 시간도 가졌습니다. 편지지와 편지 봉투에 우표까지 준비해서 손으로 쓴 편지를 보내고 받는, 낯설어 더 오래 기억될 기쁨을 누리게 해주고 싶었습니다. 응원 메시지를 담아 자기에게 쓰는 편지도 의미 있을 테고 부모님이나 친구에게 만년필로 써서 보내는 편지도 좋은 추억이 되지 않겠냐 하니 다들 눈을 반짝이며 한 줄 한 줄 썼습니다.

30분 정도 지나 발표하고 싶은 사람이 있는지 물으니 한 학생이

▼ 모나미 라인 EF촉으로 정현종 시인의 〈방문객〉을 필사했습니다.

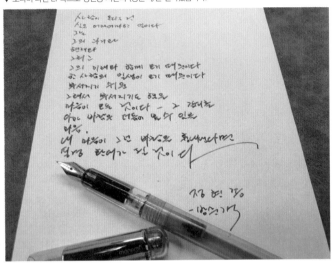

손을 들었습니다. '같은 반 담임 선생님에게 편지를 썼다, 처음에는 서로 어색한 느낌만 들다가 가까워지니 배울 거리가 많은 분이라는 생각이 들었다, 나도 선생님처럼 수학 교사가 돼서 내가 한 경험처럼 다른 학생들에게 수학이 지닌 재미를 알게 해주고 싶다, 다른 누군가가 아니라 지금 선생님이 내 선생님이어서 참 행복하다'는 내용이었습니다.

　몇몇 학생과 선생님이 눈시울을 점점 붉히더니 결국 눈물을 뚝뚝 떨궜습니다. 교권이 땅에 떨어진 시대라고들 합니다. 스승의 그림자를 일부러 밟는 성도를 넘어서, 그림자의 주인에게 대놓고 해코지하는 일도 심심찮게 벌어집니다. 그렇지만 그런 일이 모든 곳에서 벌어지고 있지는 않다는 사실을 알게 됐고, 절로 감사한 마음이 들었습니다.

만년필 강의, 더 배우는 자리

몇 해 전 어느 대학 교수님이 만년필 관련 인문학 특강을 해달라고 제게 요청했습니다. '고작 블로그에 쓴 수리기를 보고 어떻게 강연 의뢰를 하셨나. 나는 그런 일을 한 경험이 없고, 상상해본 적도 없어서 혹여 말문이 막혀 강연을 망칠까 봐, 폐를 끼칠까 봐 염려스럽다. 좋게 봐줘 참 고맙지만, 수락하기에는 위험 부담이 큰 제안이라 받아들이기 힘들다며 정중히 사양했습니다. 그분이 말했습니다.

"요즘 젊은이들이 다 그렇듯 제가 다니는 학교도 아침에 한 손에 노트북, 다른 손에 핸드폰 하나만 들고 등교하는 학생이 많습니다. 펜닥터님, 언제부터 살인을 비롯한 반인륜적이고 패륜적인 범죄가 넘쳐나서, 어지간한 사건이나 사고는 그다지 놀랍지도 않은 세상이 돼버렸습니다. 그런데 말입니다, 만약 하루 한 줄이라도, 연필이나 볼펜, 샤프나 수성펜 등 아무 필기도구로 하루 한 줄이라도 손글씨를 쓰는 게 일반화된 세상이더라도 똑같았을까요? 혹시……아니지 않았을까요?

인터넷에 검색만 하면 나오는 굳은 지식을 전달해달라는 게 아닙니다. 그런 강연을 원했다면, 혹시나 펜닥터님이 강연 도중에 머릿속이 하얘져 시간을 망치면 어쩌나 걱정할 수도 있겠지요. 그렇지만 그저 요즘 같은 디지털 세상에도 구시대 유물이라 생각하는 만년필을 쓰는 사람들이 있고, 고장난 그 펜을 어떻게든 살려내기를 원하는 이들이 있다는 걸 알려주는 것만으로 족합니다. 그 사람들하고 소통하면서 나눈 이야기를 들려주는 것만으로도 학생들에게 의미 있는 자극이 되리라고 저는 확신합니다. 그래서 혹여 내 얼굴이 깎이면 어쩌나 싶은 생각

▼ 10월 끝자락, 도초도로 '아주 특별한 수학여행'을 다녀왔습니다.

은 조금도 없습니다."

저는 머리를 한 대 맞은 듯 멍해졌습니다. 그 첫 강연이 다음 강연으로 꼬리에 꼬리를 물고 이어졌습니다. 2박 3일은 참 빨리도 지나갔습니다. 어떤 프로그램도 평생 한 번뿐인 수학여행을 대체하기는 힘드리라는 제 예상은 다행스럽게도 틀렸습니다. 눈에 띄게 높아진 아이들 목소리에서, 형형히 빛나는 눈빛에서, 마스크를 뚫고 비치는 상기된 표정에서, 거침없는 몸짓에서 느낄 수 있었습니다.

우리는 아주 특별한, 선물 같은 수학여행을 함께했습니다. 뭔가 나눠주러 갔는데, 도리어 잔뜩 받았습니다. 사람과 사람 사이에 섬이 있다고 생각했는데, 막상 가보니 섬과 섬 사이에 사람이 있었습니다. 빈틈없이 손에 손을 잡고 늘어서 있었습니다. 그 반가운 얼굴들을 언제고 다시 볼 날이 있으리라 믿어 의심치 않습니다.

금도끼?
은도끼?
쇠도끼?

에스터브룩 에스티 마라스키노 OS 레드 B촉

워터맨, 파카, 크로스, 쉐퍼. 미국에서 탄생한 필기구 제조사를 손꼽을 때 보통 이 정도를 떠올립니다. 스포트라이트를 받는 주인공이 빛나려면 받쳐주는 동료가 있어야 합니다. 발레에서 여성 무용수를 주목받게 하려면 협력하는 발레리노가 꼭 필요합니다. 연극 한 편이 조화롭게 이어지려면 주인공을 포함한 모든 배우가 제 몫을 해야 합니다.

1858년 리처드 에스터브룩Richard Esterbrook은 미국 뉴저지 주에 캠던에서 '에스터브룩 펜 컴퍼니Esterbrook Pen Company'를 세우고 필기구 시장에 첫발을 내디뎠습니다. 1832년 독일 하노버에서 시작해 잉크를 만들다가 뒤늦게 만년필에 뛰어든 펠리칸처럼, 에스터브룩은 창업 뒤 줄곧 펜촉 분야를 주름잡다가 워터맨과 파카의 뒤를 이어 1910년대 중반부터 만년필을 생산하기 시작합니다.

오로라가 금촉인데도 특유의 사각거리는 필기감으로 필기구 애호

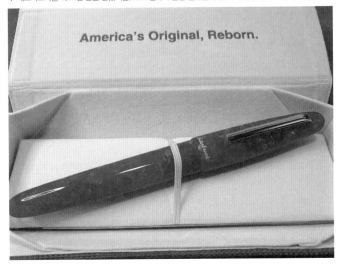

가들의 취향을 저격했다면, 에스터브룩은 스틸촉이라는 태생적 한계가 있는데도 웬만한 금촉보다 필기감이 매끄럽습니다. 마치 적자를 압도하는 서자처럼 말이지요. 어지간한 필압도 버텨주는 강성 펜촉이지만 믿기 힘들 정도로 부드러워, 힘을 주고 쓰는 데 익숙한 사용자들도 만족합니다. 낭창거리지 않으니 펜촉에 단차가 생길 확률도 낮습니다. 정속 주행하는 자동차의 연료 소모율이 낮은 이치하고 비슷합니다.

　보통 서양 만년필은 다이어리 메모용으로 얇은 EF촉을 쓰고 일상 필기용으로 F촉을 씁니다. 굵은 M촉 이상은 서명용으로 쓴다고 알려져 있지만, 제조사마다 차이가 납니다. 똑같은 100호 티셔츠도 브랜드마다 품과 길이가 다르잖아요.

에스터브룩은 서양 펜촉치고는 그리 굵은 편이 아니라서 일상 메모용으로 M촉을 선택해도 지나치지 않습니다. 한발 더 나아가 신분 한계를 넘어서는 듯한 절정의 필기감을 맛보고 싶을 때, B촉은 꽤 괜찮은 선택입니다.

한때 에스터브룩은 미국에서 가장 규모가 큰 펜 제조사였습니다. '미국 스틸닙 최강 만년필'이나 '스틸 펜촉의 아버지'로 불리며 상종가를 치지만, 영광은 오래가지 않았습니다. 1960년 초까지 대중의 사랑을 받다가 조금씩 쇠락하는 기미를 보이더니 결국 1971년에 문을 닫습니다. 그렇게 영영 흘러간 역사로 회자되던 에스터브룩은 놀랍게도 2018년 굳게 봉인된 문을 열고 부활했습니다.

부활한 '스틸 펜촉의 아버지'

에스터브룩 에스티 마라스키노 OS 레드Estie Maraschino Oversize Red B촉. 에스터브룩 부활의 신호탄인 야심작입니다.

흔히들 독일산 만년필을 두고 빈틈없는 마감과 정교함을 이야기합니다. 일본 만년필이 특유의 섬세함을 내재하고 있다면, 이탈리아 만년필은 눈길을 단번에 사로잡는 화려한 색감이 인상적입니다. 상대적으로 미국 만년필은 정통성과 우직함을 떠올리게 합니다.

이런 관점에서 보면 이 펜은 피자 한 판입니다. 반투명 아크릴 수지로 빚은 외형은 어떤 이탈리아 만년필보다 아름다워 눈길을 잡아 끕니다. 빛깔 고운 펜은 굳이 쓰지 않고 눈으로 바라만 봐도 잠시 마음의 짐을 덜어내어 절로 입꼬리가 올라가게 하는 마법 같은 힘을 지닙니다.

▼ 쿠션 캡 클로저 메커니즘은 밀착감이 더 뛰어납니다.

빈틈없이 체결되는 캡과 배럴의 연결부는 플래티넘의 '슬립 앤 씰 Slip and Seal' 메커니즘하고 비슷하지만 미묘하게 다릅니다. 플래티넘 만년필의 캡과 배럴을 돌려 잠그면 별다른 저항감 없이 서로 결합됩니다. 자연스럽게 캡 내부 이너 캡 안에 펜촉이 안착하는 느낌에 가깝습니다. 잘 체결된 만큼 잉크 마름이 줄어들겠지 믿게 됩니다.

'쿠션 캡 클로저Cushion cap closure'라 불리는 에스터브룩의 메커니즘은 밀착감이 좀더 높습니다. 배럴과 그립부 사이의 수나사산과 캡 안쪽의 암나사산을 맞물린 채 시계 방향으로 돌리면 서로 잡아당기듯 결합됩니다. 캡 내부 검은색 이너 캡 뒤편의 스프링 장치가 펜촉이 편히 쉴 수 있도록 살짝 뒤로 후퇴하며 자리를 내어줍니다.

전쟁 같은 하루를 살아내고 나면, 우리는 모두 집으로 돌아가 몸을 누이고 재충전을 합니다. 핸드폰 같은 디지털 기기는 전원을 꽂아야 충전되지만, 사람은 편히 쉬기만 해도 회복이 됩니다. 만년필도 마찬가지입니다. 충전 케이블을 찾을 필요 없이 필기가 끝난 만년필의 몸통과 뚜껑을 돌려 잠그기만 해도 컨디션이 유지됩니다.

이 만년필은 결합도가 높아서 배럴을 천천히 반시계 방향으로 돌려 풀다 보면 슬쩍 뚜껑이 몸통을 튕겨냅니다. 마치 그만하면 푹 잤으니 미적미적 이불 끌어안은 채 늦잠 잘 생각일랑 말고 얼른 일어나 새로운 하루를 시작하라며 깨우던 내 어머니 같습니다.

오로라처럼 특유의 사각거림을 내세우는 브랜드를 제외한 대부분의 만년필 제조사는 부드러운 필기감을 지향합니다. 그리고 오늘날 만년필 최강국은 독일입니다. 몽블랑을 비롯한 펠리칸, 그라폰 파버카스텔 등 강력한 아우라를 뿜어내는 브랜드를 여럿 거느리고 있습니다. 그렇지만 대부분 금촉을 채용해 가격대가 만만치 않은데, 에스터브룩은 스틸촉을 사용해 상대적으로 접근하기 쉽습니다.

만년필 애호가들은 부드럽다는 이유로 금촉을 많이 선호하지만, 예외도 더러 있습니다. 만년필이 볼펜에 견줘 손에 힘을 훨씬 덜 주고도 잘 써지는 필기구라고 알고는 있지만, 오래된 필기 습관 탓에 필압을 약하게 줘야 하는 일 자체가 스트레스인 사람도 많습니다.

내 마음을 조금이나마 여유롭게 하려는 도구가 만년필인데 굳이 스트레스까지 받으면서 쓸 이유는 없지요. 그런데도 만년필을 쓰고 싶다면 살짝 강성인 금촉을 선택하거나, 이 펜처럼 부드럽게 써지는 스틸

촉을 고르면 됩니다. 스틸촉이라 어지간한 필압에도 낭창거리지 않고 잘 버티면서도, 웬만한 금촉을 압도하는 필기감을 맛볼 수 있습니다.

내게 맞는 펜촉이 있을 뿐

수학 문제는 딱 맞게 떨어지는 답이 있지만, 만년필은 아닙니다. 시에 정답이 없듯, 내가 좋다 느끼면 그 느낌이 전부입니다. 나하고 잘 맞는, 편한 만년필을 찾아가는 여정이 있을 뿐입니다. 그 과정이 불편하다면 다른 필기구를 쓰면 되고, 나름의 맛이 느껴지면 오롯이 즐기세요.

　'다름'은 '틀림'이 아닙니다. 반짝이는 금장 만년필이 어떤 이에게는 세상 최고의 멋스러움하고 동의어지만, 또 다른 이에게는 그저 낡은 문화의 산물처럼 받아들여지기도 합니다. 화려한 문양으로 치장한 금촉이 최고 필기감을 보증하는 궁극의 펜촉이라 말하는 사람들이 다수이기는 하지만, 어지간한 필압도 다 받아주는 인심 넉넉한 스틸촉에 마음이 더 간다는 이들도 많습니다. 내가 한 선택'도' 최고 중 하나여야 맞지, 내 선택'만' 궁극의 가치라는 말은 무모합니다.

록은 유일하게 가치 있는 음악이 아니라 재즈나 힙합처럼 존중받아 마땅한 장르의 하나일 뿐이라고 인정하면, 정작 편해지는 사람은 나입니다. 조그만 티끌도 없이 완벽한 존재는 없습니다. 완벽에 가깝게 다가가는 무수한 존재들이 있을 뿐이니, 과정 자체를 즐기면 족할 일입니다. 완벽을 지향하는 데에서 핵심은 결과가 아니라 과정입니다.

수첩에 깨알 같은 글씨를 쓸 때 뭉개지지 않으면서도 둘도 없을 부드러운 필기감을 품은 만년필은 없습니다. 그런 필기감을 맛보게 할 펜이라면, 작은 글씨를 쓸 때는 아주 조금이라도 뭉칠 수 있다는 사실을 인정해야 합니다. 섬세한 표현력과 매끈한 필기감은 마치 오디오 좌우 밸런스 조절 같아, 한쪽으로 기울이면 반대편 능력치가 그만큼 줄어들 수밖에 없습니다. 부당하다기보다는 마땅한 이치이니, 온전히 받아들이면 됩니다. 밸런스 레버를 살짝 돌리면 그만입니다.

시선을 왼쪽으로 돌리면 오른쪽에 있는 사물하고는 그만큼 멀어질 수밖에 없습니다. 알면 알수록 만년필이라는 도구가 어렵게 느껴지면 곰곰 생각해보세요. 인정하지 않기 때문입니다. 인정하면 자연스러운 이치가 되고, 그렇게 되면 수월해지며, 종국에는 편해집니다.

만년필은 피자입니다. 미국이라는 도우에 일본과 독일이라는 토핑

을 얹은 다음, 그 위에 이탈리아라는 붉은 소스를 먹음직하게 뿌렸습니다. 크게 한입 베어 물기만 하면 됩니다. 더 풍미 좋은 음식을 떠올릴 이유는, 향기로운 요리를 생각할 까닭은 어디에도 없습니다. 내 앞에 놓인 음식의 진한 풍미를 즐기면 그만입니다.

21

기운 내세요,
고작 펜 한 자루도
버티고 있습니다

카웨코 다이아 805G EF촉

역사와 전통은 시대를 관통하는 가치로 읽힙니다. 국밥 한 그릇에도 수십 년 손맛을 이야기하는데, 한 사람의 서사를 온전히 담아내는 도구에 의미를 부여할 이유는 차고 넘칩니다.

순탄하게 살아온 인생이 그저 그 이유 때문에 외면받을 까닭이야 없지만, 곡절을 겪은 사연에는 좀 더 가까이 귀를 기울이게 됩니다. 태동할 때부터 승승장구하며 번창한 회사가 드러나지 않은 수면 아래에서 쏟은 노력을 우리는 가늠할 수 없습니다. 그렇지만 넘어지고 쓰러져도 다시 일어나는 존재에게는 마음이 먼저 반응합니다. '카웨코Kaweco'가 바로 그렇습니다.

합리적인 만년필의 대명사 카웨코

카웨코는 1883년 독일 하이델베르크에 자리한 작은 공장에서 탄생했

▼ 세월을 거스른 만년필, 카웨코 다이아 805G EF촉입니다.

습니다. 독일에서 가장 오래된 만년필 브랜드로, 탄생 연도는 '만년필의 아버지'로 불리는 워터맨하고 같지만, 화려하게 주목받은 워터맨하고 는 다르게 굴곡진 세월을 버텼습니다. 1889년 하인리히 코흐Heinrich Koch 와 루돌프 베버Rudolph Weber가 회사를 인수해 운영하다가 각자 이름을 따 'Koch Weber & Co', 곧 'KAWECO'로 사명을 지었습니다. 대표 모델은 1912년 출시해 현재까지 살아남은 클립 탈부착 방식의 카웨코 스포츠 라인입니다. 수납성을 강조한 포켓 사이즈 만년필 제작에 내공 이 깊습니다.

　볕 드는 곳이 있으면, 그늘지는 곳도 있기 마련입니다. 대공황이 시 작한 1929년을 기점으로 카웨코는 파산과 인수가 이어지는 시련을 반

▼ 1950년대 말에 자체 생산한 카웨코의 펜촉은 아직 건재합니다.

복하다가 1990년대 중반 극적으로 살아나 현재에 이르고 있습니다.

파카 51, 몽블랑 149, 펠리칸 M800 같은 불후의 명품 모델을 보유하고 있지는 않지만, 카웨코는 자기만의 확실한 정체성을 지니고 있습니다. 두툼하고 묵직하며 고급 재질을 쓴 값비싼 만년필이 아니라, 가늘고 가벼운데다가 가격대도 합리적이라 늘 한 자루 주머니에 넣어 다니기 편한 모델들을 여럿 보유하고 있습니다.

요즘 출시되는 모델을 보면 유추하기 쉽지 않지만, 한때 카웨코는 몽블랑이나 펠리칸 같은 형태의 피스톤 필러 충전 방식을 채용하고 펜촉을 자체 생산했습니다. 그런데 이제는 피스톤 필러 방식을 버리고 카트리지 앤드 컨버터 타입만 적용하고 있습니다. 모든 만년필 브랜드가

▼ 펜촉은 사람 손끝에서 닳고 닳아 뭉툭해졌습니다.

닙을 자체 생산하지는 않습니다. 되레 손꼽을 만큼 적습니다. 메이저 브랜드에 견줘 규모가 작은 업체들은 공정을 외주화해 살아남는 방식을 선택한 거지요. 카웨코도 닙 전문 생산 업체 보크가 제조한 펜촉을 쓰고 있습니다.

    이 만년필은 1950년대 후반에 생산된 제품으로 추정되는 카웨코 다이아 805G EF촉입니다. 카웨코가 펜촉을 자체 제작한 시절 만든 제품이지요. 14케이 금촉이지만 장식을 최소화하고, 브랜드명과 펜촉 재질만 큼지막하게 새겼습니다. 눈이 현혹될 만큼 화려하게 치장한 고급형 모델이라기보다는 실용성을 강조한 펜이라는 사실을 알 수 있는 대목입니다. 펠리칸 M400보다 조금 크고 M600보다 약간 작습니다.

무게는 M600보다 3그램가량 가벼운 16그램 정도입니다.

카웨코는 손 안에 쏙 들어오는 포켓 사이즈 만년필을 만드는 재주가 뛰어납니다. 워터맨 엑스퍼트나 파버카스텔 이모션처럼 두껍고 묵직한 펜은 손에 쥘 때 꽉 차는 손맛에 먼저 매료됩니다. 상대적으로 몽블랑 114나 트위스비 미니처럼 작은 펜들은 필기감 이전에 수납에 관련한 기대치가 더 높기 마련입니다.

대부분의 만년필 제조사는 미니 사이즈 만년필을 아예 생산하지 않거나, 만들더라도 일부 라인에 한정하는 사례가 많습니다. 그런데 카웨코는 초점 자체가 작고 아담한 필기구에 맞춰져 있습니다. 실용성을 강조한 모델들이 손맛도 기대한 수준보다 좋아서, 작은 사이즈에 먼저 놀라고 부드러운 필기감에 한 번 더 눈을 치켜뜨게 됩니다.

금속으로 된 클립을 분리할 수 있어 수납성이 뛰어난 카웨코 스포츠 라인이 그렇고, 모델명 자체를 조나단 스위프트가 쓴 《걸리버 여행기》에 나오는 소인국 이름으로 붙인 릴리풋 라인이 그렇습니다. 캡을 배럴 뒤에 꽂지 않고 써야 하는 만년필도 많지만, 카웨코 만년필은 몇몇 모델을 빼면 꽂은 상태로 써야 합니다. 그래야만 손에 쥘 수 있을 정도로 작게 만들기 때문입니다.

과유불급은 만년필에도 적용되는 말

이 만년필은 EF촉이지만, 오래 쓴 탓에 펜촉이 심하게 닳아 별 의미가 없습니다. F촉과 M촉 사이로 보일 만큼 종이에 닿는 펜촉 끝부분이 평평해졌습니다. 새파랗지도 않고 그렇다고 어둡지도 않은, 오묘한 빛

▼ 70년 가까운 세월을 버텨온 메커니즘이 고장났습니다. 온전한 구석 없는 만년필 한 자루를 살리려면 시간이 필요합니다.

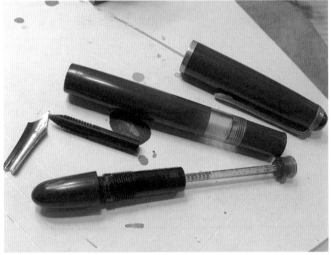

카웨코 다이아 805G EF촉

깔의 청색 셀룰로이드로 만든 펜입니다. 빈티지 만년필의 진가를 유감 없이 뽐내는 펜 같지만, 그저 보기만 좋은 상태였습니다.

펜촉과 피드는 벌어지고, 복합 단차가 있으며, 피스톤은 지나치게 빡빡해 힘을 주면 금세 부러질 듯합니다. 누군가 분해한 뒤 엉성하게 조립한 바람에 노브를 돌려 메커니즘을 잠가도 유격이 생겨 덜렁거립니다. 이런 사례는 흔합니다. 펜을 아예 모르는 시기에는 차라리 사고가 없습니다. 자칫 잘못 만져 부서질까 봐 손댈 엄두를 내지 못하기 때문입니다. 시간이 지나 어느 정도 자신감이 붙으면 손을 대기 시작합니다.

내 펜을 내가 손봐 문제점을 해결할 수만 있다면 그야말로 최고지요. 다만 한 가지는 꼭 기억해야 합니다. 언제든 아니다 싶으면 더 진행하지 말고 구매처나 수입사에 도움을 요청하는 편이 현명합니다. 자칫하면 돌이킬 수 없는 결과를 초래할 수 있습니다. 마치 폭설을 동반한 강추위가 엄습한 상황에서 초보 운전자가 차를 몰고 도로 위에 나선 경우하고 다르지 않습니다.

충전 메커니즘을 분해한 뒤 다시 조립한 때, 이런 증상을 겪는 이유는 명확합니다. 피스톤 필러는 부속과 부속을 결합하는 방식이 그저 너트에 볼트를 맞물린 상태로 무심히 돌려 잠그듯 단순한 구조가 아니기 때문입니다. 분해한 상태에서 부속과 부속을 결합하는 간격에 따라 채울 수 있는 잉크 양이 달라집니다.

마음을 비우면 결합한 뒤 생기는 유격을 없앨 수 있지만, 잉크 저장 공간이 평소보다 줄어듭니다. 반대로 정상치보다 좀더 많은 양을 채우려 욕심을 내면 부속 사이 간격이 안 맞아 유격이 생길 수 있습니다. 그러면 노브를 잠가도 고정되지 않고 흔들거립니다. 모든 만년필 사용자가 조금이라도 더 많은 잉크를 채우고 싶어하지만, 지나치면 낭패를 보게 됩니다. 과유불급은 만년필에도 적용되는 말입니다.

긴장하면 손에 땀이 나고, 몸에 힘이 들어갑니다. 근육이 경직되면 손에서 펜이 미끄러져 바닥에 내리꽂히거나, 의도한 수준을 넘는 힘이 순간적으로 들어가 부속을 망가트리기 쉽습니다.

빈티지 만년필을 손보기가 요즘 만년필보다 까다로운 이유는 오랜 세월을 지나오면서 부속이 삭은 탓에 분해하다가 부서지는 일이 있기 때문입니다. 어찌 생각하면 당연합니다. 막상 힘들게 열어 보니 꼭 부속을 교체해야 하는 때도 난감하기는 매한가지입니다. 사람으로 치면 노년기에 접어든 펜이지요. 부속을 쉽게 구할 수 있다면 오히려 더 이상한 일입니다.

지난날 언제쯤 문제가 생겨 누군가 손을 대놓고 제대로 살리지 못한 만년필입니다. 동면하듯 수십 년 동안 잠들어 있다 다시 깨어났습니다. 부속 구석구석 세척하고, 오일을 바르고, 펜촉을 다듬었습니다.

아무리 귀한 영약을 먹더라도 흰머리가 다시 검어지지는 않습니다. 주름이 순식간에 사라지고 굽은 허리가 절로 펴지는 기적은 상상 속에서나 일어납니다. 그래도 차선책이 있습니다. 원래 상태대로 돌아가기야 힘들지만, 적어도 몇 십 년 세월을 뛰어넘을 수는 있습니다.

만년필을 손보는 일은 어느 면에서 보면 인디언 기우제하고 닮았습니다. 비가 올 때까지 계속 기도를 그치지 않아 결국 비가 오고야 말게 하듯이, 두루 매끈한 상태가 될 때까지 시간이라는 도구를 줄기차

▼ 다시 살아나야 할 이유가 명확한 만년필이 있습니다.

게 쓰다 보면 어느 순간 균일한 흐름과 매끄러운 필기감이 손끝에 머물게 됩니다.

지금 몸이 아픈 건 그저 세월 탓

젊을 때부터 자잘한 병을 달고 산 사람은 나이가 들어 기력이 쇠해져도 큰 충격 없이 현실을 받아들입니다. 그런데 평생 병치레 한 번 없이 건강하게 지내다가 노년을 맞게 되면, 조금만 불편해도 되레 큰 곤란을 느낍니다.

뛰지 못하면 걸으면 되고, 걷기도 수월찮으면 지팡이를 짚으면 됩니다. 삶의 질이 떨어진 생활은 어디까지나 '불편'이지 '불행'이 아닙니다.

만약 당신 몸이 지금 좀 불편하더라도 젊은 시절을 잘못 산 때문은 아니니 자책하지 마세요. 누구 잘못도 아니고, 그저 세월 탓입니다.

사람이든 사물이든 넓은 의미에서 모든 유기체는 다 생명력이 있고, 생명력이 있는 존재들은 다 끝이 있습니다. 그렇지만 아무리 정해진 수명이 있다손 쳐도, 그날이 오늘은 아닐 겁니다. 세상에 호상好喪이 어디 있겠습니까.

스러지는 모든 생명은 나름의 연유로 애달프고 서글픕니다. 사람으로 치면 70세 가까운 나이입니다. 고작 펜 한 자루도 이 긴 세월을 버텼습니다. 숨쉬는 생명이든 멈춰 있는 존재이든, 이 세상에 태어난 바에야 어떻게든 그 생명의 끈을 놓지 않아야 합니다. 그래야 마땅합니다.

22

만년필과 설렁탕, 적절한 거리와 적당한 온도

파이롯트 캡리스 매트블랙 F촉

'가심비'(가격 대비 심리적 만족감)를 지나 '가잼비'(가격 대비 재미를 추구하는 성향)를 말하는 세상이지만, 어떤 상품을 살 때 가장 직접적으로 와닿는 요소는 가성비입니다.

일본 만년필에 눈길을 주는 이유는 펜촉 끝이 가늘고 뾰족해 한자 문화권 특유의 섬세한 필기를 할 수 있으면서도 긁히는 느낌보다는 부드러움이 먼저 다가온다는 데 있습니다. 비교적 낮은 가격대로 금촉을 접할 수 있고, 동급 모델에 견줘 만듦새가 나무랄 데 없으며, 무엇보다 전체적인 밸런스가 좋다는 특징은 분명히 장점입니다.

이미 확실한 영역을 구축한 독일 만년필은 품질에서는 두말이 필요 없지만 가격대가 걸리고, 이탈리아 만년필의 아름다움이야 정평이나 있지만 내구성이 염려될 때, 독특한 개성이 조금 덜하기는 해도 두루 높은 점수를 받는 일본 만년필이 눈에 들어오게 됩니다.

▼ 사용한 흔적이 가득한 파이롯트 캡리스 매트블랙 F촉 모습입니다. 잘 수리하려면 잘 분해해야 합니다.

파이롯트 캡리스 매트블랙 F촉

일본 최대 필기구 업체 '파이롯트'

프로 구단에서 선수를 영입할 때, 적어도 한두 명은 최고 수준의 기량을 지닌 사람을 데려옵니다. 높은 몸값을 치르더라도 그럴 만한 가치가 있기 때문입니다. 그렇지만 그다음 라인업을 선출할 때는 되도록 기복 없는 경기력을 보여주는 선수를 선호할 겁니다.

직장에서도 같습니다. 남들보다 훨씬 일찍 출근하는 날도 많지만 지각도 간간이 하는 직원보다는, 특별히 빨리 나오는 날이 없더라도 지각하지 않는 직원이 평가가 좋을 수밖에 없습니다. 시선을 확 사로잡는 매력은 좀 덜할지언정 명확한 단점을 찾기도 힘든 제품이 일본 만년필이라고들 말합니다.

세일러보다 7년 늦지만 플래티넘보다는 한 해 빠른 1918년 나미키 료스케並木良輔가 만든 필기구 제조사가 있습니다. 바로 2차 대전이 끝난 뒤 이 두 업체하고 함께 이른바 '삼분지계三分之計'를 형성한 일본 최대 필기구 브랜드 '파이롯트'입니다. 파카하고 함께 1970년대 졸업식을 화려하게 장식했으며, 100년 넘는 내력을 지닌 업체답게 가격대와 선택지가 다양한 모델을 여럿 보유하고 있지요.

파이롯트는 라인업이 다채롭습니다. 브랜드를 대표하는 커스텀 시리즈는 물론, 에르고 그립, 카쿠노 등 가격대는 낮지만 기본기가 좋은 입문용 만년필 라인도 확보하고 있어 사용자층이 두텁습니다.

펜 모델뿐 아니라 펜촉도 여러 종류를 생산합니다. 일반적인 EF, F, M, B촉을 비롯해 촉 끝부분이 일자로 잘려 가로 세로 획의 굵기가 달리 표현되는 스텁stub 닙, 큰 글씨를 쓰려고 슬릿을 두 개 낸 뮤직music

▼ 떨어지면서 받은 충격 때문에 펜촉이 한쪽으로 휜 펜촉(위쪽 네 장)은 수리가 끝난 뒤 제 모습으로 돌아왔습니다(아래쪽 네 장).

닙, 필기 때 탄력감을 극대화하기 위해 펜촉 측면의 숄더 일부를 아예 제거한 FA 닙 등 다양한 특수 촉을 생산해 소비자가 입맛에 맞게 선택할 수 있습니다.

또한 옻칠을 적용한 고가 라인업으로, 창업자의 이름을 따 '나미키 Namiki'라 명명한 프리미엄 브랜드도 있습니다. 파버카스텔이 상위 브랜드로 그라폰 파버카스텔을 운용하는 사례하고 같지요.

'캡리스Capless'는 말 그대로 '펜 뚜껑cap'이 '없다less'는 뜻입니다. 비슷비슷한 외형을 지닌 모델이 넘쳐나는 와중에 캡리스는 역발상 아이디어가 적용된, 눈에 띌 수밖에 없는 만년필입니다. 처음 보면 독특한 외형에 눈을 떼기 힘듭니다.

일반적인 만년필은 필기를 하려면 뚜껑을 당기거나 돌려 여는 과정을 거쳐야 하지만, 캡리스는 캡을 없앤 만큼 좀더 빠르게 필기할 수 있습니다. 배럴 후면부에 자리한 노브를 누르기만 하면 펜촉이 튀어나오는 노크식입니다.

한 번 더 누르면 감쪽같이 펜촉이 사라집니다. 캡은 없지만 내장된 스프링 장치가 입구를 막아 잉크가 마르지 않게 막아줍니다. '실용성 끝판왕'이라는 애칭으로 불리기도 합니다. 잉크 충전 방식은 카트리지나 컨버터 중 하나를 택하면 됩니다.

현대적인 디자인이라 출시된 지 얼마 안 된 모델로 생각하기 쉽지만, 캡리스 시리즈는 1960년대에 탄생했습니다. 제법 역사가 긴 라인으로, 전세계에 두터운 마니아층을 형성하고 있는 파이롯트의 대표 만년필 중 하나입니다.

스페인어로 열 번째를 의미하는 '데시모^{décimo}'는 파이롯트 캡리스의 10세대 모델이라는 뜻입니다. 일반 캡리스보다 살짝 가늘게 만들고 클립에 모델명을 새겨 넣어 알아보기 쉽게 했습니다. 11세대인 '페르모^{fermo}'는 초기 모델처럼 노브를 돌려 펜촉을 나오게 하는 회전식 메커니즘을 채택해 향수를 자극합니다.

두툼한 파우치 안에 고이 모셔두기보다는 재킷 안주머니에 꽂고 다니다가 메모할 일이 있을 때 언제든 바로 꺼내 쓰는 펜입니다. 다른 사람에게 보여주려는 펜이 아니라 철저히 실용성에 바탕을 둔 만년필입니다. 그러다 보니 이렇게 상처투성이인 펜은 물론 몸통이 찌그러진 사례도 다른 만년필에 견줘 흔합니다. 내구성이 떨어지는 탓이 아니라, 그만큼 실사용 펜으로 많이 쓰기 때문입니다.

펜촉이 안으로 들어가 있는 상태라면 다행인데, 필기하는 도중 수직 낙하 하면 어쩔 수 없이 바닥에 먼저 닿으며 휘고 맙니다. 그다지 무겁지는 않지만, 추락에는 장사가 없습니다. 측면으로 휘어지면 살리기가 더 까다롭습니다. 급한 마음에 서둘다 보면 부러질 수도 있으니까요. 어쩔 수 없이 꽤 많은 시간을 들여야 합니다. 들인 시간에 비례해 살려낼 확률도 높아집니다.

캡리스의 펜촉은 로듐 도금돼 은색으로 보이는 탓에 간혹 스틸촉으로 오해하기도 하는데, 18케이 금촉입니다. 구조적으로 노브를 누를 때마다 돌출과 인입을 반복하는 방식이라 일반적인 펜촉보다 훨씬 폭이 좁고 길쭉합니다. 측면이 널찍하면 드나드는 과정에서 간섭이 생길 수밖에 없기 때문이지요.

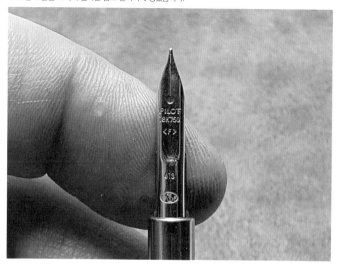

조금씩 펴다 보면 원래 모양에 가까워집니다. 만년필이라는 도구는 마치 사람이 하는 말을 알아듣고 마음을 이해하는 듯합니다. 대화하 듯 매만지다 보면 어느 순간 반듯해집니다.

언제 부러져도 이상하지 않은 펜촉을 다시 쓸 수 있게 하려면 재주 보다 인내심이 필요합니다. 그저 손 한두 번 움직여 펜촉을 완벽히 복 원할 수 있는 사람은 세상에 없습니다.

만년필 수리는 마법이 아니라, 시간하고 나누는 대화에 가깝습니 다. 그러니 내 펜을 스스로 고치려는 의지만 있다면 누구나 할 수 있습 니다. 기본 요령은 알아야 할 테지만, 시행착오를 겪는 꽤 만만찮은 시 간만 받아들이면 됩니다. 첫술에 배부를 수는 없으니 당연합니다.

정상적인 펜촉은 상판 한복판을 가르는 슬릿 사이가 아주 살짝 떨어져 있어야 합니다. 지나치게 맞닿으면 잉크가 나오지 못하고, 너무 크게 벌어져 있어도 제대로 된 흐름을 이끌어낼 수 없습니다. 닿을 듯 말 듯 적당한 간격을 유지해야 끊기지 않고 부드럽게 잘 나옵니다.

사람 관계도 다르지 않습니다. 가까운 사이라는 이유로 지나치게 격의 없이 대하다 보면 의도하지 않은 상처를 주기 십상이고, 너무 왕래가 없어도 소원해지기 마련입니다. 적절한 거리는 만년필에서도 사람 관계에서도 결코 가볍지 않습니다.

적절한 거리와 적당한 온도

사람과 사람 사이에는 일정한 주기가 있습니다. 일주일에 한 번씩 만나던 사람은 일주일이 되면 생각나고, 일 년에 한 번씩 만나던 사람은 일 년이 되면 만나야만 마음이 편해집니다. 우리가 지금 힘든 이유는 일 년에 몇 번씩 보던 얼굴을 내 의지에 상관없이 볼 수 없기 때문입니다.

어디 얼굴을 마주하고 눈빛을 주고받는 시간만 하겠습니까만, 목소리라도 자주 들려주세요. 부족하다 싶으면 짧은 몇 줄 손글씨도 좋습니다. 활자는 정보를 알릴 뿐이지만, 손으로 쓴 글씨는 얼굴 못지않게 마음을 잘 옮깁니다. 메일도 문자 메시지도 진심을 전달하지 못한다 싶을 때는 종이를 펼치세요. 아무 펜이나 손에 잡히는 대로 들고 몇 줄 써도 좋을 일입니다. 오늘 끝내지 못한 일은 내일 마저 하면 그만입니다. 그렇지만 적절한 때맞춤이 있습니다. 어떤 상황에서도 절대 말을 아껴야 할 때가 있고, 참는 일이 미덕이 아닌 순간도 있습니다.

　　우리의 오늘이 어쩌면 쇠털같이 많은 날 중 하루일 수도 있지만, 인생은 짧습니다. 금쪽같이 귀한, 선물 같은 한때라 생각하세요. 모진 말을 하면 잠 못 드는 이는 결국 나이고, 상황에 맞춰 배려하며 건넨 말 한 마디로 가장 큰 득을 보는 쪽도 언제나 나입니다.

　　적절한 거리만큼 적당한 온도도 중요합니다. 식은 설렁탕은 구수하기는커녕 비린 맛이 납니다. 아무리 겨울이라도 미지근한 냉면이 제맛일 리 없고 차가운 육개장이 술술 넘어갈 리 없습니다. 온도가 적당한 말과 적정한 글은 거리를 좁혀줍니다. 너무 춥거나 아주 더워도 괴롭고, 펜촉 간격이 지나치게 좁거나 떨어져 있어도 제대로 쓰기 힘들듯, 사람과 사람 사이에서도 거리와 온도는 비길 바 없이 중요합니다.

입춘이 벌써 지났습니다. 지금 이 서늘함이 한참 더 가겠지만, 어김없이 늦추위가 찾아오겠지만, 그래도 봄이 어느새 가까이 오고 있습니다. 시나브로 봄이 반듯하게 섰습니다. 이 말보다 더 펄떡펄떡 기운 나는 소식은 아직 들어보지 못했습니다.

3부

오늘도 계속
펜을
고칩니다

23

이 펜처럼,
당신의 앞날도
순탄하면 좋겠습니다

스틸폼 코스모스 나이트 스카이 F촉

전통은 어떤 묘수를 써도 한순간에 따라잡을 수 없는 불변의 명제입니다. 존중받아 마땅한, 시대를 관통하는 핵심 가치입니다. 그렇지만 역사는 언제나 꿈꾸고 도전하는 자의 손으로 새롭게 쓰였습니다.

감탄사가 절로 날 만큼 정밀한 세공 기술이 집약된 만년필도 근사하지만, 화공이 손끝으로 툭툭 무심히 친 듯한 난을 닮은 만년필의 자태도 못잖습니다. 대각으로 선을 추어올리다 끄트머리에 이르러 은근히 손끝을 감는 동작을 반복하다 보면, 어느새 만개한 난 한 촉이 눈앞에서 간지럼을 태웁니다. 화려한 문양이나 장식을 최대한 배제하고, 오직 직선과 곡선으로 빚어낸 '코스모스Kosmos'는 오래 봐도 지겹지 않습니다. 볼수록 정겹습니다.

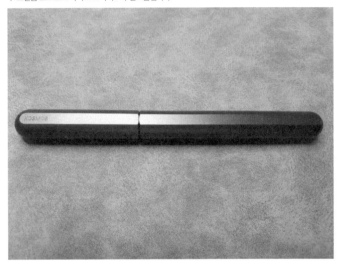

단순하고 혁신적인 우주, 스틸폼

독일 함부르크에 터를 두고 있는 스틸폼^{Stilform}은 2013년 크리스토프 보러^{Christoph Bohrer}와 마르틴 바그너^{Martin Wagner}가 창립했습니다. 100년 훌쩍 넘는 역사를 자랑하는 브랜드가 열 손가락을 한참 넘어서는 만년필 업계에서, 디자인의 힘을 유감없이 보여주는 신생 업체입니다. 단순한 직선에서 미적 가치를 끌어내 세련된 디자인 언어로 재창조하는 탁월한 능력을 바탕으로 디자인 상을 여러 번 받았습니다.

스틸폼은 단순한 외형을 완성하기 위해 그립부와 배럴 사이에 있기 마련인 나사산을 생략하고 눈에 안 보이는 자석을 심었습니다. 캡을 배럴 가까이 가져가기만 해도 알아서 달라붙습니다. 다른 만년필들하고 차별화된 잠금 방식을 적용해 단순미를 극대화했습니다.

코스모스의 마그네틱 메커니즘은 혁신적입니다. 그저 잡아당기는 데 그치지 않고 캡과 배럴이 늘 정확한 위치에 맞춰 결합됩니다. 면과 곡선부가 한 치 어긋남도 없이 제자리로 되돌아갑니다. 이탈리아 브랜드 비스콘티 반 고흐 라인도 마그네틱 잠금 방식을 채용하고 있지만 코스모스하고는 사뭇 다른 구조입니다.

반 고흐는 방향성 없이 그저 캡과 배럴이 달라붙을 따름이지만, 코스모스는 어느 위치에서 손을 떼든 정확히 제자리를 찾아갑니다. 비스콘티호가 닻을 내리고 정박한 사이, 스틸폼은 좀더 먼 바다를 향해 노 젓는 수고를 아끼지 않았습니다.

코스모스 만년필에 적용된 메커니즘이 최고의 잠금 방식이라 할 수는 없습니다. 그렇지만 만년필이라는 도구는 140년 가까운 세월을 거치며 발전에 발전을 거듭해왔습니다. 기술적으로 완숙 단계에 올라선 지 이미 오래입니다.

1898년, 만년필 자체에 잉크를 충전하는 최초의 셀프 필링 방식인 크레센트 필러를 콘클린이 만들어내며 충전 방식을 둘러싼 경쟁에 불이 붙었습니다. 장강의 뒷 물결이 앞 물결을 밀어내듯, 쉐퍼의 레버 필러와 파카의 '버튼 필러button Filler'가 그 자리를 채웁니다. 그 뒤 파카의 배큐메틱 필러와 쉐퍼의 백-필이 또 한 차례 격돌했지만, 모두 역사 속으로 사라졌습니다.

몇몇 예외 사례가 있지만, 현재 생산되는 만년필은 잉크 충전 방식이 크게 둘로 나뉩니다. 몽블랑 마이스터스틱 146이나 149, 펠리칸 M

▼ 비스콘티 문라이트 스노우스톰 B촉(왼쪽)은 크레센트 필러를, 쉐퍼 플랫탑 초기형 F촉(오른쪽)은 레버 필러를 적용했습니다.

▼ 펠리칸 M805 데몬 F촉(왼쪽)은 피스톤 필러를, 몬테그라파 헤밍웨이 피셔맨 M촉(오른쪽)은 컨버터를 장착했습니다.

▼ 스크루 캡 방식을 적용한 마를렌 아델 M촉(왼쪽)과 슬립온 캡 방식을 적용한 파카 75 F촉(오른쪽)을 비교했습니다.

시리즈 등에 적용된 피스톤 필러 방식과 그 밖의 다른 만년필들에 적용되는 카트리지 앤드 컨버터 방식입니다. 피스톤 필러는 몸통 자체에 잉크를 채우는 방식이고, 카트리지 앤드 컨버터는 일회용 건전지처럼 잉크 카트리지를 꽂아 쓰고 버리는 방법과 속이 빈 컨버터에 잉크를 주입해 쓴 다음 다시 충전하는 방법 중 한 가지를 고르는 방식입니다.

새로 사거나 선물받은 만년필에 컨버터가 꽂혀 있다면 카트리지도 쓸 수 있습니다. 그런데 카트리지가 꽂힌 만년필은 잘 살펴야 합니다. 수납을 극대화할 목적으로 크기를 줄인 만년필 중에는 카트리지 전용 모델이 더러 있거든요. 충전 방식은 각각 장단점이 뚜렷해 무엇이 더 좋다고 말할 수 없습니다. 서로 다른 맛과 멋이라 생각하면 맞습니다.

만년필 뚜껑에 해당하는 캡과 몸통이라 할 수 있는 배럴을 체결하는 잠금 방식도 크게 두 가지 형태로 나뉩니다. 마를렌의 아델처럼 나사산을 따라 돌려 잠그는 스크루 캡과 파카 75처럼 밀어 체결하는 슬립온 캡입니다. 비스콘티가 마그네틱 클로저 시스템이나 훅 세이프 락 시스템을 적용하지만, 보편적인 형태는 아닙니다.

후발 주자가 내세우는 새로운 패러다임

스틸폼이 코스모스에 적용한 잠금 방식은 비스콘티보다 한 단계 더 나아간 듯한 모습을 보여줍니다. 후발 주자가 선발 주자를 앞지르려면 더 빨리 몸을 움직이는 수밖에 없습니다. 따라잡지 못하더라도 땀 흘리며 전력을 다하는 모습을 보여야 지켜보는 사람들이 다음 경기를 기대합니다. 전에 없던 등반 루트를 개척했다면, 성패에 상관없이 시도 자

체는 존중돼야 마땅합니다. 그래야 그 뒤를 이어 제2, 제3의 스틸폼 같은 업체가 생겨날 수 있습니다.

값나가는 재료에 온갖 기술을 녹여 넣어 화려하게 뽑아낸 고가 만년필도, 기능 자체에 집중한 입문형 만년필도 글씨 쓰는 도구라는 사실은 똑같습니다. 새롭지 않으면 눈에 띄기 쉽지 않고, 무난하면 잊히기 쉽습니다. 이미 기술력이 상향 평준화된 만년필 브랜드들 사이에서 새로운 패러다임을 선보이는 일은 여간 어렵지 않습니다. 제대로 진지해서 감동을 주거나, 다시 보게 만드는 참신함을 갖춰야 합니다. '뻔'하지 않고, '편Fun'해야 합니다.

코스모스 만년필에서 디자인의 핵심은 부드러운 곡선과 반듯한 면이 어우러지는 데 있습니다. 둥근 면은 손에 쥐는 느낌을 끌어올리며, 자른 듯 평평하고 예리한 면은 펜이 책상 위에서 굴러 바닥으로 떨어지지 않게 막아줍니다. 외형을 보면 '단순함이 최고다'는 말이 떠오릅니다. 클립이 없어서 미끈한 소형 드라이버 툴처럼 보이기도 합니다. 걸리는 부분이 없으니 주머니에 넣어도 좋고, 쉽게 긁히지 않는 금속 소재라 어떻게 보관해도 쉽게 훼손되지 않습니다. 알루미늄으로 만들어 가볍고, 디자인은 단순하며, 메커니즘은 섬세합니다. 두루 조화롭습니다.

아무리 디자인이 뛰어나다 해도 만년필은 눈으로 보면서 만족을 느끼는 데 그치는 장식물이 아닙니다. 잉크를 채워 넣고 종이에 써야 제 구실을 다하는 필기구입니다. 그런데 펜 내부에서 부속과 부속이 서로 분리됐습니다. 정확히 고정돼야 할 펜촉이 쓸 때마다 빙글빙글 돌아가고 연신 종이를 긁으면 당연히 제대로 쓸 수 없습니다.

아직 10년이 채 안 된 신생 기업이 만년필의 핵심인 펜촉을 자체 생산 하기는 어렵지요. 펜촉은 닙 전문 업체 보크가 만든 제품입니다. 살짝 틀어진 펜촉을 보기 좋게 정렬하고 뻑뻑한 컨버터도 손봤습니다. 한결 부드럽습니다. 색감 좋고 몸에 딱 맞는 옷을 입을 때 기분이 산뜻해지듯, 만년필도 흠잡을 데 없는 상태여야 마음 편히 쓸 수 있습니다.

쭉 뻗은 만년필처럼

와인 한 잔으로 세 번 맛을 본다고 합니다. 눈을 현혹하는 빛깔로 한 번, 코에 스미는 향으로 또 한 번, 혀를 지나 목을 타고 넘어가는 감미로움으로 다시 한 번.

만년필도 세 번 맛을 봅니다. 디자인과 색감으로 한 번, 손에 쥘 때 손바닥을 타고 오르는 짜릿한 충일감으로 한 번, 잉크를 채워 종이에 쓸 때 펜촉이 부드럽게 미끄러지며 사각거리는 손맛으로 한 번. 셋 중 어느 하나도 더하거나 덜하지 않습니다. 결과뿐 아니라 시작과 과정까지 모두 다 비길 바 없이 의미 있습니다.

스마트폰 하나만 있으면 화상 회의와 재택근무를 하고, 말 한마디 안 하고도 따뜻한 음식을 배달해 먹는 세상입니다. 다양한 디지털 콘텐츠들이 각광받는 세상에서, 역설적이게도 아날로그 미학의 정점에 자리한 만년필을 만드는 젊은 업체가 있습니다. 오래된 것이 온전히 존중받아야 할 시대적 가치라면, 새로운 것은 불끈 솟아난 힘줄 같습니다. 날것의 꿈틀거림입니다. 내 경력이 이만큼이다 자만할 필요가 없고, 얼마 되지 않는다며 어깨를 움츠릴 까닭도 없습니다.

스틸폼처럼 새로운 시도를 두려워하지 마세요. 누군들 처음이 없었겠습니까? 지금 무대 위에서 화려한 조명을 받는 사람들도, 한때는 어떤 이가 드리운 그늘 속에서 지냈습니다. 여태 살아온 날보다 앞으로 살 날이 더 많습니다. 오늘 시작해도 절대 늦지 않습니다. 당신은 이미 잘하고 있습니다. 조금만 더 걸어, 눈앞에 보이는 언덕 하나 넘어서면 됩니다. 졸린 눈 비비며 새벽을 맞는 당신의 오늘을 응원합니다.

복잡하게 생각하지 마세요. 생각이 넘치면, 자칫 그 안에서 길을 잃고 헤매게 됩니다. 정직이 최상의 방책이듯, 마음이 서면 두리번거리지 말고 곧게 나아가세요. 머리부터 발끝까지 일자로 쭉 뻗은 이 만년필처럼, 당신의 앞날도 순탄하면 좋겠습니다.

24

명품 만년필도
이러면
오래 못 씁니다

루이비통 금장 F촉

누구나 어제보다 나은 오늘을 꿈꿉니다. 심적 안정과 경제적 자유를 소원합니다. 그렇지만 바라는 마음이 선을 넘어 욕망 덩어리가 되는 순간, 분별력이 흐려집니다. 자기 능력보다 목표치가 지나치게 높으면, 어느새 열정은 탐욕으로 바뀝니다.

시련은 우리를 단련시키지만, 예상하지 못한 시기에 감당하기 힘든 강도로 덮칠 때는 하릴없이 휘청대기 마련입니다. 쓰러지지 않고 버텨내려면 의지라는 이름을 단 뿌리를 땅속 깊이 내리 뻗어야 합니다. 그래야 흔들릴지언정 뽑히지 않습니다. 폭풍우는 언제인가 그치기 마련이고, 버텨낸 만큼 더 힘차게 줄기를 뻗을 수 있습니다.

이탈리아 디자이너가 만든 프랑스 만년필

흔히 3대 명품을 들라면 에르메스^{Hermes}와 샤넬^{Chanel}, '루이비통^{Louis}

▼ 루이비통 금장 만년필 F촉이 반짝입니다.

Vuitton'을 이야기합니다. 1854년 프랑스에서 탄생한 루이비통은 전세계 명품 브랜드 중에서도 으뜸으로 손꼽힙니다. 다미에 캔버스^{Damier canvas}와 모노그램 캔버스^{Monogram canvas} 등 가죽 가방이 큰 비중을 차지하지만, 의류, 신발, 시계, 보석, 패션 소품까지 여러 분야를 아우릅니다. 다른 아이템들에 견주면 덜 알려져 있지만 루이비통은 필기구 라인업도 갖춘 브랜드입니다. 그중 루이비통 금장 만년필은 이탈리아 출신 여성 건축가이자 디자이너인 가에 아울렌티^{Gae Aulenti}가 디자인했습니다.

　무뚝뚝해 보이면서도 부드러움이 느껴지는 캡과 배럴은 23케이 금도금이고, 펜촉은 18케이 금촉입니다. 1980년대 후반에 출시됐으니, 30년 넘는 세월을 살아온 셈입니다. 알록달록 화려한 색상과 문양으로 치장하지 않고, 오로지 금 하나로 첫 획을 긋기 시작해 마침표를 찍었습니다. 명투수가 던지는 묵직한 직구처럼 미끈하게 뻗은 외형은 순금 장신구를 손바닥에 올려놓고 비벼 가늘게 꼰 듯합니다. 외양은 손에 쏙 들어올 만큼 날렵하지만, 존재감은 결코 가볍지 않습니다.

한동안 쓰지 않을 펜이라면

'고시용 만년필' 펠리칸 M200(또는 205)은 전체 무게가 14그램 정도이고 캡을 빼면 9그램이 채 안 됩니다. 루비비통 금장 만년필은 M200보다 무려 네 배가 넘는 38그램입니다. 캡까지 포함하면 55그램에 이르는 묵직한 만년필입니다.

비 오는 날 산길을 걷고 나면 운동화가 젖고 흙이 묻습니다. 먼저 말리고 흙을 털어낸 다음에 보관해야 다시 신을 수 있지요. 그냥 신발장에 넣고 방치하면 흙이 말라 외피에 얼룩이 질 수밖에 없고, 물기 때문에 냄새가 나거나 더러 곰팡이가 슬기도 합니다.

한동안 쓰지 않을 만년필은 내부를 세척한 다음 물기를 말려 보관해야 합니다. 그러면 1년, 아니 10년 뒤에도 새 펜처럼 쓸 수 있습니다. 쓰던 펜을 잉크가 남은 채로 무심히 서랍에 넣고 오래 놔두면, 비 오는 날 신고 버려둔 운동화 같은 신세가 됩니다.

세척해서 보관하지 않은 탓에 잉크가 세월의 힘을 빌려 루이비통 만년필을 망가뜨렸습니다. 아무리 좋은 만년필도 잉크가 없으면 그저 장식품일 뿐입니다. 사람으로 치면 혈액이지요. 그런 잉크가 펜을 망치기도 합니다. 어떻게 쓰느냐에 따라 약도 되고 독도 됩니다.

▼ 잉크 넣은 상태로 방치한 펜촉(위)과 피드(중간)를 깨끗해질 때까지 세척했습니다(아래).

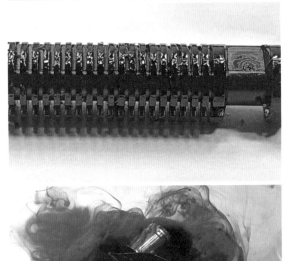

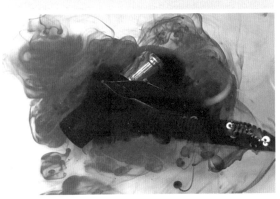

루이비통 금장 F촉

흉해진 펜이라고 수명까지 다한 펜은 아닙니다. 만든 지 100년이 넘어도 멀쩡히 제 기능을 다하는 펜이 무수합니다. 잘만 관리하면, 아버지가 쓴 만년필을 받아 평생 쓰다가, 내 아이에게 물려주기도 합니다.

쓰는 사람 성정하고 닮는 만년필

사람도 성정이 모질고 악하면 사나운 눈매와 뾰족한 말투를 거쳐 품은 속내가 삐져나옵니다. 주머니 속 송곳처럼 숨길 수도 없고, 숨겨지지도 않습니다. 만년필도 그렇습니다. 눈에 보이는 부분이 이런 상태라면 내부는 더 심각합니다. 오래 묵은 펜은 분해 자체가 힘든 사례도 많습니다. 말라붙은 잉크가 접착제처럼 부속들을 잡고 있기 때문입니다.

분해하느라 정상 범위를 넘어선 힘을 주게 되고, 그 과정에서 피드가 부러지거나 멀쩡한 펜촉이 휘기도 합니다. 제때 하면 그리 고되지 않을 일인데, 때를 놓치면 몇 배 애를 써도 효과를 보지 못합니다. 만년필만 그럴까요? 만년필 관리는 마음 다스리기하고 닮았습니다.

펜촉과 피드를 분해하니 잉크가 콜타르처럼 끈적한 반고체가 돼 구석구석 촘촘히 엉겨 있습니다. 물에 담그면 겉에 묻은 잉크는 술술 풀어지지만, 피드 콤 사이사이 박힌 찌꺼기는 요지부동입니다. 이럴 때는 부드러운 브러시로 살살 털어내고, 펜촉은 물에 적신 면봉으로 닦으면 효과적입니다. 충분히 제거한 다음 다시 물에 담그기를 반복해서 물기가 닿아도 잉크 잔여물이 나오지 않는 상태가 돼야 합니다.

이 만년필의 펜촉은 측면 숄더가 피드를 둥글게 감싼 형태입니다. 강성 펜촉일수록 숄더가 휜 정도가 급합니다. 어느 정도 되는 필압을

▼ 파이롯트 FA촉(위)과 루이비통 F촉(아래)은 모양이 다릅니다.

루이비통 금장 F촉

버틴다는 뜻입니다. 파이롯트 FA촉은 숄더를 펴다 못해 아예 조금 제거한 형태입니다. 극단적 탄력감을 확보하려는 고육책이지요. 제대로 모르고 보면 축구는 공 하나를 두고 여러 명이 우르르 몰려다니는 듯하지만, 알고 보면 치밀한 전략이 눈에 들어옵니다. 다 똑같아 보이는 펜촉도 관심을 기울이면 안 보이던 요소가 보이기 마련입니다.

캡을 뺀 무게만 40그램에 가깝습니다. 최대한 가볍게 쥐고 써도 펜 자체 무게만으로 충분합니다. 강성 펜촉이라는 말은 그만큼 덜 낭창거리기 때문에 펜촉이 틀어질 확률도 낮다는 뜻입니다. F촉이지만 흐름이 두껍지 않습니다. 다이어리 메모용으로 써도 지나치지 않습니다.

눈에 띄지 않지만 언제나 있는 길

균일하고 끊기지 않게 나올 때까지 시필을 계속합니다. 한순간에 성취되는 일은 없습니다. 전력을 다하는데도 아직 결과가 만족스럽지 않을 수 있습니다. 그렇더라도 너무 낙심하지 마세요. 이름 없는 작은 꽃씨가 움트는 데도 한 세계를 깨고 나오는 경이로운 힘이 필요하다는데, 하물며 당신이 품은 뜻을 펼치려 하는 일입니다.

시련은 우리를 단련시키고, 안온한 시간은 상처를 아물게 합니다. 대장장이가 쇠를 담금질하듯 적절한 강약이 조화할 때, 수축과 이완을 거치며 마음 근육도 점점 단단해집니다. 촉끝이 살짝 틀어진 만년필 한 자루를 손보는 데도 여러 밤낮이 필요합니다. 충분한 시간을 들인 듯한데도 턱없을 때가 있습니다. 수천 자루를 손봐도 자세가 낮아질 수밖에 없습니다. 틀어진 펜촉을 손으로 매만지다가 손톱이 갈라지

▼ 만년필 수리가 끝나면 흡수율이 다른 종이에 그어가며 테스트하는 과정을 거쳐야 합니다.

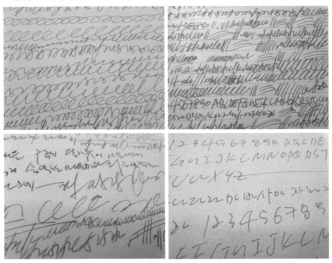

고 부러지면, 무른 나뭇조각에 펜촉을 대고 그어가며 반듯하게 잡아냅니다. 내 눈에 아직 들어오지 않을 뿐, 언제나 길은 있습니다.

　숱한 모조품 업체들이 잽을 날리면 루이비통은 더 센 스트레이트로 맞받아쳤습니다. 새로운 디자인 언어를 제시하고 몇 단계 더 높은 곳에 올라섰습니다. 더워서 흘리는 땀은 사람을 지치게 하지만, 몸을 움직여 땀을 뽑으면 되레 개운해집니다. 같은 땀이지만 농도가 다릅니다. 내가 원해 차를 몰 때는 드라이브이지만, 억지로 하는 운전은 노동입니다.

　거짓말 같은 바람을 담아 보냅니다. 모든 일이 내 마음 같지 않아 속상할 때, 펜을 손에 쥐기만 해도 시름이 잊히고 한 줄 긋기만 해도 막힌 일 술술 풀리기를 바랍니다. 꼭 그렇게 되면 좋겠습니다.

25

잊힌 사람이
되지 않는
비결

델타 돌체 비타 오버사이즈 F촉

그림자 없는 사람은 없듯, 모든 시작에는 필연적으로 끝이 있습니다. 그렇지만 예상하지 못한 순간에 예고도 없이 찾아오는 마지막 날을 어떻게든 피하고 싶은 게 사람 마음입니다.

정성을 다하면 돌에서도 풀이 난다는 말이 있습니다. 전력을 다해 공을 들이면 하늘도 감복한다는 뜻이지요. 이 땅에 태어난 사람이라면 누구나 적어도 하나쯤, 세상이 나를 추억할 만한 거리를 만든 뒤 먼 길 떠나기를 꿈꿉니다. 이름을 드높이고 싶은 명예욕 때문이 아니라, 잊히고 싶지 않은 본능이 앞선 탓일 겁니다.

문 닫은 만년필 회사, 델타

1982년 세 예술가가 모여 만든 이탈리아 만년필 델타^{Delta}는, 다양한 문화유산을 지닌 예술 도시 나폴리에서 시작한 브랜드답게 주목받을

▼ 나폴리에서 탄생한 델타는 역사 속으로 사라졌습니다.

만한 작품을 여럿 만들어냈습니다.

델타를 대표하는 모델은 돌체 비타^{Dolce Vita}입니다. 사용자의 손 크기를 고려해 다양한 사이즈로 만든 방식도 이채롭습니다. 그중에서도 으뜸은, 대형기의 상징인 몽블랑 마이스터스틱 149보다도 더 두툼한 돌체 비타 오버사이즈입니다. 슬림, 미디엄, 오버 중에서 가장 큰 모델이라는 뜻입니다.

이탈리아어로 'La Dolce Vita'는 '달콤한 인생'을 의미합니다. 델타가 탄생하기 20년도 더 전인 1960년에 이탈리아 네오레알리스모, 곧 네오리얼리즘을 이끈 거장 페데리코 펠리니^{Federico Fellini}가 만든 영화 제목으로 세상에 먼저 선보였습니다.

펠리니는 1954년에 발표한 〈길La Strada〉로 스포트라이트를 받은 유명 감독이었습니다. 잠파노(앤서니 퀸)와 젤소미나(줄리에타 마시나)가 보여준 연기는 영화 한 편이 얼마나 큰 감동을 선사할 수 있는지 생생히 알려줍니다. 영화 〈달콤한 인생〉은 달기보다는 쌉싸름한 맛에 가깝습니다. 단순히 행복한 나날을 늘어놓는 대신, 조금은 묵직한 화두를 제시해 우리 각자의 내면을 들여다보게 하지요.

1998년 돌체 비타를 출시한 델타는 시대의 격랑을 이겨내지 못한 채 2017년 문을 닫고 맙니다. 역사가 100년을 훌쩍 넘는 브랜드들이 즐비한 필기구 업계에서 델타는 단명한 기업이 분명합니다. 그렇지만 펠리니가 보석 같은 작품을 남겨 영원히 살아 있듯이 델타도 돌체 비타를 통해 여전히 생명력을 유지하고 있습니다. 만년필을 좋아하는 많은 이들에게 델타는 아직도 현역입니다.

카웨코처럼 파산을 두 번이나 겪고도 부활한 필기구 기업도 있지만, 델타에게 이런 행운이 오기는 힘들어 보입니다. 폐업한 뒤 창립자 중 한 명인 치로 마트로네가 숙련공들을 모아 '레오나르도 오피치나 이탈리아나'를 이미 세운 때문입니다. 이 회사는 그동안 쌓아온 만년필 제조 기술을 활용해 이탈리아 특유의 아름다운 펜들을 생산하고 있습니다. 그렇다고 해서 델타가 쉽게 잊히지는 않을 테지만 말이지요.

피로를 씻어주는 오렌지색 배럴

명작 파카 51 복각판이 출시되면 80여 년 전 태어난 오리지널 파카 51은 인기가 식으리라고 예감한 이들이 있지만, 뚜껑을 여니 사뭇 달랐습니다. 오래 쓰다 보면 고무로 된 색sac이 삭아 교체해야 해 불편하던 충전 방식을 컨버터 사용이 가능하게 개선했고, 캡 체결 방식도 돌려 잠가 의도하지 않게 분리되는 일이 없도록 했으며, 18케이 금촉을 장착해 마침표를 찍었습니다.

더할 나위 없이 좋은 요소들만 모아놓은 셈입니다. 그러니 관리하기 불편하고 더는 새 제품을 구하기 힘든 오리지널 파카 51하고는 이별해야 맞습니다.

그런데 소금물을 마셔 기갈이 더 심해진 사람처럼 '옛 것'을 향한 욕구는 더해만 갑니다. 뒤늦게 예상 못한 인기를 얻는 이른바 역주행이 아니라, 80년째 꾸준히 순행하고 있는 셈입니다. 복각판이 만듦새가 덜한 탓도 아닙니다. 되레 정말 만족스럽기 때문입니다. 가까운 분점에서 먹은 음식이 맛있으면 나중에 시간을 내서 멀리 있는 본점에 가보고 싶은 경우하고 비슷합니다. 레오나르도 오피치나 이탈리아나가 아무리 흥한들 델타가 쉽게 잊힐 리 없습니다.

강한 빛을 오래 흡수한 형광 물질은 그만큼 긴 시간 빛을 내뿜습니다. 물론 완전한 어둠 속에 장기간 노출되면 서서히 빛이 사그라들지요. 델타가 더는 새 만년필을 생산하지 않으니, 언젠가 빛은 약해질 수밖에 없습니다. 그렇지만 100년 전 만든 만년필을 여전히 쓰기도 하니, 어쩌면 지금 내가 쥔 이 펜이 나보다 더 오래 이 세상에 남아 있을지도 모를 일입니다.

파카 듀오폴드를 대표하는 색상이 빅 레드이고 펠리칸의 상징이 그린 스트라이프라면, 델타를 떠올릴 때 가장 먼저 연상되는 컬러는 배

럴을 온통 휘감은 오렌지색입니다. 캡과 노브까지 같은 색으로 뒤덮은 모델도 있기는 하지만, 잘 차려입은 콤비 슈트처럼 서로 다른 컬러를 기막히게 조합한 돌체 비타 오버사이즈를 선호하는 사람들이 압도적으로 많습니다.

캡은 검은색 레진으로 묵직하게 마감하고, 장식부는 스털링 실버로 만들어 시간이 지날수록 더 빛이 나게 했습니다. 과육을 듬성듬성 썰어 넣은 듯 불규칙한 결정들이 보이는 오렌지색 배럴은, 그저 바라보기만 해도 하루에 쌓인 피로가 씻기는 기분이 듭니다.

험한 세상 살아가자면 독한 구석이 있어야 한다, 적당히 모질어야 손해 보지 않고 살 수 있다 합니다. 그렇지만 맛난 음식도 먹어본 적이

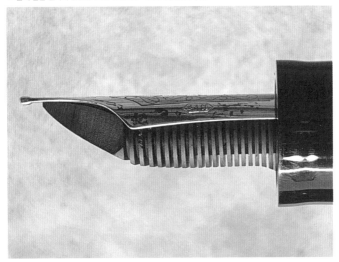

있어야 맛을 알고 좋은 곳도 가봐야 또 가고 싶듯이, 사랑을 많이 받고 자라야 아끼지 않고 나눠줄 수 있습니다. 지금 누군가에게 채찍과 당근 중 하나를 건네야 할 상황이라면, 적어도 오늘은 당근을 주세요. 하루하루는 늘 오늘의 연속이고, 따뜻한 말 한 마디는 아낌없이 줘도 마르지 않으니까요.

피드는 색도 검은데다가 펜촉 아래에 있어 필기할 때 눈에 잘 들어오지 않습니다. 그렇지만 피드가 없는 만년필은 제 기능을 온전히 발휘할 수 없습니다. 잉크 흐름은 둘째 치고 필기할 때 펜촉이 휘청거려 곤란합니다. 큼지막한 피드가 내 뒤를 받쳐주고 있다 생각하면 없는 기운도 솟구치기 마련입니다. 펜촉 처지에서 피드는 '믿는 구석'입니다. 아무리 피드가 커진다 해도 펜촉의 존재감을 대신할 수는 없습니다. 각자 구실이 따로 있으니 곁눈질할 필요도 없습니다. 자기 자리에서 제 몫을 다하면 됩니다.

만년필을 축구팀에 비유하면 캡은 골키퍼이고 배럴은 미드필더입니다. 펜촉은 두말할 필요 없이 스트라이커지요. 공격수가 현란한 개인기로 적진을 돌파하듯 만년필은 펜촉 상판을 수놓은 화려한 장식으로 시선을 끕니다. 브랜드와 모델에 따라 투톤으로 잔뜩 멋을 내기도 하고, 꾸밈을 일절 배제하기도 합니다. 필기를 하는 행위 자체에 영향을 미치지 않는, 그저 눈으로 보는 맛입니다.

종이에 맞닿는 펜촉 시작점부터 상판 한가운데까지 난 슬릿 끝부분에는 벤트 홀이 있습니다. 말 그대로 공기가 통하는 구멍입니다. 같은 의미를 담아 '브리더 홀breather hole'이라 부르기도 하고, 생긴 모양을 따 '하트 홀heart hole'이라고 부를 때도 있습니다.

요즘 만년필에서 벤트 홀은 원활한 잉크 흐름에 별 영향을 미치지 않습니다. 어떤 브랜드보다 모더니즘을 중시하는 라미는 몇몇 모델에서 벤트 홀을 없앴습니다.

브랜드와 모델에 따라 다 다른 벤트 홀

펜촉 상판은 미적 감각을 어필할 수 있는 효과적인 통로입니다. 기술력이 상향 평준화된 요즘은 벤트 홀도 이런 감각을 표현하는 수단의 하나로 여겨집니다. 브랜드와 모델에 따라 생김새가 다양해서 보는 재미도 쏠쏠합니다.

▼ 브랜드나 모델에 따라 벤트 홀은 모양이 제각각입니다. 맨 위 왼쪽부터 시계 방향으로 델타 돌체 비타, 라미 캘리그래피, 비스콘티 오페라 클럽, 몽블랑 비틀즈, 몽블랑 루즈앤느와, 몬테그라파 미야입니다.

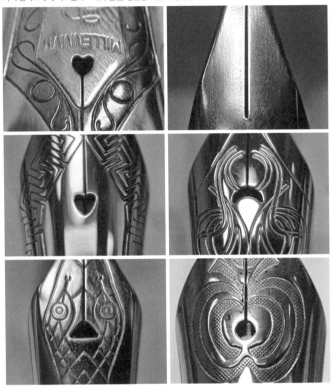

　　젊을 때는 치열한 경쟁으로 대변되는 한낮이 더러 마뜩잖습니다. 밤이 되면 한잔 술의 힘을 빌려 하루 시름을 억지로 몰아냅니다. 나이 들수록 밤이 더 두려워지는 이유는, 타인의 기억에서 내가 잊힐 그날이 하루하루 다가오고 있다는 막연한 불안감 때문일 겁니다. 인간의 가치 는 상대방에게 얼마나 값진 것을 받았느냐가 아니라 누군가에게 얼마

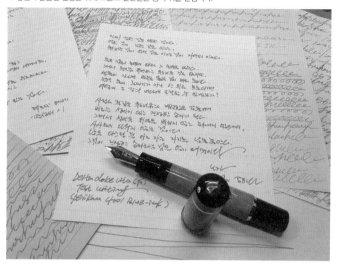

나 좋은 것을 줄 수 있느냐에 달려 있다고 합니다.

사람은 나이를 먹을수록 젊음에서 한 발자국씩 더 멀어질 수밖에 없으니, 나이드는 사실 자체를 서글퍼할 이유가 없습니다. 펠리니도, 델타도 부러워하지 마세요. 누군가의 기억 속에서 평생을 사는 방법은 진심을 녹여낸 말 한 마디를 먼저 건네는 겁니다. 아무리 가진 것 없는 사람이라도 부드러운 말 한 마디는 샘물처럼 길어 올릴 수 있습니다. 그 말의 가치는 값으로 매길 수 없습니다.

치유의 기운이 담긴 한마디 말이 상처 입은 이에게 가닿으면, 신열을 내리는 둘도 없는 영약이 됩니다. 진실로 즐거워서 견디기 힘들 만한 나날을 보내는 이가 얼마나 되겠습니까. 이미 둘도 없을 행복한 오늘이 아니어도 좋습니다. 행복을 바라는 마음을 담은 한마디를 입 밖으로 내보세요.

　　"내게로 와라. 달콤한 인생아! 돌체 비타야!"

26

라이터 만드는
던힐이
만년필을?

던힐 빈티지 금장 F촉

한 시대를 풍미하는 일인자들에게는 저마다 나름의 아우라가 있습니다. 이제는 하나의 장르라 평가받는 방송인 유재석이 그렇고, 열정과 체력에 기량까지 어느 하나 부족하지 않아 세계적인 축구 선수로 자리매김한 손흥민이 그렇습니다. 그런 이들이라고 처음이 없었겠습니까만, 남들이 짐작하기 힘든 노력을 쏟아부어 자기만의 영토를 튼실히 구축했습니다.

어느 분야나 이런 능력자들은 있기 마련입니다. 타고난 재능이 뒷받침된다면 더할 나위 없겠지만, 선천적 능력치를 과신해 땀을 아끼면 그 자리에 결코 오래 머무를 수 없습니다. 손에 아무것도 없는데 마치 뭔가를 움켜쥔 양 으스대는 모습은 우스꽝스러울 테고, 움켜쥐려는 노력을 하지도 않으면서 이미 손안에 뭔가가 있기를 바라는 마음은 기막힌 노릇입니다. 내게 남들보다 뛰어난 뭔가가 없다 싶으면, 더 많은 시간을 쏟는 게 유일한 타개책입니다.

영국에는 명품 브랜드가 많습니다. 그중 몇몇은 아주 강력합니다. 버버리Burberry가 1924년 선보인 체크 패턴은 곧 시그니처가 됐고, 이 브랜드가 승승장구하는 데 큰 힘을 보탰습니다. 폴 스미스Paul Smith가 1997년에 만든 멀티스트라이프Multi-Stripe 패턴은 브랜드를 대표하는 가장 인상적인 디자인으로 남았습니다.

버버리와 폴 스미스만큼이나 확실한 정체성을 보여주는 브랜드가 던힐Dunhill입니다. 1893년 앨프리드 던힐Alfred Dunhill이 런던에서 만든 던힐은 의류뿐 아니라 가죽, 패션 액세서리, 필기구 등 선 굵은 남성용 아이템을 생산하며 영국을 대표하는 패션 브랜드로 자리를 굳혔습니다. 한국에는 명품 라이터로 잘 알려져 있습니다.

가업으로 마구馬具 용품을 팔다가 시대 흐름에 맞춰 자동차 액세서리로 발을 넓혔고, 의류에 이어 담배 파이프와 라이터로 점점 영역을 확장했습니다. 요즘은 금연이 권장되다 보니 흡연 인구가 줄었지만, 한때 라이터는 그 사람을 표현하는 상징물처럼 여겨졌습니다. 듀퐁Dupont 라이터가 독특한 소리로 개성을 표출했다면, 지포Zippo 라이터는 바람이 어지간히 불어도 잘 꺼지지 않는다는 메시지가 강렬했습니다. 던힐 라이터는 단순하고 길쭉해 수납성이 좋으면서도 고급스러워, 술자리에서 잃어버리면 꽤 오래 속이 쓰릴 게 분명했습니다.

내 할 일에 집중하는 내가 일인자

오늘날 던힐은 만년필계 최강자인 몽블랑하고 함께 여러 명품 브랜드

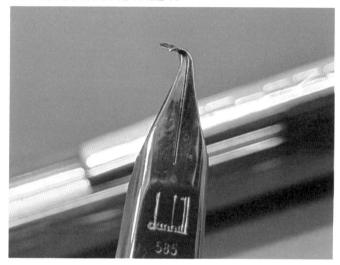

를 거느린 리치몬트 그룹에 속합니다. 만년필만 만드는 브랜드는 아니
지만, 전체적인 만듦새가 좋고 절제된 디자인이 매력입니다. 아무리 야
무지게 만들어도 높은 곳에서 떨어지면 하릴없이 펜촉이 휘고 맙니다.
이 만년필은 단종한 지 오래됐습니다. 닙은 14케이인데, 펜촉 형상이
얇고 뾰족하며 섬세합니다.

　　보통 스틸 촉은 두껍고 딱딱해 어지간한 필압이나 작은 충격은 버
티지만, 이 정도면 얘기가 다르지요. 금촉이라 아주 잠깐 지나친 필압을
받아 닙 밸런스가 어긋난 상태에서도 특유의 부드러움 덕분에 90도가
넘어가는 변형을 견딘 듯합니다.

　　구부러진 펜촉을 펴는 과정에서는 힘 조절이 가장 중요합니다. 당

▼ 구부러진 펜촉을 펴는 과정을 찍었습니다.

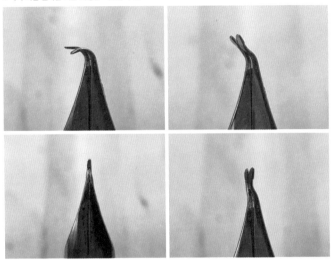

구 칠 때 힘이 부족하면 원하는 만큼 공이 굴러가지 않습니다. 붉은 공 두 개를 다 맞혀야 하는데, 낭패입니다. 그렇다고 너무 강하게 밀어 치면 더 곤란합니다. 너무 굴러가서 상대방 공까지 건드리게 되면 벌점을 받기 때문입니다. 일인자를 부러워할 시간에 내가 할 수 있는 일에 집중하면 됩니다.

작년에 못 간 여수 가족 여행을 올해는 꼭 가려고 했는데, 이 어수선한 시국에는 아무래도 무리일 듯해 또 취소했습니다. 아이들 실망한 마음이야 말해 뭣하겠습니까. 그렇지만 세상에는 어쩔 수 없는 일도 있으니 멈춰야 할 때를 가르치는 과정도 교육이라고 생각합니다. 손본 만년필에 잉크를 넣고 흐름을 살피려 시필한 종이를 보니, 마치 여수

▼ 시퍼런 종이를 보니 일렁이는 잔물결이 떠올랐습니다.

앞바다 잔물결 같습니다.

금장 만년필보다 빛나는 황금 복숭아

벌써 이십 년이 지났지만, 해마다 팔월이 가까워지면 대학을 갓 졸업한
그 시절 여름이 떠오릅니다. 달랑 선풍기 한 대로 버티기에는 한낮 옥
탑방 열기가 너무 뜨거워, 예정에 없던 부산 자전거 여행을 떠났습니다.
대전에서 하루, 대구에서 하루를 자고 다음날 부산에 도착하는 일정
은 무모했습니다.

옥탑방을 벗어난 도로 위는 더 불볕이었습니다. 그늘 한 조각 없는
아스팔트 위에서는 끊임없이 아지랑이가 피어올랐습니다. 어찌어찌 천

안을 지나 조치원에 다다르니 길 양쪽으로 복숭아 노점이 즐비합니다. 문이라고 부르기도 뭣한 천막을 들추고 아무 가게나 들어갔습니다. 이모뻘 되는 아주머니가 복숭아를 다듬고 있었습니다.

한두 개도 파시느냐 물으니 대뜸 큼지막한 복숭아 하나를 뽀드득 소리가 나게 물에 씻어서 건넸습니다. 잘 익어 다디단 복숭아를 허겁지겁 먹고 하나만 더 파시라 했지요. 아무 말 없이 검정 비닐봉지에 대여섯 개가 넘는 복숭아를 담아 자전거 핸들에 걸어줬습니다.

"딱 보니 아직 학생 티도 못 벗었구먼. 팔긴 뭘 팔아. 그냥 가져가요. 이 날씨에 부산까지 간다고? 쉬엄쉬엄 가요. 급히 가다가는 이 더위에 쓰러져."

비닐봉지가 무거워 핸들이 한쪽으로 기우니, 묵직한 비닐봉지를 반대편 핸들에도 걸어줬습니다. 돈이 없던 참이라 염치없이 호의를 날름 받았습니다. 체력이 바닥나 결국 포기한 저는 서울로 올라왔고, 그렇게 몇 년 시간이 흘렀습니다.

그러던 어느 여름이었습니다. 그새 직장 잡고, 결혼하고, 아이도 태어났습니다. 예전에 끝맺지 못한 부산행을 마무리하고 싶어서 아내에게 얘기하니 사고라도 나면 어쩌려고 그러냐며 말립니다. 그럴 만하다고 생각해서 며칠 창밖만 바라봤더니, 그렇게 소원이면 나이 더 들기 전에 다녀오랍니다.

마음 바뀔세라 서둘러 길채비를 하고 출발했습니다. 천안 지나 조치원이 가까워지기 시작하니 그 가게 생각에 머릿속이 복잡해집니다. '벌써 오륙 년 전 지난 일인데 아직 그 자리에 있으려나? 주인이 바뀌지

▼ 잘 손본 던힐 빈티지 금장 만년필 F촉이 멋스럽습니다.

▼ 잘 손본 던힐 빈티지 금장 만년필 F촉이 멋스럽습니다.

는 않았을까? 내가 못 알아보면 어쩌지?' 이런저런 생각들로 가는 마음이 바빴습니다.

단숨에 내달려 예전 그 길가에 다다르니 쓸데없는 걱정이었구나 싶었습니다. 어쩌면 시간이 이렇게 조금도 흐르지 않았을까요? 먼 곳에서 봐도 예전 그 자리, 그날 그 모습이 그대로 있었습니다. 천막 사이로 보이는 아주머니 얼굴도 똑같습니다. 근처 마트에 가 가장 큼지막한 선물 세트를 샀습니다. 그때보다 좀더 나아진 형편을 보여주고 싶었습니다. 몇 년 전 단 한 번 잠시 만난 인연일 뿐이지만 각별한 마음이었지요.

허리 굽혀 인사하고 몇 마디 건네자 아주머니는 저를 기억하시는지 그날하고 똑같은 표정으로 푸근하게 웃었습니다. 저는 오랜 인연 대하듯 근황을 전했고, 아주머니는 저보다 더 환한 웃음으로 답했습니다. 그날처럼 비닐봉지에 복숭아를 담길래 이번에는 꼭 받으시라며 돈을 건네니, 아이 과잣값 하라며 다시 쥐여주셨습니다.

그렇게 복숭아 먹으면서 부산을 다녀온 지 벌써 십 몇 년이 지났습니다. 이제는 그곳에 다시 가도 알아보기 힘들겠다 싶으니, 사진 한 장 남기지 않은 일이 후회됩니다. 그날 받은 배려와 호의를 오래 기억하려면 제가 할 수 있는 작은 친절을 나눠야겠지요. 내 주위에는 좋은 사람이 없다고 낙담하지 마세요. 내가 좋은 사람이 되면 됩니다.

어찌나 잘 익었던지, 이 만년필보다 더 금빛으로 반짝이던 그날 그 복숭아는 제 인생 최고의 과일이었습니다. 작년에 이어 올해도 여름휴가를 못 갔지만, 그래도 아쉽지 않습니다. 내년이 또 있으니까요. 올 휴가는 집에서 에어컨 바람 쐬고 복숭아 먹으면서 보내렵니다. 꼭 멀리 떠나야만 피서는 아닐 테니까요.

27

변한 게
아니라
달라진 겁니다

오노토 햄릿 F촉

나중에 후회해도 소용없으니 있을 때 잘하라고 말합니다. 그 말을 모르는 사람이 어디 있으려고요. 누구나 매 순간 전력을 다하며 하루를 삽니다. 그런데도 내 의지에 상관없이 명운이 갈리기도 합니다.

'현상 유지'라는 말은 오늘의 상태를 어제하고 다름없이 이어간다는 뜻입니다. 멈추지 않은 채 제자리걸음을 걷는다고 현재 상태가 지속되지는 않습니다. 나는 분명 움직이고 있어도 누군가가 나보다 큰 걸음으로 성큼성큼 치고 나가면, 간격은 벌어지기 마련입니다.

세상에 공짜는 없습니다. 하물며 복권 당첨이라는 행운도 꾸준히 사는 노력을 들여야 눈곱만 한 기대라도 품을 수 있으니, 거의 모든 일이 다 그런 셈입니다.

아무 걱정 없이 안온한 나날을 보내는 듯한 이웃도, 막상 꺼내놓은 속내를 들어보면 만만찮은 짐을 지고 살아온 사실을 알 때가 있습

▼ 몇 안 되는 영국 브랜드 중에서 선전 중인 오노토 빈티지 만년필은 펜촉에 설립자 이름을 새겼습니다.

니다. 나를 앞질러 간 이의 뒷모습만 내 눈에 들어오니 다들 힘들이지 않고 나아가는 듯하지만, 우연히 그 얼굴을 보면 틀림없이 땀으로 범벅일 겁니다. 숨 쉬지 않고 살아가는 생명체가 없듯 과정 없는 결과란 있을 수 없습니다.

셰익스피어의 나라에서 태어난 만년필

1821년 토머스 데라루Thomas de la Rue가 자기 이름을 따 세운 데라루De La Rue는 세계에서 가장 큰 조폐 회사로 성장했습니다. 그런 데라루가 1905년 필기구 브랜드를 만듭니다. 바로 오노토Onoto입니다.

　　오노토는 한때 '콘웨이 스튜어트Conway stewart'하고 함께 영국 만년필을 이끌었습니다. 데라루가 운영한 1905년부터 1958년까지 이어진 빈티지 오노토와 탄생 100년 뒤인 2005년 제임스 버디^{James boddy}가 새롭게 살려낸 지금의 오노토로 나뉩니다. 브랜드만 같을 뿐 로고를 비롯한 디자인 요소뿐 아니라 잉크 충전 메커니즘과 필기감도 달라져, 마치 다른 브랜드 만년필을 쓰는 느낌이라는 평이 많습니다. 오노토의 일생은 극적입니다. 펜 컬러가 화려하거나 디자인이 요란하다기보다는, 어느 브랜드보다 굴곡진 여정을 거친 때문입니다.

만년필에 관심 없는 사람도 한 번쯤은 들어 알고 있을 정도로 파카는 유명한 필기구 브랜드입니다. 그런 파카도 매사 순탄하지만은 않았습니다. 태어난 곳은 미국이지만, 영국으로 본사를 옮기더니, 지금은 프랑스에 공장을 두고 있으니까요. 알고 보면 모두 나름대로 사정이 있습니다.

만년필 전성기에는 숱한 업체가 번성했지만, 달이 차면 기울듯 여러 브랜드가 역사 속으로 자취를 감췄습니다. 오마스나 델타, 르폼 같은 업체가 그렇습니다. 쓰러진 뒤에 다시 일어나기도 합니다. 카웨코와 콘웨이 스튜어트가 그렇고, 오늘날의 오노토가 또 그렇습니다.

1905년에 문을 열었지만, 1880년대 초반부터 만년필을 만들었으니 오노토는 역사가 사뭇 깊습니다. 요즘 만년필의 잉크 충전 방식은 크게 둘로 나뉩니다. 파카나 워터맨 같은 브랜드에서 채용한 카트리지 앤드 컨버터 방식과 몽블랑이나 펠리칸 등이 주력으로 쓰는 피스톤 필러 방식입니다.

카트리지는 잉크를 미리 채운 일회용 소모품이니 논외로 합니다.

▼ 빈티지 데라루 오노토 만년필은 레버 필러와 플런저 필러, 스크루 캡과 슬립온 캡 등 다양한 충전 방식과 잠금 방식을 적용했습니다.

컨버터나 피스톤 필러를 적용한 만년필은 펜촉 끝부분을 병 잉크에 담그고 노브를 시계 방향으로 돌려 잉크를 넣습니다. 이런 구조를 '셀프 필링self filling'이라 합니다. 다른 보조 도구 없이 만년필만으로 잉크를 충전할 수 있다는 뜻입니다.

만년필이 탄생한 때부터 이런 메커니즘을 적용하지는 않았습니다. 1898년 콩클린이 처음으로 셀프 필링 방식인 크레센트 필러를 적용하기 전에는 스포이트 형태 충전 도구를 사용해 펜에 잉크를 직접 주입했습니다. 모양이 안약을 넣는 점안기하고 비슷해 아이드로퍼Eyedropper 방식이라 불렸습니다. 배럴에 직접 잉크를 채우는 식이라 많은 양을 넣을 수 있고 구조도 단순해 잔고장이 적지만, 보조 도구가 없으면 만년필을 쓸 수 없으니 불편할 수밖에요.

언제나 불편은 기술이 발전하는 시발점이 됐습니다. 크레센트 필러를 비롯해 레버 필러나 버튼 필러 등 셀프 필러는 대부분 작동 방식이 비슷합니다. 배럴 외부에 돌출된 금속을 누르면 면이 넓은 금속판이 배럴 안에 자리한 고무로 된 색을 압박합니다. 누른 손을 떼면 수축한 공기주머니가 펴지면서 잉크를 빨아들입니다. 스포이트를 갖고 다니지 않아도 되니 만년필 사용자들은 정말 편해집니다. 플런저 필러는 여느 셀프 필러하고는 작동 방식이 조금 다릅니다. 내부에 고무 색이 있는 대신에 순간적인 기압 차를 활용해 잉크를 채우는 식입니다. 오노토는 아이드로퍼로 시작해 플런저 필러를 내놓으며 셀프 필러 전쟁에 발을 담그게 됩니다.

대공황 때까지 질주를 이어가던 오노토는 1937년 대표작인 '마그

▼ 비교적 가볍고 가는 데라루 시절의 오노토와 두툼하고 묵직한 현재의 오노토는 지향점이 다릅니다.

나 Magna'를 선보입니다. 마치 붓에 견줄 만한 부드러운 필기감을 무기로 한 마그나는 오노토의 간판이나 다름없었고, 그 뒤 내놓은 여러 라인업의 바탕이 됐습니다. 펜에 화이트 닷을 찍어 평생 보증을 내세운 쉐퍼처럼 오노토도 사용자가 불편을 느끼면 언제든 무상으로 살펴준다고 공언했지만, 흐름을 되돌릴 만한 뒷심이 부족했습니다. 고군분투하던 오노토는 1958년 문을 닫고 맙니다. 그 뒤 탄생한 지 100주년이 되는 2005년, 오노토는 기적같이 부활했습니다.

오노토 대 오노토, 다만 지향점이 다를 뿐

데라루가 영향을 미치던 빈티지 오노토와 다시 태어난 오노토는 제조사가 별개일 뿐만 아니라 만년필의 성향도 확연히 다릅니다. 데라루의 오노토가 한없이 부드러운 연성 펜촉의 끝을 보여줬다면, 부활한 오노토는 금촉인데도 적당히 버티는 반발력이 있습니다.

분명 서로 다른 맛일 뿐인데, 예전 오노토를 경험한 이들은 다시 문 연 맛집이 반가워 들르니 예전 그 맛이 아니라며 아쉬워합니다. 어느 한쪽이 우월하거나 열등하다기보다는 지향점이 다를 뿐입니다.

지난날 오노토가 단맛의 절정인 설탕에 가깝다면, 부활한 오노토는 첫맛은 쓰지만 끝맛은 되레 단 소금 같습니다. 부활한 오노토가 만든 '햄릿Hamlet'은 펜촉이 그리 얇지 않아 웬만한 필압은 버티면서도 필기감은 순해 다루기 쉽습니다.

《햄릿》은 영국이 자랑하는 극작가 윌리엄 셰익스피어William Shakespeare가 쓴 4대 비극 중에서도 가장 잘 알려져 있습니다. 1601년 작품이니, 발표된 지 벌써 400년도 더 된 셈입니다. 그런데도 아직 고전 중에서도 으뜸으로 손꼽히는 이유는 그저 슬프기만 한 이야기가 아니라 시대를 뛰어넘는 울림을 주기 때문입니다.

햄릿은 이대로 살아가야 할지, 아니면 차라리 죽음으로 생을 마감해야 할지 답을 모르겠다며 탄식합니다. 죽음이 모든 것의 끝이면 차라리 고민이 덜할 텐데, 되레 또 다른 고통의 시작일 수도 있다는 걱정이 발목을 잡습니다.

오노토 햄릿은 검은색 띠와 은은하게 빛나는 흰색 띠를 핀 스트라이프로 처리해 은근하면서도 단호합니다. 18케이 금촉을 꽂고 장식부는 스털링 실버로 마감했지만, 화려하다기보다는 진중합니다. 극단적

▼ 각각 왼쪽부터 펠리칸 M800 F촉, 오노토 햄릿 F촉, 몽블랑 146 F촉입니다.

오노토 햄릿 F촉

인 어둠 속에서도 역설적인 밝음이 공존할 수 있다는 메시지를 표현하고 있습니다. 펠리칸 M800과 몽블랑 146에 견줘도 위축되지 않는 외양에, 펜촉도 7호 사이즈를 써 시원스럽습니다.

떵떵거리며 살기를 원하는 게 아니라, 그저 남들처럼 지낼 수 있기만을 바란다는 사람들이 도처에 있습니다. 나를 제외한 모든 사람이 너나없이 행복에 겨워 보이는데, 오직 나만 늪에 빠진 듯하다고 합니다. 그럴 리가요. 그저 먼 곳에서 본 때문입니다. 유독 내 만년필만 말썽을 부린다고 생각할 수 있지만, 세상 모든 만년필 사용자가 다 같은 처지입니다. 그러니 너무 노여워 마세요.

갓 출고된 자동차도 도로 위 포트 홀을 못 봐서 한 번 덜컹거리는 정도만으로 하체 휠 밸런스가 틀어질 수 있습니다. 섬세한 부속들을 조합한 만년필은 당연히 예민할 수밖에 없습니다. 아이가 말썽을 부린다고 다그치기만 하면 점점 더 엇나갈 뿐이니, 부모라면 알아들을 때까지 훈육을 해 바른길로 이끌어야 합니다. 시간이 더디 걸린다고 윽박지르면 그동안 쏟은 노력이 수포로 돌아가니, 끈기를 가져야 합니다. 시간을 아끼지 않으면 살아나지 못할 이유가 없습니다.

내 불행에 위로가 되는 일은 타인의 불행뿐이라는 말은 참 모질게 들립니다. 삐죽 솟아난 돌부리에 걸려 넘어져 무릎이 깨진 이웃을 보니, 제 무릎이 다 아팠습니다.

고작 만년필 한 자루에도 어둠과 밝음이 반복해서 이어지듯, 슬픔 뒤에는 기필코 기쁜 일이 뒤따라 온다는 그 말을 믿고 싶습니다. 무한정 오르막만 있는 길도, 끝없이 내리막만 있는 길도 본 적이 없습니다.

▼ 잘 손본 오노토 햄릿 F촉으로 시필을 마쳤습니다.

오늘, 허구와 실재의 경계를 유령처럼 떠돌던 만년필 한 자루가 사뿐히 내려앉았습니다.

28

이토록
성가신 만년필이
살아남는 이유

콘클린 듀라그라프 크랙 아이스 M촉

때때로 타고난 능력은 제 발목을 잡기도 합니다. 남들보다 뛰어난 운동신경을 과신해 연습을 게을리하다가 일찍 선수 생활을 마감하는 체육인도 적지 않고, 화려한 언변을 지나칠 정도로 흩뿌리다 망신살이 뻗쳐 조기 은퇴하는 예능인도 흔합니다. 차라리 특출난 재능이 없으면 최고 자리에 오르지는 못하더라도 자기 분야에 오래 머물며 족적을 남길 텐데, 오히려 복이 화가 된 셈입니다. 그러니 어제하고 별다르지 않는 오늘일 때보다, 모든 일이 술술 잘 풀릴 때 더 경계해야 합니다.

로이 콘클린Roy Conklin은 1898년 미국 오하이오 주 톨레도에 자기 이름을 딴 만년필 회사 콘클린Conklin을 세운 이래 숱한 순풍과 역풍에 휘둘렸습니다. 1800년대 후반까지 만년필에 잉크를 주입하려면 충전 도구가 따로 필요했습니다. 구형 경운기도 엔진을 돌리려면 전용 핸들 손잡이가 있어야 했지요. 1990년대에 나온 신형 경운기는 자동차처럼

▼ 1898년 창립한 콘클린은 셀프 필러 시대의 포문을 열었습니다.

열쇠를 꽂아 시동을 겁니다. 요즘 출시되는 차들은 버튼을 눌러 시동을 켜는 단계를 넘어 스마트폰만 있어도 움직일 수 있으니, 그야말로 격세지감입니다.

초승달을 누르면 잉크가 차고

지금은 위상이 많이 낮아졌지만, 콘클린은 빼놓을 수 없는 업적을 쌓은 만년필 브랜드입니다. 만년필에 장착된 부속만을 움직여 잉크를 흡입하는 자가 충전 방식 크레센트 필러를 만들었습니다. 크레센트 필러가 등장하면서 다른 만년필 제조사들의 경쟁심에 불이 붙었고, 다양한 형태를 띤 셀프 필러가 줄줄이 탄생했습니다.

　　크레센트라는 말 자체가 초승달 모양을 뜻하니, 필러에 이런 이름을 붙인 이유를 단번에 알 수 있습니다. 이탈리아 만년필 브랜드 비스콘티도 여기에 영향을 받아 이 필러를 장착했습니다. 형상이 비슷하니 작동 방식도 같습니다.

　　배럴 외부에 노출된 초승달 형상 부속을 누르고 떼기를 몇 차례 반복하면 됩니다. 잉크를 채운 뒤에는 배럴을 감싸고 있는 원형 부속을 돌립니다. 필기하는 도중에 의도하지 않게 금속 돌출부를 손으로 눌러 잉크가 쏟아지는 사태를 막으려는 안전장치인 셈입니다.

　　출시 초반 크레센트 필러는 큰 호응을 받지만, 예나 지금이나 기술은 점점 더 발전하기 마련입니다. 자동차 회사에서 신모델을 내놓으면

▼ 콘클린 듀라그라프 크랙 아이스 M촉을 분해했습니다.

반짝 매출이 상승하지만, 얼마 뒤 경쟁사도 비슷한 가격대에 더 좋은 옵션을 단 차량을 내놓습니다. 내가 상대편 코트로 보낸 탁구공이 네트를 넘어 다시 내 코트로 들어오는 식입니다. 그 공을 다시 건너편으로 넘겨야만 스코어가 유지됩니다.

크레센트 필러는 구조적으로 배럴에 돌출부가 있는 형태입니다. 만년필이 저절로 구르다가 추락하는 사고를 막는 데 도움은 되지만, 반대로 생각하면 필기할 때 걸리적거릴 수 있다는 뜻도 됩니다. 때때로 확실한 장점이라 믿은 요소가 난데없는 단점이 되기도 합니다. 후발 주자들은 이 부분을 충분히 고려해 충전에 필요한 부속이 제 기능을 수행한 뒤에는 배럴 면에 밀착되게 하거나, 필러를 아예 만년필 맨 뒷부분에 장착하는 방식을 취했습니다.

드라마나 영화에서 관객들 뇌리에 내내 남을 만큼 기가 센 캐릭터를 연기한 배우일수록 큰 관심을 받습니다. 그렇지만 후속작을 제때 만나지 못하면 그만큼 영영 잊히기도 쉽습니다. 최선의 선택을 한다는 핑계를 대며 마냥 시간을 늦추기보다는, 조금 미숙해도 적절한 시기에 내딛는 한 걸음이 더 중요합니다.

레버 필러와 피스톤 필러를 차례대로 채용해 신모델을 만들고 어떤 브랜드보다 더 강력한 사용자 관점 서비스 정책을 펼쳤지만, 이미 때를 놓쳤습니다. 워터맨과 파카를 필두로 한 경쟁사들은 기세가 더욱 등등해지고, 콘클린의 앞날은 점점 어두워집니다. 주류에서 밀려난 콘클린은 점점 쇠약해지다가 결국 1948년에 완전히 생산을 접습니다. 그렇게 영영 역사 속에 묻힐 줄만 알았는데, 몬테베르데를 거느린 야파 그룹에 인수돼 60년 넘는 세월을 훌쩍 뛰어넘어 2009년 다시 세상에 모습을 드러냅니다.

이 만년필은 1920년대 초반 콘클린이 만든 오리지널 '듀라그라프Duragraph'를 현대적으로 재해석한 모델입니다. 그새 90년 넘는 세월이 흐른 뒤라 원래의 맛과 멋이 온전하기를 기대하기가 무리일지도 모르겠네요. 만년필이 번성한 1920년대, 경쟁 업체들끼리 불꽃 튀는 공방을 주고받은 그 시절, 어쩌다 보니 주류에서 밀려나 조용히 수면 아래로 가라앉은 콘클린. 한때 이름을 떨친 브랜드의 정취를 느껴볼 수 있다는 정도만 해도 의미는 충분합니다.

펜촉 상판 한가운데 위치한 벤트 홀은 브랜드에 따라 각양각색입

▼ 틀어진 펜촉을 매만져 제대로 자리를 잡아줬습니다.

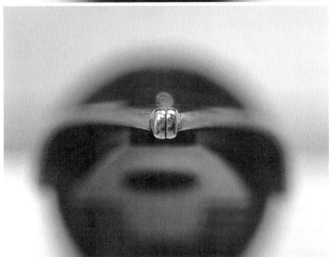

니다. 같은 브랜드도 모델에 따라 하트, 원, 세모 등 형태가 다양할 뿐더러 아예 없는 사례도 있으니, 기술력이 상향 평준화된 요즘 벤트 홀은 기능성보다는 미적 표현 수단이거나 브랜드 정체성을 나타내는 상징에 가깝지요. 듀라그라프의 벤트 홀은 콘클린을 상징하는 크레센트 필러의 형상하고 비슷하며, 브랜드 머리글자인 'C'하고도 닮은꼴입니다. 콘클린에 초승달 문양은 버릴 수 없는 자존심일지 모르겠습니다.

펜촉이 틀어지는 이유는 여럿입니다만, 가장 큰 영향을 미치는 요소는 지나친 필압입니다. 자동차를 운전할 때도 과속 주행이나 급격한 핸들 조작을 반복하다 보면 타이어가 고르지 않게, 또는 평균치보다 빨리 마모됩니다. 그저 바람이 가을 들녘 익은 벼를 스치고 지나가듯, 이래도 되나 싶을 정도로 가볍게 펜을 쥐고 써도 좋습니다. 살짝 넘친 손힘이 펜촉을 틀어지게 합니다.

가장 성가신 필기구지만

《나는 고양이로소이다》를 쓴 일본 소설가 나쓰메 소세키夏目漱石는 영국 유학 시절 오노토 만년필을 즐겨 썼습니다. 《톰 소여의 모험The Adventures of Tom Sawyer》을 쓴 미국 작가 마크 트웨인Mark Twain은 콘클린의 광고 모델로 활동했지요.

요즘은 디지털 디바이스에 연결된 키보드로 글을 쓰는 작가들이 많지만, 여전히 손글씨를 고수하는 아날로그 애호가들도 있습니다. 아무리 세상이 발전해도, 손에 잉크를 묻힌 채 종이 위를 사각거리며 내달리는 만년필의 필기감을 좋아하는 이들은 있을 수밖에 없습니다.

키보드를 누를 때는 손가락 끝부분만 사용하지만, 만년필을 손에 쥐고 글을 쓰다 보면 자연스럽게 손바닥으로 쥐거나 매만지게 됩니다. 그러는 과정에서 만년필과 나 사이에 친밀감이 생깁니다. 물론 사람의 손과 손이 맞닿는 느낌만 하겠습니까? 어디 강아지나 고양이 같은 온기 흐르는 생명체를 쓰다듬는 느낌만 하겠어요?

요즘은 동료나 친구는 고사하고 가족도 손 맞잡기를 주저합니다. 펜을 손에 쥐고 만지작거리다 보면 자연스럽게 정서적 교감을 합니다. 손끝을 포함한 손바닥 전체의 감각 세포가 만년필을 거부감 없이 받아들이게 되고, 그러는 새 마음이 차분히 가라앉습니다.

만년필을 찾는 이들이 점점 늘어나는 이유는 역설적이게도 가장 성가신 필기구이기 때문입니다. 예민하고 까다로워 꾸준히 관리를 해주지 않으면 애물단지가 됩니다. 높은 곳에서 떨어트리지 않은 만년필인데도 내 마음같이 안 나올 때가 있습니다. 어떤 필기구도 만년필처럼 잔손이 가지는 않습니다. 갈수록 디지털화되는 세상에서 여전히 아날로그 필기구를 상징하는 만년필이 살아남은 이유는, 앞으로도 내내 살아남을 수밖에 없는 까닭은 여기에 있습니다.

짧아 더 애틋한 계절, 가을입니다. 아무 펜이나 손에 쥐고 몇 줄 낙서라도 해보세요. 그 정도로 좋습니다. 그저 일상의 헛헛함을 잠깐이라도 보듬어줄 수 있다면요.

29

장난감 부품
만들던 회사의
50년 된 끈기

트위스비 다이아몬드 580 스모크 로즈골드 M촉

찬바람에 손끝이 아린 걸 보니 제대로 겨울 한복판에 들어섰습니다. 지구가 점점 뜨거워져 큰일이라는 말이 와닿지 않을 만큼 공기가 냉랭합니다. 추우면 옷을 껴입으면 되지만 더운 날 벗는 데는 한계가 있으니 차라리 겨울이 낫다는 사람도 있고, 더위는 그래도 버틸 만한데 추위는 도저히 못 참겠다는 이들도 있습니다.

폭염과 혹한은 둘 다 재해에 가까운 기상 이변이라 어느 쪽이 더 가혹하다 말하기 힘듭니다. 온난화가 갈수록 심해져 추위보다 더위의 고통 지수가 더 높다지만, 겨울 자체가 시련의 계절입니다.

더는 듣기 힘든 '구공탄九孔炭'이라는 단어는 연탄을 가리킵니다. 연탄에 구멍이 아홉 개 뚫려 있다는 말입니다. 초창기 9개이던 구멍이 19개, 22개를 거쳐 25개까지 늘어났으니, 요즘 연탄은 '이십오공탄二十五孔炭'인 셈입니다.

탄에 구멍을 많이 뚫을수록 공기가 잘 통해 화력은 좋아지지만, 상대적으로 빨리 탑니다. 구멍 개수를 늘릴수록 만들 때 적절한 압력으로 누르는 기술이 필요합니다. 지나치게 센 힘을 주면 성형 과정에서 터지기 쉽고, 너무 약하게 눌러 만들면 살짝만 닿아도 모서리가 깨집니다. 밀도가 낮아지는 데 비례해 내구성이 떨어지기 때문입니다. 구멍 개수를 점차 늘려 화력은 높이되, 잠들 무렵부터 새벽녘까지 열기가 지속돼야 합니다. 그러니 연탄 한 장에 뚫린 구멍 25개는 과학이고 전략입니다. 화력과 지속 시간, 내구성 사이에서 절충점을 찾은 셈입니다.

트위스비Twsbi는 자타 공인 대만을 대표하는 만년필 브랜드입니다. 초창기 플라스틱 장난감 부속을 생산하던 글로벌 주문자 상표 부착 생산OEM 업체가 50년 세월을 거쳐 오늘에 이르렀습니다. 소문난 잔치에 먹을 것 없다는 옛말이 있지만, 항상 맞지는 않습니다. 잘되는 집에 사람이 줄을 서는 데는 이유가 있기 마련입니다.

비교적 낮은 가격대에 피스톤 필러를 채용하고 만년필 관리용 툴을 제공하는 차별화 전략을 구사했습니다. 비주류로 취급받는 데몬펜을 주력으로 삼아 틈새시장에서 자리를 잡았지요.

대만을 대표하는 만년필 브랜드, 트위스비

만년필 브랜드마다 대표 모델이 있습니다. 파카가 듀오폴드를 얼굴로 하고 워터맨이 엑스퍼트를 내세우듯 트위스비를 대표하는 라인은 '다이아몬드Diamond 580'입니다. 이름처럼 배럴 외형을 각지게 깎아 기능성과 시각적 아름다움을 다 잡았습니다. 매끈해 보이지만 각이 져 있어

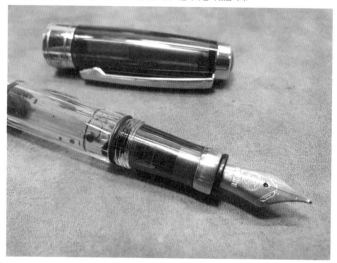

▼ 트위스비 다이아몬드 580 스모크 로즈골드 M촉이 작업대에 놓여 있습니다.

책상 위에서 굴려도 몇 바퀴 구르다 멈춥니다. 배럴이 투명해 잉크 색깔에 따라 다른 펜처럼 보이는 점도 이채롭습니다.

노포에서 풍기는 정취를 이야기하는 사람들도 있지만, 음식점은 일단 깨끗해야 합니다. 조명도 적당해야 음식을 먹기 전에 식욕이 돋습니다. 예외적인 모델도 있지만, 트위스비에서 주축이 되는 만년필은 모두 투명하거나 반투명한 데몬 펜 계열입니다. 딱 한두 자루 갖고 있는 만년필이 투명한 경우는 드물지만, 여러 자루 들이다 보면 그중 적어도 한 자루쯤은 데몬펜이 섞여 있기 마련입니다. 똑같은 단색 셔츠만 걸려 있는 옷장만큼 지루한 노릇이 또 있으려고요.

잘 되는 가게는 친절도 중요합니다. 찰진 욕이 정겨워서 간다는 욕쟁이 할머니네도 있지만, 욕도 연륜과 내공이 있는 이의 입에서 나와야 통합니다. 어설프게 흉내만 내다가는 금세 어처구니없는 가게라는 소문이 퍼져 문을 닫아야 할지도 모릅니다. 트위스비는 펜촉을 다양하게 만드는 식으로 선택 폭을 넓혔습니다. 대부분의 만년필 브랜드는 펜촉을 몇 종류만 생산합니다.

정확히 말하면 사람들이 많이 찾는 펜촉 위주로 유통합니다. 가장 표준인 F촉을 기준으로, 조금 가늘게 나오는 EF촉과 약간 굵게 나오는 M촉 정도에서 타협하지요. 트위스비는 기본이 되는 촉들은 물론 B촉을 넘어 캘리그래피 촉에 해당하는 1.1밀리미터와 1.5밀리미터 촉까지 판매합니다. 라미의 사파리 같은 모델이나 캘리그래피용으로 알려진 로트링Rotring의 아트펜 정도를 빼면 보기 드문 사례입니다.

손님이 줄 서는 집에서 가장 중요한 요소는 무엇보다 맛입니다. 가게가 번듯하고 주인이 웃는 낯이더라도, 먹음직스럽게 보이지 않고 맛이 평범하면 줄을 설 이유가 없습니다. 또한 제아무리 젓가락질을 멈출 수 없는 맛이더라도 너무 비싸면 한 끼 식사로 부담스럽습니다. 눈으로 봐 만족스럽고 입도 즐겁되 가격대도 합리적이어야 합니다. 트위스비는 신뢰할 수 있는 요보에서 생산한 닙을 장착하고 동급 만년필에서는 보기 드문 피스톤 필러를 채용했습니다. 한 번에 많은 잉크를 충전할 수 있어 필기량 많은 사용자들이 선호하는 방식입니다.

트위스비는 분해 툴과 뻑뻑해진 실리콘 구리스도 제공합니다. 피스톤 필러를 채용한 모든 만년필은 구조적인 이유로 오래 쓰면 피스톤이 뻑뻑해집니다. 사용자가 펜을 험히 사용해서 생기는 문제가 아니니, 내

가 잘못 관리한 탓이라 자책할 필요는 없습니다. 메커니즘 자체가 지닌 특성일 뿐이니까요.

분해 툴을 홈에 맞춘 상태에서 시계 방향으로 돌리면 풀리고 반대로 돌리면 잠깁니다. 펠리칸 M시리즈하고 방식이 같습니다. 반시계 방향으로 돌려야 풀리는 몽블랑 만년필들하고는 반대지요.

피스톤 메커니즘을 분해한 뒤 다시 조립하는 과정에서 곤란을 겪기도 합니다. 작은 전자 기기 하나를 분해한 뒤 재조립해도 나사 한두 개가 꼭 남으니 이상한 일은 아닙니다. 여느 필기구하고 다르게 만년필은 제법 까다롭습니다. 빠뜨린 부속 없이 다 제자리에 맞춰 꽂아도 부속 사이 간격에 따라 상태가 달라집니다.

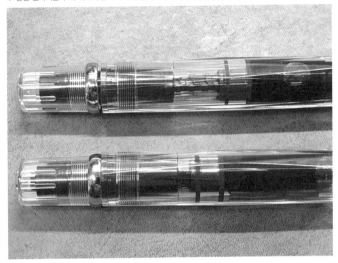

바벨과 덤벨을 들어올리는 동작은 근력을 늘리는 데 효과적입니다. 그렇지만 근력이 지나치게 증가하면 스피드가 떨어집니다. 보디빌더처럼 근육이 두툼하게 잡힌 마라토너는 없지요. 만년필도 같습니다. 잉크를 최대한 많이 충전하려고 메커니즘을 무리하게 조정하면 노브가 헛돌거나 정상적으로 체결되지 않을 수 있습니다.

반대로 너무 안전 위주로 조립하면 피스톤은 무리 없이 작동해도 채울 수 있는 잉크 양이 줄어듭니다. 결국 균형이 가장 중요한 셈입니다. 부속 사이에 유격이 없으면서도 채울 수 있는 잉크 양은 손해를 보지 않는 상태가 이상적입니다. 어느 한쪽에도 치우침이 없는 중용지도中庸之道가 만년필 한 자루에도 녹아 있습니다.

만년필은 촉 크기가 같더라도 동양과 서양의 차이와 브랜드가 정한 기준에 따라 굵기가 서로 다릅니다. 트위스비의 M촉은 몽블랑이나 펠리칸 같은 독일 브랜드보다는 조금 가늘지만, 파이롯트나 세일러 같은 일본 브랜드에 견주면 미묘하게 굵습니다. 게다가 만년필이라는 도구는 어떤 필기구에서도 볼 수 없는 개체 차이라는 변수까지 끼어드니, 볼수록 꽤 성가신 구석이 있습니다.

세상에 도저히 있을 수 없는 일

만년필 수리는 손을 가진 사람이라면 누구나 할 수 있는 일입니다. 그렇지만 익숙해지려면 시간이 필요합니다. 밤을 새고 해가 뜰 때까지 시간을 쏟아도 해결되지 않을 수 있다는 현실을 인정해야 합니다. 손톱 끝이 패이다 못해 갈라지는 상황도 기꺼이 감수해야 합니다. 그런 과정 없이 휘어진 펜촉이 뚝딱 다시 살아난 사례는 들어본 적 없습니다.

절로 옷깃을 여미게 되는 날씨입니다. 이른 새벽부터 사위가 어둠에 잠길 때까지 온통 냉기로 가득합니다. 우리는 매일 매 순간 뭔가를 선택하며 살아갑니다. 선택받는 쪽이 있으면 반대 경우도 있을 수밖에요. 상황은 수시로 바뀌니 완벽한 갑도, 영원한 을도 없습니다.

회사에서 상품을 팔 때는 판매자 처지이지만 퇴근길 마트에 들러 물건을 살 때는 구매자가 됩니다. 만년필 한 자루도 선택을 받으려고 각고의 노력을 기울입니다. 오늘 하루가 녹록지 않은 날이었다면, 나를 어필할 수 있는 뭔가를 또 만들어내면 됩니다.

같은 겨울이라지만 조금씩 다 다릅니다. 초겨울에서 시작해 한겨

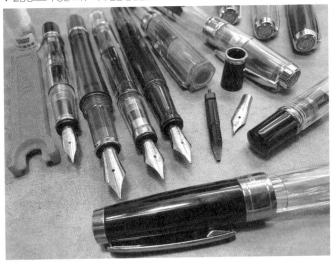

울을 거친 다음에야 늦겨울에 이르릅니다. 어렵고 힘든 과정을 거쳐야 계절이 바뀝니다. 영하 10도를 오르내리니 한겨울이라 할 만한 혹한입니다. 이 고비를 넘기더라도 끝이 아닙니다. 더디게 흘러 더 서늘한 늦겨울이 버티고 있다는 사실을 우리는 모두 알고 있습니다.

　인간의 불행은 삶이 공정해야 한다는 믿음에서 기인할지도 모르겠습니다. 불평등한 상태에서 시작해도 좋다고 마음먹으면 어쩐지 주먹이 불끈 쥐어집니다. 세상에 도저히 일어날 수 없는 일이 있으려고요.

　몇 만 원짜리 만년필 한 자루에도 선택할 수밖에 없게 하는 나름의 전략이 삼중 사중으로 담깁니다. 부족하다 싶으면 오중 육중 겹겹이 두를 게 분명합니다. 포기는 아직 이릅니다. 적어도 오늘은 아닙니다.

30

세상에
딱 200개뿐인
만년필

상품의 질이 기대치 이상으로 높거나, 두루 나무랄 데 없는 사람을 마주하게 되면 '완벽完璧'하다 말합니다. 완벽이란 말 그대로 조금의 거슬림도 없이 완전한 형태를 갖춘 구슬을 뜻하지요. 티끌만큼 조그만 흠도 있어서는 안 되니 그야말로 무결점 상태라는 의미인데, 현실에서 이 정도 수준에 오른 뭔가를 접하기가 쉬울 리 없습니다.

같은 상황도 어떻게 생각하느냐에 따라 달리 해석됩니다. 약속 시간보다 먼저 나온 사람을 요즘 보기 드문 의욕을 지닌 이라며 좋게 보기도 하지만, 귀한 시간 허투루 쓴다 폄하하기도 합니다. 가치 기준을 어디에 두느냐에 따라 판단이 달라지니, 모든 사람을 100퍼센트 만족시키기란 불가능에 가깝습니다. 그러니 어떤 일을 할 때 다른 사람 시선은 크게 신경쓰지 않아도 좋습니다. 모든 사람이 좋게 평가할 리 없을뿐더러, 사람들은 상대방 일에 그렇게 큰 관심을 두지 않습니다.

처칠을 향한 오마주

1905년 프랭크 자비스^{Frank Javis}와 하워드 가너^{Howard Garner}가 힘을 합쳐 첫 발을 뗀 콘웨이 스튜어트는 오노토하고 함께 20세기 영국 만년필의 전성기를 이끌었습니다. 그렇지만 여느 만년필 브랜드들처럼 상승세를 탄 볼펜이 내뿜는 기세에 눌려 1970년대 중반 문을 닫습니다.

경쟁이 없는 분야는 없습니다. 만년필도 예외가 아니어서 힘 겨루기 과정에서 오마스나 델타처럼 명맥이 끊긴 브랜드도 많습니다. 그래도 뒷심을 발휘한 콘웨이 스튜어트는 1998년 카웨코나 에스터브룩처럼 기어이 부활에 성공하고야 맙니다. 마냥 순조로울리가요. 가까스로 다시 일어섰지만, 오랜 휴지기를 거치며 하체 근육이 빠진 상태였습니다. 주저앉다 일어서기를 반복하며 차분히 몸을 만들고 있습니다.

영국의 위상을 드높인 위대한 인물은 일일이 손에 꼽을 수 없을 만큼 차고 넘칩니다. 현대 과학의 아버지 아이작 뉴턴^{Isaac Newton}이나 위대한 극작가 윌리엄 셰익스피어는 많은 사람들 기억 속에 여전히 살아 있습니다. 그런데 이런 위인들을 제치고 영국인이 가장 사랑하는 인물로 꼽힌 사람은 바로 윈스턴 처칠^{Winston Churchill}입니다.

처칠은 강력한 리더십을 발휘해 2차 대전을 승리로 이끄는 데 큰 영향을 미친 영국의 총리였고, 1953년 노벨 문학상을 받을 만큼 탁월한 문장가였으며, 전시회를 열 정도로 그림 실력이 뛰어난 화가였습니다. 이런 처칠조차 모든 이들에게서 좋은 평을 듣지는 못했으니, 무시로 경원시하는 주변 시선이 느껴지더라도 상처받을 이유가 있을까요.

콘웨이 스튜어트는 처칠을 향한 오마주로 다양한 색깔과 문양을

▼ 영국을 대표하는 만년필 브랜드 콘웨이 스튜어트의 로고입니다.

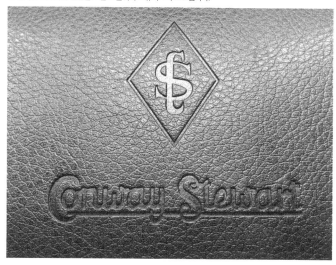

적용한 시리즈를 출시했습니다. 이 펜은 필기구협회^{Writing Equipment Society} 창립 20주년을 기념해 2000년에 한정판으로 출시한 200자루 중 하나 입니다. 레진이나 금속 소재가 보편적인 요즘에는 잘 안 쓰는 에보나 이트로 제작해 만년필이 부흥하던 1900년대의 정취를 맛볼 수 있지요. 콘웨이 스튜어트를 대표하는 처칠 시리즈는 영국 출신 매튜 본^{Matthew Vaughn}이 감독한 영화 〈킹스맨^{Kingsman}〉(2015) 덕분에 잘 알려졌습니다.

캡탑을 평평하게 디자인해 고전적인 느낌을 살리고, 캡과 배럴 전체 에 빗살 형태의 기요셰 패턴을 음각으로 새겨 무게감을 더했습니다. 백 미는 충전 메커니즘입니다. 실용성을 강조한 카트리지나 컨버터에 밀려 이제는 보기 드문 레버 필러를 적용해 예스럽습니다. 무엇보다 애연가

▼ 처칠이 입에 늘 물고 있던 시가를 떠올리게 하는 만년필입니다.

로 잘 알려진 처칠이 입에 늘 물고 있던 시가를 쏙 빼닮았습니다.

불편함을 감수해야 하는 만년필

요즘 같은 세상에 만년필을 쓰는 행위는 어쩌면 스스로 약간의 불편함을 감수한다는 의미이기도 합니다. 만년필은 어떤 필기구보다도 성가십니다. 샤프는 더러 심이 부러지지만 지우개에 박힌 클리너 핀을 넣어 조각난 심을 제거하면 됩니다. 샤프심만 넣으면 어린아이도 어렵지 않게 쓸 수 있습니다. 볼펜이나 수성펜은 말할 것도 없지요. 부러질 리 없는 심을 다 쓰고 새것으로 교체하면 그만입니다. 사용량에 따라 몇 개월, 아니 몇 년 동안 교체 없이 쓰는 경우도 흔합니다. 유독 만년필만

지속적인 관심을 주지 않으면 까탈을 부립니다.

　반려견 키우는 정도 되는 수고가 필요합니다. 먹이 주듯 잉크를 채워야 하고, 산책시키듯 자주 써야 하고, 씻기듯 가끔 세척도 해야 하지요. 이런 점들이 되레 만년필에 더 깊이 빠져들게 하는 요인이 되기도 하니, 참 알다가도 모를 일입니다. 어쩌면 만년필은 태생적 단점을 숨기기는커녕 대놓고 드러내어 우리들에게 한 발 더 다가선 게 아닐까요.

　어차피 완벽한 것 없는 세상, 부족한 2퍼센트는 당신의 돌봄 욕구로 채우라고 것만 같습니다. 모든 사람은 태어나 일정한 기간 동안 돌봄을 받아야만 생존할 수 있습니다. 돌봄을 받으면서 성장한 뒤 다시 자녀나 부모를 돌보고, 종국에는 다시 돌봄을 받다가 세상을 떠납니

다. 인간의 일생은 돌봄을 주고받는 과정의 연속이지 싶습니다.

　　받는 일이 기쁨이라면, 주는 일은 보람입니다. 마음을 건네지 않으면 전해지지 않고, 전해지지 않으면 닿을 수 없으며, 닿지 않으면 다시 돌아오지도 않습니다. 만년필 한 자루를 돌보는 일은 결국 나를 아끼는, 내 앞에 마주앉은 나를 토닥이는 행위하고 다르지 않습니다.

　　6호 사이즈 펜촉은 펜 크기에 견줘 조금 작은 듯싶지만, 펠리칸 M800하고 비슷해 빈약하지는 않습니다. 필기감의 결정 요소는 여럿입니다. 보통 펜촉이 클수록 낭창거려 탄력감이 잘 느껴집니다. 처칠 만년필은 펜촉이 비교적 절제된 크기라 금촉인데도 적당히 버티는 맛이 있습니다. 외양은 마냥 부드러운 듯해도, 심지는 굳건한 셈입니다.

완벽한 사람은 아닌 처칠처럼

처칠은 완벽한 사람이 아니었습니다. 많은 명언을 남겼지만, 적지 않은 실수를 저질러 비판도 받았습니다. 애주가 수준을 넘을 정도로 술을 가까이해 핀잔을 들었고, 잘못된 판단을 해 많은 인명을 사지로 몰았으며, 우울증을 이겨내느라 자기 자신하고 치열한 싸움을 벌여야 했습니다. 냉소적인 독설 때문에 정적들한테서 끊임없이 공격받았습니다. 그런데도 처칠이 여전히 추앙받는 이유는 화려한 수사로 포장된 공언만 남발하지 않고 스스로 행동하는 실천가로 살아간 덕분입니다.

만년필에 아무리 값비싼 잉크를 채운들, 내부 기관을 타고 흘러 펜촉까지 도달하지 않으면 무슨 의미가 있을까요? 종이에 쓸 수 없는 잉크라면 한낱 허상일 뿐입니다. 입 밖으로 내뱉는 말도 똑같습니다. 제아무리 근사해 보여도 진심이 담겨 있지 않다면 아무에게도 전달될 리 없고, 실행으로 이어지지 않으면 허공에 흩어지는 말장난일 뿐입니다.

가끔 묻는 분들이 있습니다. 내가 산 만년필하고 같은 브랜드에서 나온 잉크만 써야 한다던데, 맞느냐고요. 정답이라 하기에는 모호한 구석이 있습니다만, 영 없는 말도 아닙니다. 아무 잉크나 써도 되는 줄 알고 프린터용 잉크를 만년필에 넣어 쓰다가 문제가 생긴 사례들도 더러 있으니까요.

세일러의 극흑 같은 문서 보존용 잉크나 제이허빈 블루오션처럼 펄이 들어간 잉크는 일반적인 만년필용 잉크보다 세척에 좀더 신경 써야 한다는 말은 맞습니다. 그렇지만 다른 브랜드에서 나온 잉크를 넣어 쓴다고 해서 바로 펜촉이 부식되거나 피드가 녹는 일은 없습니다.

▼ 콘웨이 스튜어트 처칠 WES 20주년 F촉도 마지막 시필 테스트를 거쳤습니다.

너무 자주 써서 이상이 생기는 경우보다는 지나치게 아끼느라 늘 보관만 하는 바람에 문제가 생기는 사례가 오히려 더 많습니다.

　세상을 떠난 지 반백 년이 훨씬 지났지만 영국인들은 처칠을 여전히 기억합니다. 뮌헨 협정이 폐기된 혼란 속에서 총리가 돼 기어코 덩케르크 철수 작전을 성공시켜 34만 명에 가까운 병사를 사지에서 건져냈고, 노르망디 상륙 작전을 계기로 전쟁의 화마를 잠재웠으니까요.

　개나리 꽃망울이 툭툭 터지는가 싶더니, 어느새 봄을 부르는 마중비도 살포시 내려앉았습니다. 바야흐로 4월입니다. 이 봄이 조금 더 디 와도 괜찮으니, 시국이 안정되고 있다는 낭보가 하루 빨리 들려오면 좋겠습니다.

31

사람도
만년필도
이치에 맞게

마를렌 아델 M촉

인간은 미성숙한 상태로 태어나 보살핌을 받으며 자랍니다. 성장한 뒤에는 새 생명을 낳아 같은 방식으로 돌보며 키운 다음, 처음으로 돌아갑니다. 인간의 삶이 이럴진대, 길가에 핀 꽃들이야 말할 것도 없습니다. 씨앗에서 시작해 줄기와 가지를 뻗은 다음, 불현듯 피어나 시나브로 여기저기 꽃잎을 흩날리는가 싶더니, 어느새 지고 맙니다. 꽃나무의 일생이 그렇습니다.

모든 꽃이 다 손쉽게 피어나지는 않습니다. 바람과 비가 도와야 하고, 햇볕과 흙도 기운을 보태야 합니다. 하나하나 때와 양이 다 적절해야 합니다. 너무 많아도, 지나치게 적어도 문제가 됩니다. 볕이 필요한 절기에 하염없이 비만 내리면 씨는 싹이 움트기도 전에 썩고 맙니다. 물기를 담뿍 머금고 생장할 시기에 폭염이 이어지면 발육이 늦어지고, 심하면 속까지 말라비틀어집니다. 이 땅의 모든 것들은 이미 다 나름대로 시련을 겪고 태어난 만만찮은 존재입니다.

얼굴에 검정이 묻은 사람과 안 묻은 사람이 마주 보면 지저분한 사람은 가만히 있는데 깨끗한 사람이 얼굴을 닦는다고 합니다. 사람은 누구나 자기 경험이라는 창으로 세상을 봅니다. 심하게 앓은 적 있는 사람이 다른 사람의 아픔도 헤아리기 마련입니다.

마를렌, 만년필 업계의 신예

마를렌Marlen은 1982년 이탈리아 남서부 캄파냐 주 산타르피노에서 마리오 에스포시토Mario Esposito와 안토니오 에스포시토Antonio Esposito가 만든 브랜드입니다. 100년이 훌쩍 넘는 만년필 브랜드가 즐비한 만큼 이제 40년이 된 마를렌은 아직 꽃망울을 터트리기도 전인 셈입니다.

단색의 단순한 디자인부터 장식 문양이 양각으로 돌출된 형태에 이르기까지, 보기만 해도 눈이 즐거워지는 다양한 한정판 라인업을 갖추고 있습니다. 규모와 역사 면에서는 몬테그라파에서 시작해 오로라를 거쳐 비스콘티로 이어지는 이탈리아 메이저 3사에 견주기는 힘들지만, 어떤 브랜드보다 아름다운 펜을 만드는 데 진심인 업체지요.

장기판에서는 어떤 전략을 세우느냐에 따라 졸로 장을 잡기도 합니다. 어느 분야든 쇠락하는 백전노장이 있으면 떠오르는 신예도 있는 법입니다. 노련함이 방패라면, 기세는 창입니다. 승부를 겨루는 시합에서 사람들은 더러 약자를 응원하게 됩니다. 요행에 기대야만 할 지경이라면 몰라도, 이미 저력이 알려진 기대주라면 얘기가 다릅니다. 어떤 분야나 절대 강자가 시장을 독점하는 상황보다는 강단 있는 차세대 주

자가 여럿일 때 생기가 돕니다.

2005년 출시된 아델Aderl은 마를렌의 본사가 자리한 지역에 있던 고대 도시 아텔라에서 주조한 동전 이름입니다. 연한 갈색을 띤 배럴은 나무를 즐겨 쓰는 그라폰 파버카스텔을 연상시키지만, 사실은 레진입니다. 은색 장식부는 스털링 실버로 만들어 진중하면서도 우아합니다.

잉크를 채운 상태에서 한동안 방치된 펜은 내부에 잉크 잔여물이 생깁니다. 평소 잘 쓰던 펜은 세척한 뒤에 보관하지만, 어딘가 문제가 생긴 펜은 그런 대우를 받지 못합니다. 아이도 관심을 받지 못하면 나를 봐달라고 투정을 부리는데, 만년필도 비슷합니다.

생떼 한 번 쓴다고 내칠 수야 없지요. 잘 토닥이면 슬며시 품 안으

로 들어온다는 사실을 우리는 알고 있습니다. 사춘기 자녀하고 신경전을 벌인 뒤 관계를 회복하려 손을 내밀듯, 만년필 내부까지 말끔히 세척하고 펜촉을 매만지면 다시 쓸 수 있습니다.

　세일러 프로기어처럼 21케이 펜촉을 채용한 만년필도 있고, 금 함량이 더 높은 모델도 있습니다. 그렇지만 14케이와 18케이가 보편적입니다. 자동차를 보면 기술적으로 최고 시속을 더 끌어올릴 수는 있어도, 그 속도로 달릴 도로가 없습니다. 그러니 일상 주행용으로 무한정 빠른 차를 만드는 선택은 정답이 아닙니다. 만년필도 탄력을 끌어올리려 계속 금 함량을 높이면 펜촉이 지나치게 물러집니다.

　상대적으로 가격대가 낮은 스틸촉이어서 되려 득을 볼 때도 있습

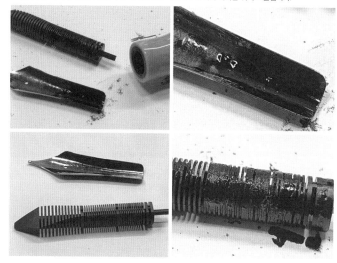

니다. 버티는 힘이 좋으니 실수로 떨어트려도 펜촉이 멀쩡한 경우가 있는 거지요. 금촉은 만년필을 잘 모르는 사람이 손에 쥐고 한 번 살짝 눌러 쓰기만 해도 펜촉이 쉽게 어긋납니다. 그러면 순간적으로 당황하기 마련입니다. 훨씬 값싼 펜도 이 정도는 버티는데 왜 몇 곱절 값나가는 펜이 이렇게 맥을 못 출까, 고개를 가로젓게 됩니다.

14케이면 만년필 펜촉으로는 부족함이 없습니다. 18케이라면 차고 넘치는 정도이니 더는 욕심내지 않아도 좋습니다. 18케이가 넘는 펜촉을 마음 편히 쓰려면 사용자가 얼마나 필압을 조절할 수 있는지가 관건입니다. 무조건 금 함량이 높은 펜촉이라고 해서 글씨가 더 멋지게 써질 리도 없고, 확연히 부드러운 필기감을 보장하지도 않습니다.

자동차 회사들의 기술력은 만년필 업체들 만큼이나 전반적으로 향상된 지 오래입니다. 어떤 차를 사더라도 시동이 아예 안 걸리거나 주행 도중에 엔진이 멈추는 일은 드뭅니다. 대형 세단이 아니어도 급가속과 급제동을 피해 정속 주행을 하면 꽤 만족스러운 승차감을 느낄 수 있습니다. 자동차나 만년필이나 별로 다르지 않습니다.

사람 상처도 만년필처럼 고칠 수 있다면

스트레스가 쌓일 때, 속이 뒤집힐 정도로 매운 음식을 먹거나, 화면 가득 격투 신과 폭발 장면이 넘쳐나는 액션 영화를 봅니다. 차분히 생각을 정리하려면, 아무래도 인파 넘치는 도심보다는 인적 드문 한적한 교

▼ '석'에 가까운 잉크 흐름이 손보고 나서 '옥'에 가까워졌습니다.

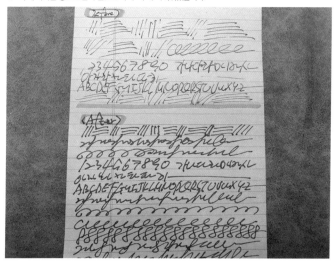

외가 제격입니다. 만년필을 고를 때도 내가 원하는 바에 맞춰 선택해야 후회가 덜합니다. 수첩에 작은 글씨를 빼곡이 적으려면 EF촉이 합당하듯이, 종이에 직접 닿는 펜촉 끝부분이 상대적으로 뭉툭한 M촉은 시원스럽게 술술 써져야 합니다.

이 펜은 뭔가 일이 잘 안 풀려 답답할 때, 그저 입안에 맴도는 문장 몇 줄 슥슥 쓰기만 해도 속이 개운해질 정도로 잉크 흐름이 좋아야 정상입니다. 그런데 지나친 필압 탓에 펜촉이 틀어지는 바람에 제대로 잉크가 나오지 않으니 쓸 수가 없었지요.

차체가 두 동강 나는 대형 사고가 난 자동차는 폐차 말고는 방법이 없지만, 어지간히 외형이 손상되더라도 바탕이 되는 뼈대와 엔진만 멀쩡하면 다시 달리게 할 수 있습니다. 만년필도 분해해 세척한 뒤 엔진에 해당하는 펜촉을 손보면 살려낼 수 있습니다.

얼마 전 친구 어머니가 세상을 떠났습니다. 자식들 얼굴도 알아보지 못할 만큼 위중한 상태로 수십 년 긴 세월 생명의 끈 한 오라기를 부여잡고 버틴 어머니. 그 속이 속일 리가 없습니다. 상주인 큰아들이 손주를 볼 정도로 나이가 든 만큼 호상이라 말할지도 모릅니다. 그렇지만 가당치도 않습니다.

한 생명이 나는 일이 경이로운 사건이라면, 스러지는 일은 그 자체로 견줄 바 없이 온전한 슬픔입니다. 어머니를 떠나보낸 뒤 문득문득 우울해지고 머릿속이 하얘진다는 친구 말이 남 일처럼 들리지 않았습니다. 마땅히 다가올 내 일이고, 누구나 겪을 과정입니다.

고장난 만년필을 고치듯 친구 마음도 상처 나지 않게 보듬을 재주가 있으면 얼마나 좋을까요? 내달릴 준비를 마친 손안의 이 만년필처럼, 큰일 치른 친구의 낯에도 하루빨리 생기가 돌기를, 너무 오래 지나지 않고 제자리로 돌아오기를 바랍니다.

32

그러나
아직 끝이
아닙니다

플래티넘 센츄리 니스 로제 UEF촉

주연보다 더 눈에 띄는 조연이 있습니다. 중심 인물이 활약하게 뒷받침하는 배역이지만, 더러 주인공보다 돋보이기도 합니다. 주연 배우가 좌중을 압도하는 카리스마로 전체 흐름을 이끌어간다면, 감초 조연은 맛깔나는 연기력으로 관객들 시선을 사로잡습니다. 조연 배우가 하는 능청스러운 연기가 보고 싶어 다음 편을 기다린다는 이들도 있습니다. 극을 이끌어야 한다는 중압감 때문에 스트레스를 받는 주연보다는 덜 주목받는 조연이 상대적으로 마음 편히 연기할 수 있다고도 합니다.

바둑판 앞에서 대국하는 기객보다 한 발 떨어진 거리에서 관망하는 훈수꾼이 묘수를 짚어낼 때가 있습니다. 바둑판을 코앞에 두고 한수 한 수 몰입하다 보면 시야가 좁아져 자칫 큰 그림을 못 보는 일이 생기는 거지요. 대국 중인 상수보다 기력이 떨어지는 하수의 눈에 기막힌 수가 보이는 이유는 승패를 건 부담이 없기 때문일지도 모릅니다.

▼ 세일러 프로기어 쿠레 아주르 21K M촉(위)과 플래티넘 센츄리 UEF촉(아래)을 확대했습니다.

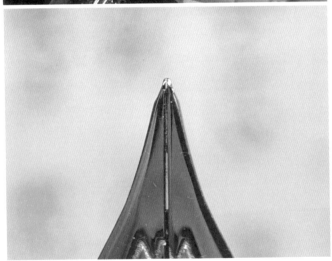

플래티넘 센츄리 니스 로제 UEF촉

플래티넘이 만든 '센츄리'

일본 만년필은 '플래티넘'에서 은퇴한 장인들이 세운 '나카야Nakaya' 같은 업체를 필두로 소규모 수제 만년필 제작사가 여럿 포진한 형세입니다. 바둑판 위 흑돌과 백돌이 숨죽인 듯 보여도, 착점한 수와 수 사이를 비집고 기세 좋게 솟구치는 강수는 있기 마련입니다.

일본에서 가장 오래된 만년필 브랜드는 세일러입니다. 세일러, 파이롯트, 플래티넘을 '일본 만년필 메이저 3사'라 부릅니다. 파이롯트가 캡리스와 커스텀 시리즈를 주력으로 하고, 세일러가 프로기어와 프로피트라는 양두마차를 몬다면, 1919년 나카타 슌이치中田俊一가 세운 플래티넘은 걸출한 중견 센츄리를 핵심 라인으로 운용합니다.

어떤 분야나 초창기에는 어느 정도 모방 단계를 거칩니다. 모방은 기본기를 익힐 때까지 용인될 뿐입니다. 자리가 잡힌 뒤에도 계속 남이 디딘 곳만 딛는 선택은 악수惡手입니다. 적절한 시기에 브랜드 정체성을 확보하지 못하면 경쟁력을 잃고 도태되기 마련이니, 나만의 강점을 지녀야 합니다. 금방 속내가 드러나는 얕은수를 꼼수라 하고, 생각하기도 쉽지 않은 기막힌 수를 묘수라 합니다. 더러 이 둘이 얽혀 명확히 구분하기 어려울 때는 독창성을 가늠 선으로 삼으면 됩니다.

만년필이라는 도구 자체는 서양 문물에 뿌리를 두고 있습니다. 후발 주자들이 아무리 재해석하려 한들 한계가 있을 수밖에요. 그런 의미에서 파이롯트 캡리스처럼 캡을 아예 없앤 몇몇 모델은 반골이고 이단아입니다. 펜촉 금 함량이 높을수록 좋은 제품이라 단정할 수는 없지만, 비율이 87.5퍼센트인 21케이 펜촉은 세일러를 상징합니다.

플래티넘은 펜촉에 변화를 주기는 하되 EF촉보다 더 가늘게 써지는 UEF촉을 만드는 브랜드로 잘 알려졌습니다. F촉이 이쑤시개 같고 EF촉이 바늘 정도로 뾰족하다면, UEF촉은 그 바늘을 더 예리하게 벼린 상태에 가깝습니다. 일본 만년필이라는 벽화 한 폭을 완성하는 과정에서, 파이롯트가 밑그림을 그리고 세일러가 비상하는 용을 그려 넣었다면, 플래티넘은 눈동자를 찍은 셈입니다.

입문형부터 상위 기종까지 풍부한 라인업을 갖추고 있지만, 플래티넘에서는 '센츄리Century'를 빼놓을 수 없습니다. 2011년에 첫선을 보인 이래 기본인 검은 색상부터 내부가 훤히 들여다보이는 모델까지 해를 거듭하며 여러 스페셜 에디션을 출시해 세를 넓혔습니다.

'안녕'을 말할 수 없는 지금

만년필은 여러 가지 이유 때문에 예상하지 못한 문제가 생깁니다. 잉크를 충전한 상태로 방치해 내부에서 말썽을 일으키는 사례는 가장 가벼운 축에 듭니다. 어지간하면 미지근한 물과 세척 툴 정도로 상태를 끌어올릴 수 있습니다. 꾹꾹 눌러쓰거나 떨어트려 펜촉이 살짝 휘어지면 좀더 긴 시간이 필요합니다. 펜촉이 부러진 경우가 가장 심각합니다. 만년필 펜촉은 사람으로 치면 심장입니다. 꽤 손상되더라도 어떻게든 소생시킬 여지가 있지만, 아예 부러지면 손쓰기 어렵습니다.

만년필 펜촉은 여간해서는 부러지지 않습니다. 일부러 혹독하게 다룰 만한 이유도 없고 태생도 그리 약하지 않아서 부러진 펜촉을 평생 한 번도 못 볼 확률이 더 높습니다. 그렇지만 사람이 만들어 사람이

▼ 플래티넘 센츄리 니스 로제 UEF촉은 데몬 펜이라 내부를 한눈에 볼 수 있습니다.

▼ 플래티넘 센츄리 니스 로제 UEF촉은 데몬 펜이라 내부를 한눈에 볼 수 있습니다.

쓰는 도구인데 완전무결할 수는 없지요. 펜촉이 부러진 펜은 생명이 다한 펜이나 같습니다. 아직 단종하지 않은 모델이라면 차라리 다행입니다. 값만 치르면 멀쩡한 새 펜촉을 구할 수 있으니까요. 더는 생산하지 않는 만년필일 때는 난처해집니다.

단종 모델이 아니어도 곤란할 때가 있습니다. 선물로 받거나 오래 써서 담뿍 정이 든 경우입니다. 그럴 때 시도할 수 있는 마지막 수단은 펜촉을 사포로 갈아내는 방법입니다. 평상시라면 절대 피해야 할 무리수이지만, 펜촉이 부러진 순간 이미 단수에 몰렸습니다. 돌을 내려놓고 물러설지 활로 찾기에 나설지, 승부수를 띄워야 합니다.

이 만년필처럼 펜촉의 한쪽 티핑만 떨어져 나간 때에는 남아 있는

▼ 부러진 펜촉을 다듬어 되살려냈습니다.

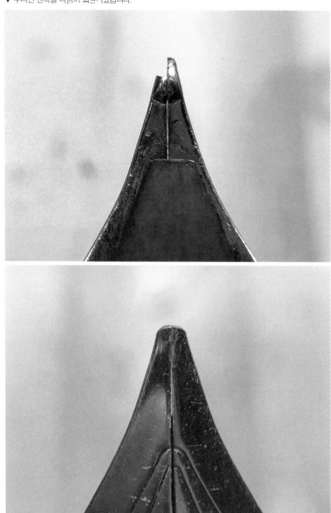

플래티넘 센츄리니스 로제 UEF촉

부분까지 제거하면서 시작해야 합니다. 최대한 부러진 티핑 면하고 같은 선상까지 잘라냅니다. 그 뒤 거친 사포부터 시작해서 고운 사포까지 단계적으로 바꾸면서 표면을 다듬어야 합니다.

사포가 거친 정도를 입도라 하는데, 이 숫자가 커질수록 부드럽습니다. 우둘투둘하고 날카로운 단면을 다듬으려면 처음에는 400번 정도를 쓰고, 600번, 800번, 1000번으로 바꾸면서 점점 고운 사포를 써야 합니다. 거친 사포를 쓰면 속도는 빠르겠지만 갈아내는 데만 초점을 맞추게 돼 위험합니다. 처음부터 2000번처럼 매끄러운 사포를 쓰면 거친 면을 제대로 연마할 수 없습니다. 솥밥을 지을 때도 처음에는 센 불을 쓰다가 밥 냄새 퍼질 즈음 약불로 줄여 뜸을 들여야 맛난 밥을 먹을 수 있지요.

추돌 사고가 난 자동차의 외형이 멀쩡할 수 없듯, 어떤 이유 때문이든 떨어져 나간 펜촉의 단면은 거친 게 당연합니다. 마음이야 급하겠지만 서둘다 보면 일을 그르칩니다. 펜촉을 다듬는 사이사이 손끝으로 매만지면서 연마된 정도를 살핍니다. 덜 다듬어지면 거칠어 쓸 수가 없고, 지나치게 갈아내면 수명이 줄어듭니다. 부족해도 넘쳐도 안 됩니다. 이런 수고를 감수해야 한다면 차라리 새 펜촉을 사는 편이 현명하겠다 싶을지도 모릅니다. 효율성을 우선시하면 맞는 말입니다.

현대는 시간의 가치를 중히 여기는 사회입니다. 누구나 전력을 다해 사는 세상이라 조금이라도 시간을 허투루 쓰면 죄책감마저 듭니다. 그렇지만 그저 한 자루 필기구에 지나지 않는 만년필도 나하고 관계를 맺으면 각별한 사이가 됩니다. 각별하다는 말은 다른 무엇으로 대체할

▼ 사포는 표기된 숫자가 커질수록 표면이 부드럽습니다.

수 없다는 뜻입니다. 이름 모를 들풀도 내 시선이 오래 머물다 보면 예사롭지 않은 존재가 됩니다. 이 세상 어떤 화려한 꽃보다 귀해집니다.

　넘어진 김에 쉬어간다고, 이참에 신발 끈 야무지게 동여매세요. 왜 이런 불운이 닥친지 모르겠다며 비관해봐야 내 속만 끓습니다. 언뜻 보면 생명선이 끊어진 듯해도 그저 가늘어진 상태일 뿐입니다. 다시 이어주기만 하면 오래 함께할 수 있습니다.

　만년필 한 자루도 최악이다 싶은 순간을 깨치고 나아갈 비장의 한 수가 있습니다. 지금이 마지막이라는 생각은 잠시 접어두세요. 부러진 펜촉도 오늘이 끝은 아닙니다. 내게도 아직 여지가 남아 있습니다.

33

만년필에도
적용되는
'262 법칙'

듀퐁 아틀리에 브라운 M촉

'262 법칙'이라는 말이 있습니다. 직장 생활을 할 때 조직에서 꼭 필요한 사람이 20퍼센트이고 평범해 표가 잘 안 나는 사람이 60퍼센트라면 없는 편이 차라리 더 나은 사람이 20퍼센트라는 뜻입니다. 이 기준을 인간관계에 대입하면, 10명 중에서 나를 좋아하는 사람이 2명, 관심을 보이지 않는 사람이 6명, 뭘 해도 싫어할 사람이 2명이라는 말이 되겠지요. 성인과 군자도 모든 사람을 만족시키지 못하는데, 평범한 우리가 주변 사람들 마음을 모두 사로잡기란 애초에 불가능합니다.

겉보기에는 그저 한 뼘 길이 필기구일 뿐이지만, 만년필은 생각보다 뱃구레가 큽니다. 자세히 들여다보면 '쓸 것'의 과거와 현재, 미래가 모두 담겨 있습니다. 역사를 살피면 시대 흐름을 읽은 기업은 살아남고 그렇지 못한 기업은 사라졌습니다. 만년필 브랜드에도 262 법칙은 적용됩니다. 큰 굴곡 없이 출범 초기부터 승승장구한 곳이 있고, 어느 기업이나 겪을 정도 되는 시련을 뚫고 자리를 지킨 브랜드가 있으며, 핸디캡을 이겨내고 자기 영역을 확보한 몇몇 업체도 있습니다.

'꼴'이라는 말이 있습니다. 사람의 얼굴이나 행태 또는 형국이나 처지를 가벼이 부를 때 쓰입니다. 때때로 연기력은 흠잡을 데 없는데도 생김새가 지나치게 뛰어나 저평가되는 배우들이 있습니다. 사람이 모든 재주를 다 갖출 수는 없으니 틀림없이 연기력은 떨어진다고 지레짐작하는 거지요. 그래서 잘생긴 배우보다 배역에 맞게 꼴을 달리하는 개성파 배우가 더 주목을 받기도 합니다. 이것저것 다 제치고 연기력만 평가하면 고개를 끄덕일 수밖에 없는데도 집안 배경이나 출중한 외모 탓에 되레 손해를 보는 셈입니다. 만년필 브랜드에서는 듀퐁이 그렇습니다.

라이터 만드는 듀퐁이 만드는 만년필

듀퐁의 역사는 150여 년 전으로 거슬러 올라갑니다. 1872년 프랑스에서 시몽 티소 듀퐁Simon Tissot Dupont이 창립한 전통 있는 기업입니다. 가죽 가방으로 시작해서 1941년에 독특한 소리로 유명한 석유 라이터를 선보였습니다.

루이비통이 그렇듯 가죽으로 만든 여행 가방을 앞세워 조금씩 세를 넓히던 듀퐁이 인지도를 비약적으로 끌어올린 계기가 바로 휴대용 라이터입니다. 듀퐁이 만든 라이터는 그저 담배에 불을 붙이는 도구가 아닙니다. 1960년대 프랑스 사교계에서 사회적 지위를 나타내는 시대의 아이콘으로 떠오른 듀퐁은 라이터를 명품 반열에 올려놓습니다.

100퍼센트 수작업으로 제작하는 듀퐁 라이터는 오늘날까지 프랑스 장인 정신의 산물로 여겨지고 있습니다.

　듀퐁은 1970년대 초반에 이르러서야 필기구를 만들기 시작했지만, 만년필 사용자들 사이에서 나오는 평판은 꽤 안정적입니다. 많을 때는 여섯 겹을 칠하는 '옻칠Chinese lacquer' 기법은 내구성을 향상시킬 뿐 아니라 한층 짙은 깊이감을 표현하는 데 제격입니다. 깊이감이 있다는 이야기는 화려함보다는 은근함에 강조점을 찍는다는 말입니다. 그래서 곁에 두고 오래 봐도 질리지 않고 더 깊이 빠져들게 됩니다.

　1953년 '아틀리에Atelier' 컬렉션을 선보인 듀퐁은, 펜 한 자루에 브랜드의 역사와 전통, 기술력을 온전히 담아내기에 이릅니다. 프랑스어

▼ 아틀리에 브라운 M촉은 차이니즈 래거칠 기법으로 마감했습니다.

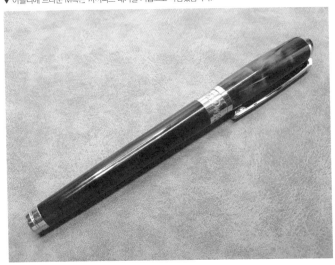

로 아틀리에는 예술가의 작업실이나 공방, 또는 예술가 집단을 가리킵니다. 가죽 제품이나 라이터에 견주면 만년필을 만든 역사는 짧은 편이지만, 금세공 기술을 포함한 자기만의 장점을 유감없이 발휘하고 있다는 자부심을 드러낸 작명 같습니다.

듀퐁은 필기구 전문 업체가 아니니 외양만 그럴싸할 뿐 만년필의 핵심인 필기감이 기대치에 미칠 리 없으며, 마감 또한 허술할 수밖에 없다는 선입견을 지닌 이들이 있습니다. 사람을 대할 때 생김새나 옷차림만 보고 됨됨이를 서둘러 예단하는 꼴입니다.

아홉 번 구운 죽염을 최고로 치지만, 횟수가 더 적더라도 대나무통에 넣어 구운 천일염이면 죽염입니다. 그런데도 많은 시간을 들여 아홉 번 굽는 이유는 그 과정을 거쳐야만 제대로 된 죽염이 완성되기 때문입니다. 이미 구운 소금을 잘게 부숴 다시 구울 때마다 불순물이 타면서 점점 질이 좋아지는 죽염처럼, 만년필에 한 겹 한 겹 옻칠을 올릴수록 더 단단해지고 색도 뚜렷해집니다.

정해진 순서를 따른다는 말은 최소한의 사회적 약속을 지킨다는 뜻입니다. 도자기를 구울 때는 정해진 과정을 순서대로 밟아야 합니다. 기물의 형상을 만들어 초벌구이를 한다고 끝이 아닙니다. 유약을 칠한 뒤 재벌구이 과정을 거쳐야 매끈하게 광택이 나는 도자기를 만날 수 있습니다. 만년필 옻칠 작업도 정해진 단계를 모두 거쳐야 합니다.

모든 과정을 다 지나 빈틈없이 만들어도, 사용하는 과정에서 이런저런 이유로 문제가 생길 수 있습니다. 이렇게 펜촉 슬릿 사이에 잉크 잔여물이 잔뜩 낀 만년필이라면 내부도 멀쩡할 리 없습니다. 펜촉 후면부와 피드가 오염되고, 내부 곳곳이 막혀 있더라도 낙심하기에는 아직 이릅니다. 말썽이 일어난 원인만 정확히 알아내면 시간을 되돌릴 수 있습니다. 영문을 몰라 여기저기 손대더라도 금속 도구만 사용하지 않은 상황이라면 일단은 안심입니다.

내가 아끼는 필기구를 내 손으로 살려내면 얼마나 보람 있을까요. 모르는 사람 필기구까지 직업적으로 돌보지는 못하더라도 나와 내 주변 사람들 펜을 손볼 수 있으면 한결 마음이 편해집니다. 만년필 관리에서 기본은 세척입니다. 가끔 내부를 씻어내기만 해도 꽤 많은 난관을 피할 수 있습니다.

▼ 슬릿 틈새에 엉겨 붙은 잉크 잔여물만 제거해도 만년필은 훨씬 좋은 컨디션을 유지할 수 있습니다.

▼ 펜촉이 종이 위를 가볍게 스치고 지나가는 정도로 끊기지 않고 잘 써져야 합니다.

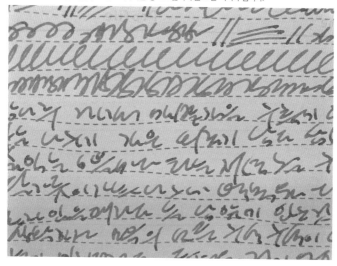

누구도 함부로 할 수 없는 나

"서는 데가 달라지면 풍경도 달라지는 거야."

웹툰 〈송곳〉에 나오는 대사입니다. 내가 어느 편에 서 있는지에 따라 관점이 달라집니다. 펜촉을 종이에 대고 글씨를 쓸 때, 종이 쪽에서 보면 잉크를 빨아들이는 과정이고 펜 쪽에서 보면 글씨를 새기는 과정입니다. 이럴 때일수록 기준을 바로 세우는 일이 중요합니다.

만년필을 사용할 때 필압을 빼야 한다는 말이 무슨 뜻인지 잘 모르겠다면, 머릿속에 이런 그림을 그려보세요. 먼 곳에서 불어온 바람이 나뭇가지 끝에 살짝 머물다 이내 날아가듯 펜촉이 종이 위를 가볍게 스치고 지나가는 정도로 충분합니다. 그렇게 써도 술술 잘 나오는 상태라야 맞습니다. 타핑 끝이 조금 뭉툭한 M촉은 더더욱 그렇습니다.

태세를 아무리 야무지게 하고 살아도 갑자기 불쑥 날카로운 '말 송곳' 들이미는 사람을 마주하면 나도 모르게 몸이 움찔합니다. 뾰족한 말은 두고두고 지워지지 않는 흉터로 남기도 합니다. 애써 태연한 척해도 피 흘리고 아무렇지 않은 사람이 어디 있겠어요. 다만 낯빛을 가린 것뿐입니다.

휘둘린 자기 자신을 자책할 필요도, 상처 입은 마음을 부끄러워할 까닭도 없습니다. 둘러보면 뾰족한 꼬챙이가 아니라 빛나는 응원봉을 치켜든 내 편이 분명 있습니다. 마음의 고삐 야무지게 바투 쥐고, 조금만 더 나아가세요.

모두 다 여러분들 덕분입니다

저는 한국에 몇 안 되는 만년필 수리공입니다. 요즘 같은 디지털 세상에 만년필 수리하는 일을 하며 살게 될 줄은 저도 미처 몰랐습니다. 만년필 수리가 제게 가장 보람 있는 일이라면, 글쓰기는 한동안 미뤄놓고 살아온 제 오랜 꿈입니다.

—

언젠가 친구에게 이런 말을 한 적이 있습니다.

"어차피 한 번 사는 인생, 이왕이면 내가 보람을 느낄 수 있는 그런 일을 하면서 살고 싶어. 그게 누군가에게 감동을 줄 수 있는 일이라면 더 바랄 게 없겠어."

친구가 놀란 표정으로 물었습니다.

"뭐라고? 야, 너 그중 하나도 누리며 살기가 힘들다는 거, 정말 몰라서 그러냐?"

그 친구 얼굴을 빤히 보고 제가 맞받았습니다.

"그래서 뭐! 힘든 거면 아예 할 생각도 하지 말아야 하냐?"

벌써 이십 년도 더 지난 이야기입니다.

요즘 같은 세상에 누가 만년필을 쓰느냐, 그것도 고쳐가며 쓰는 사람이 정말 있느냐고 물어보는 분들이 있습니다. 네, 있습니다. 생각보다 많습니다.

역설적이게도 물자가 차고 넘치는 세상이기 때문입니다. 필기구가 없어 쓰지 못하는 사람이 어디 있겠어요. 여느 필기구하고 다른, 오직 나만의 '쓸 것'을 갖고 싶어하는 거지요. 부모님 유품이거나 가까운 분이 선물한 만년필이라면, 더더욱 조금이라도 더 나은 상태로 만들어 평생 쓰고 싶은 게 사람 마음이지요.

증상이 가볍다 싶을 때에는 세척을 하면 만년필에 무리를 주지 않는 선에서 가장 큰 효과를 볼 수 있습니다. 미지근한 물에 펜촉을 담가놓기만 해도 나아지는 사례가 꽤 있고, 세척 툴이 있으면 훨씬 효과가 좋습니다. 자가 조치가 힘들다 싶으면 되도록 빨리 구매처나 수입사에 문의하세요.

사람과 사람 사이의 틀어진 관계는 가만히 놔두면 시간이 다 해결해준다고 말하는 이도 있습니다. 그럴 리가요. 가볍게 어긋난 정도면 모를까, 이미 감정이 크게 상한 뒤라면 어느 날 갑자기 나아질 수 없습니다. 만년필도 그렇습니다. 뒤틀린 펜촉이 마치 거짓말처럼 저절로 좋아지는 일은 꿈에서나 가능합니다.

지금은 한 평짜리 드레스 룸을 개조해 나만의 퀘렌시아라 여기며 지냅니다만, 나중에 여력이 생기면 필기구 좋아하는 분들하고 마주할 작은 공간을 만들려 합니다. 그 공간을 터전으로 삼아, 자기가 쓰는 만년필에 문제가 생길 때 스스로 해결할 수 있는 힘을 키워주는 조력자로 살고 싶습니다.

일일이 다 말하기 힘들 정도로 많은 분들이 보낸 응원 덕분에 여기까지 올 수 있었습니다. 제가 좋아하는 이 일이 시대 흐름에 역행하는 행위일지도 모르겠지만, 이미 길 위에 올라선 셈이니 앞으로 좀더 나아가보겠습니다.

―

출간 계약을 했다는 소식에 자기 일처럼 기뻐한 내 좋은 인생 친구 류선 님, 나보다 나를 더 귀하게 여기는 평생의 은인 김혜진 님, 언제나 위안이 되고 위로가 되는 박철하 님, 지근거리에서 살뜰히 마음 써주는 김동기 님, 《논어》로 지혜를 설파하는 조충붕 님, 나를 자랑스러운 동생이라 부르는 김선민 님, 진정성이 담긴 글을 쓰라며 '인필仁筆'이라는 묵직한 호를 지어준 조경식 님, 참치횟집에서 기어코 눈물 쏟게 만든 김병식 님과 유인숙 님, 행여 지칠 새라 세심히 살피는 송주영 님, 러시아어는 한 마디도 못 하는 내게 이반 투르게네프를 소개해준 손은정 님, 잊을 수 없는 배려를 해주신 감병수 님, 동화 주인공보다 더 환하게 웃는 김희진 님, 책 읽는 즐거움과 가족의 소중함을 알아 더 살갑게 느껴지는 이승준 님, 기본의 중요성을 일깨워준 박세환 님, 입실론 센토보다 더 진한 인연 남영민 님, 알고 보니 펜보다 사람을 더 좋아하는 최범석 님, 꼭 봐야만 하는 얼굴 박해정 님, 이미 마음속 1호 제자 용혜민 님, 인연이 귀하다는 깨달음을 준 허문호 님, 참 고마운 내 동생 오근웅 님, 배울 점이 많은 이지영 님, 평생의 댄스 파트너 하린, 병 고치는 분이니 더 건강해야 하는 김태균 님, 말 한마디의 품격이 빛나는 조도희 님, 내 부모에게 나보다 더 살가운 아들이 돼준 이명수 님, 시를 사랑하는 이경준 님, 시보다는 딸을 더 사랑하는 김우준 님, 오래 지속될 인연 최영자 님, 첫 강의 맡겨주신 임준성 님, 곧 다시 만나게 될 김혜일 님, 커피 향만 나도 생각나는 이용현 님, 강릉 안드로메다의 개념 충만한 외계인 욤과 욧, 어딘가에 있을 모, 절대 못 잊을 서상범 님, 나를 '만년필 감'이라 부르는 '헌책방 조' 조경국 님, 감사하게도 팬클럽을 자처한 진주 문구연구회 분들, 그동안 기꺼이 지면을 할애해준 《오마이뉴스》 오연호 님, 좋은 책 만들어보자며 힘있게 손 잡아준 정철수 님, 20년간 늘 버팀목이 돼준 김혜순 님, 곰곰 생각해보니 이 모든 일의 시작이나 다름없는 30년 지기 김은숙 님.

　이 밖에 제 소중한 인연이 돼준 모든 분들에게 고마운 마음을 전합니다. 저는 마땅히 제가 할 일을 한 평범한 사람일 뿐이지만, 그런 저를 크게 봐준 여러분들은 모두 비범한 분들입니다.

더불어 세상 둘도 없는 부모님, 존재만으로 든든한 형제들, 자랑이고 기쁨인 두 딸 민주와 민성, 무엇보다 고집을 소신으로 아는 남편을 만나 20년째 온전히 고생 중인 아내 박혜영 님. 미안하고 고맙습니다. 진심으로 사랑합니다.

2022년 겨울

김덕래